L'espionne et le géant

DE LA MÊME AUTRICE AUX ÉDITIONS J'AI LU

Les mariées de Mlle Thorn

1 – *La gouvernante et le duc*
2 – *L'assistante de l'apothicaire*

Regina

SCOTT

LES MARIÉES DE MLLE THORN – 3

L'espionne et le géant

Traduit de l'anglais (États-Unis)
par Anne Rémond

J'ai lu

J'AI LU POUR elle

Si vous souhaitez être informée en avant-première
de nos parutions et tout savoir sur vos autrices préférées,
retrouvez-nous ici :

www.jailu.com

Abonnez-vous à notre newsletter
et rejoignez-nous sur Facebook !

Titre original
NEVER ENVY AN EARL

À ceux qui n'ont ni foyer ni pays,
puissiez-vous trouver accueil et repos ;
au Seigneur, qui nous offre à tous un foyer.

1

Surrey, sud-est de l'Angleterre, avril 1812

Jusqu'où devait-elle aller pour être en sécurité ?

Yvette de Maupassant regardait par la fenêtre du carrosse prêté par son ami, sir Harold Orwell, et ne voyait rien d'autre qu'une étendue sauvage. Enfin, peut-être l'expression « étendue sauvage » était-elle trop forte pour désigner les vastes champs et les bosquets verdoyants du printemps. Mais après avoir passé les dix dernières années à voler les secrets de Napoléon et de ses courtisans et à frayer avec l'élite française, la campagne du Surrey lui semblait aussi exotique que l'Afrique.

— Et il n'y avait personne à Londres en qui vous pouviez avoir confiance ? demanda-t-elle à sa compagne de voyage.

Assise sur la banquette lui faisant face, Meredith Thorn sourit. Cette dernière aurait été à son aise dans la société française. Ses cheveux noirs et brillants étaient soigneusement contenus sous un chapeau de velours à larges rebords, dont la couleur lavande était assortie à ses yeux. La plume d'autruche qui suivait la courbe d'une de ses joues taquinait son animal de compagnie, Fortune, depuis qu'elles avaient quitté

Londres quatre heures plus tôt. Yvette avait vu la chatte grise lorgner la plume de temps à autre, lovée sur la banquette à côté de sa maîtresse. L'animal ne lui avait donné un coup de patte que trois fois. Quelle retenue !

— Londres n'était pas convenable, lui répondit Meredith en tapotant de ses doigts gantés sa jupe en popeline violette, comme pour détourner les yeux cuivrés de Fortune de la plume alléchante. Trop de monde. Nous avons eu de la chance de vous introduire dans les bâtiments du ministère de la Guerre pour votre rendez-vous et de vous en faire ressortir sans que personne le remarque. Vos ennemis ne songeront pas à vous chercher à Carrolton Park.

— Parce que personne ne sait où cela se trouve !

Yvette sourit malgré tout lorsque Fortune se jeta sur les doigts de sa maîtresse, les ratant d'une fraction de seconde car Meredith avait retiré sa main à temps.

Yvette gratta le velours de la banquette et la chatte dressa les oreilles, braquant ses yeux plissés sur le mouvement. Ah, quelle vie de ne pas devoir se soucier d'autre chose que du prochain jeu. L'existence d'Yvette avait été autrefois aussi agréable, avant qu'elle bascule à jamais le jour où une foule en colère était venue chercher sa famille.

Les longs cheveux que sa servante avait fidèlement brossés chaque soir étaient désormais devenus de courtes boucles qui formaient autour de sa tête comme un casque blond vénitien. Cette coiffure s'était révélée plus commode lorsque son cousin avait insisté pour qu'elle devienne la domestique la plus vile de sa demeure. Par esprit de défi, elle avait conservé cette coupe lorsque Napoléon avait exigé qu'elle rentre à la Cour au service de son épouse. Comme son cousin s'était rengorgé qu'un membre de sa famille soit proche de l'impératrice ! Comme si Yvette allait un jour considérer que son cousin Claude faisait partie de sa famille.

Le cocher quitta la route principale pour s'engager sur un chemin gravillonné qui s'enfonçait dans les bois. Les ombres s'allongeaient à cette heure tardive de la journée, se multipliant jusqu'à ce qu'Yvette sente leurs doigts avides sur le carrosse. Elle frissonna et toucha son poignet, où son poignard était dissimulé dans son fourreau à l'intérieur de sa manche.

Ma foi, était-ce de la peur ? Elle s'était prêtée au jeu de l'espionnage, afin de découvrir des secrets et de les transmettre à Harry en Angleterre. Elle avait rivalisé d'esprit avec des hommes des deux côtés de la Manche. Elle avait été prête à risquer sa vie pour voir le Petit Caporal être renversé et son cousin abhorré se faire humilier. La dernière fois qu'elle avait connu la peur, c'était quand elle avait été forcée de vivre avec ce dernier après leur départ de la cour de l'impératrice Joséphine. Claude ne pouvait pas l'atteindre ici. Si elle ne le craignait pas, elle ne devait pas non plus craindre ce comte qu'elle allait rencontrer, ni son lugubre petit domaine. Elle n'allait cependant pas lui faire confiance. La vie lui avait appris qu'elle ne pouvait compter que sur elle-même.

La forêt s'ouvrit pour laisser place à une vaste plaine traversée par un ruisseau sinueux sur lequel la lumière du soleil étincelait. Des chevreuils avaient la tête baissée, semblant rendre hommage à la pelouse émeraude. Ils jetèrent un regard suffisant sur le carrosse qui passait, comme s'ils se savaient en sécurité en ces lieux. Yvette eut du mal à les quitter des yeux.

L'allée menait à des portes en métal, ouvragées de sorte à imiter du lierre qui s'enroulait autour de la lettre C. Elle franchissait ensuite le ruisseau, avant d'arriver sur une étendue de gravier doré. Une demeure imposante, bâtie sur plusieurs étages et coiffée de tourelles à chaque angle, se dressait avec sérénité dans ce cadre simple, semblant être sortie tout droit d'un conte pour enfants.

Yvette cligna des yeux, puis se tourna vers Meredith.

— Est-ce Carrolton Park ?

Meredith sourit et prit Fortune dans ses bras tandis que la voiture ralentissait.

— En effet. J'ai cru comprendre que monsieur le comte l'a rénové lorsqu'il a hérité du titre il y a cinq ans. J'ai toujours pensé qu'il avait bon goût.

— J'en conviens.

La maison formait un U, et la partie ouverte faisant face à l'allée était surmontée d'une colonnade en marbre blanc : la pierre chaude de l'édifice donnait à ce portique l'apparence d'une perle sertie d'or.

Deux valets en livrée bleue descendirent en toute hâte le perron afin d'accueillir le carrosse. Les suivit d'un pas plus majestueux un grand majordome aux larges épaules. Les cheveux bruns plaqués en arrière, il leva son nez aquilin vers le carrosse et inclina la tête lorsque le valet aida Meredith et Fortune à descendre, puis Yvette.

— Mademoiselle Thorn, la salua-t-il, devinant à juste titre que c'était à elle qu'il fallait s'adresser en premier. Bienvenue à Carrolton Park. Monsieur le comte a demandé que vous soyez conduites à lui dès que possible. Voudriez-vous d'abord vous installer ?

Il jeta un coup d'œil à Yvette, d'un air plus bienveillant que désapprobateur. Après tout, il pensait avoir devant lui la nouvelle dame de compagnie de lady Carrolton, et non la célèbre beauté dont le père avait été lui-même comte.

Elle s'était efforcée de ressembler à un parent pauvre. Jouer un rôle reposait en grande partie sur l'attitude et les vêtements : elle avait dans cette optique emprunté une robe bleu marine unie à son amie Patience Ramsey, qui était fiancée à son cher Harry. Mlle Lydia Villers, qu'elle avait récemment rencontrée à l'occasion d'une partie de campagne chez ce dernier, lui avait offert une coiffe en paille, même si aucune d'elles ne savait exactement où Yvette serait cachée.

Comme Patience rirait lorsqu'elle apprendrait qu'Yvette allait reprendre le poste qu'elle avait elle-même autrefois occupé ! Yvette dissimula un sourire et garda la tête respectueusement baissée lorsqu'elle suivit avec Meredith le majordome vers la maison.

— Je pense qu'il serait préférable que nous parlions d'abord au comte, déclara Meredith pendant qu'ils traversaient la cour pavée au-delà des colonnes.

Les fenêtres des trois côtés les observaient avec des yeux curieux.

— Très bien, Madame, répondit le majordome en leur ouvrant la double porte.

Lorsqu'ils pénétrèrent dans un large hall d'entrée, le sourire d'Yvette s'élargit. Meredith avait affirmé que le comte avait bon goût. Elle avait tort : si ce dernier avait contribué à la décoration intérieure, il avait un goût exceptionnel et un sens aigu de la beauté. Les murs étaient de la couleur de la brume au-dessus de la Manche ; et le sol tel des vagues, composé de marbre blanc et d'une pierre zébrée de bleu et de violet semblable aux yeux de Meredith.

Des alcôves le long des murs abritaient des statues grecques. Des colonnes cannelées soutenaient l'entrée jusqu'à l'escalier situé au fond de la pièce, dont les rampes et les balustrades étaient d'un marbre veiné d'argent. Les murs étaient recouverts de bas-reliefs de forêts, amenant la nature alentour à l'intérieur.

Le majordome s'avança vers la porte qui semblait mener à l'aile nord de la maison et la leur tint ouverte. Avec un pincement au cœur, Yvette se détourna de toute cette beauté. Mais le couloir se révéla tout aussi merveilleux. La lumière qui pénétrait par les hautes fenêtres d'un côté faisait briller les tapisseries du mur opposé comme des rubis, des émeraudes et des saphirs. Sur des tables polies trônaient des vases chinois et des sculptures en bronze. Yvette reconnut une pièce en précieuse porcelaine de Sèvres, décorée du *N* de Napoléon. L'Empereur ne serait pas content d'apprendre que son motif personnel circulait clandestinement en Angleterre.

Et qui exactement organisait cette contrebande ? Peut-être Harry, mais sûrement pas le comte !

Désormais curieuse de rencontrer cet homme, Yvette franchit à la suite du majordome une porte à panneaux sombres menant à un salon. Tout étincelait : le motif bronze doré des revêtements muraux, le grand candélabre, la dorure en filigrane autour de la porte, mais aussi les passepoils et le capitonnage sur les fauteuils et le divan.

L'homme qui s'approcha d'eux vêtu d'un manteau et d'un pantalon simples ne semblait pas à sa place.

Un homme ? Non, un géant, sans doute l'une des légendes de cette contrée. Si Yvette s'était approchée de lui, son nez aurait heurté son sternum. Mais elle ne put que l'observer avec étonnement. Le manteau en tweed était posé sur des épaules puissantes et le pantalon beige enveloppait des jambes dignes des statues qu'Yvette venait d'admirer. Le tout complété par une mâchoire carrée, des yeux bruns chaleureux et des cheveux de jais – toutes proportions gardées, l'individu était aussi impressionnant que sa demeure.

Il s'inclina devant Meredith et Yvette.

— Mesdames. Bienvenue à Carrolton Park ! Je suis lord Carrolton et suis ravi de vous être utile. Marbury, poursuivit-il en faisant un signe de tête à son majordome, voulez-vous bien prévenir ma mère que nous allons bientôt monter ?

— Oui, Monsieur.

Après s'être incliné, le majordome pivota sur ses talons et sortit.

— Je vous en prie, asseyez-vous, les invita le comte en revenant à grandes enjambées vers le divan situé près du feu, sa voix grave donnant à sa demande des airs d'ordre. Votre voyage a dû vous épuiser, mais j'ai pensé que nous devrions tout de suite nous mettre d'accord sur le cap à suivre.

Pensait-il qu'ils préparaient une campagne militaire ? Après tant d'années à œuvrer seule, sans oser confier ses secrets à qui que ce soit, Yvette trouvait cette situation de collusion amusante. Elle s'assit à côté de Meredith sur le sofa, tandis que le comte s'installait face à elles dans un fauteuil qui sembla aux yeux de la jeune femme trop délicat pour son poids.

— Parfait, approuva Meredith en s'appuyant contre le dossier, Fortune blottie contre elle. Cela signifie-t-il que vous avez reçu des nouvelles de Londres ?

Il hocha la tête et se pencha en avant jusqu'à ce que ses coudes reposent sur ses cuisses, ses bottes noires enfoncées profondément dans la moquette aux motifs rubis et dorés.

— J'ai été informé que Mlle de Maupassant avait fourni des informations cruciales pour soutenir l'Angleterre dans ses efforts contre le tyran français, efforts qui ont mis sa vie en danger. Ma tâche est de la cacher jusqu'à ce que quelqu'un du ministère de la Guerre vienne la chercher, leur expliqua-t-il, avant que ses lèvres se retroussent avec un dégoût évident. Est-il nécessaire qu'elle feigne d'être une simple servante ?

Yvette écarta les mains.

— Mais je suis une servante, monsieur. Ma famille a été guillotinée, nos terres et nos titres spoliés. Je sers désormais une noble cause : mettre un terme à cette guerre et faire retrouver la raison à la France.

Le comte avait pâli à l'évocation de la guillotine, comme la plupart des hommes. Pourtant, il ne pouvait pas en saisir la réalité, l'horreur, les cris, le bruit sourd lorsque la lame s'abattait. Il était assis là, dans sa belle demeure, sans rien ni personne pour le troubler. Ce qu'Yvette lui enviait.

— Il est préférable que personne ne connaisse sa véritable identité, argua Meredith. Comme lord Hastings vous l'a sûrement expliqué, nous avons déjà eu des problèmes.

Lord Carrolton hocha la tête.

— L'espion que sir Harry a attrapé. Hastings semble penser qu'il y en aura d'autres.

Un seul autre, à en croire les fanfaronnades de l'espion. Son supérieur viendrait terminer le travail, et connaîtrait le même sort que son prédécesseur : capture et emprisonnement. Trop de personnes en Angleterre attendaient sa venue, dont Yvette.

— Nous ne pouvons pas en être certains, dit Meredith au comte. Mais ne vous y trompez pas. Yvette de Maupassant est coupable de trahison envers l'Empereur. La sentence est la mort. Elle doit donc disparaître. Je vous présente Mlle French, la nouvelle dame de compagnie de votre mère.

Yvette afficha un sourire heureux, redressa le dos et battit des cils pour faire bonne mesure.

Le comte fronça ses sourcils bruns, qui s'abaissèrent au point de lui donner un air redoutable. Le subterfuge était-il indigne de lui ? Refuserait-il finalement d'offrir l'asile à Yvette ? Avait-elle fait tout ce chemin pour rien ?

*

* *

Gregory, comte de Carrolton, n'aimait pas mentir. Le mensonge semblait lâche, irrespectueux. Et il n'avait jamais été très bon pour cela. Son visage à la mâchoire carrée était trop transparent et trahissait la moindre de ses émotions. Ses précepteurs ou son père avaient immédiatement compris ses véritables intentions les rares fois où il avait occulté la vérité lorsqu'il était enfant, en général pour atténuer une mauvaise nouvelle. Et voilà que le ministère de la Guerre voulait qu'il mente à sa mère, à sa sœur et à ses domestiques. Il ne pouvait s'empêcher d'éprouver des scrupules.

« Je ne saurais trop insister sur l'importance d'assurer la sécurité de Mlle de Maupassant », lui avait écrit lord Hastings. Cet ingénieux marquis dirigeait un groupe d'agents du renseignement issus de l'aristocratie, tous triés sur le volet, leur identité étant seulement suggérée à demi-mot auprès de la bonne société. Ils avaient mis au jour des secrets, éliminé des espions et sauvé l'Angleterre du désastre à maintes reprises. Le fait que Hastings ait demandé à Gregory de remplir un rôle, ne serait-ce que secondaire, était un grand honneur. Le jeune homme s'irritait de son incapacité à contribuer à la guerre. Là se trouvait donc sa chance d'être utile.

— Mademoiselle French, dit-il à Mlle de Maupassant en essayant de ne pas paraître aussi dubitatif qu'il l'était au fond de lui à propos de ce nom d'emprunt.

Êtes-vous contente de jouer le rôle d'une dame de compagnie ?

Une fois de plus, Yvette agita ses cils dorés, et ses yeux bleus pétillèrent. Ce sourire était tout à fait charmant.

— *Mais oui*[1] *!* s'exclama-t-elle en français. Je vous assure que ce rôle sera bien plus facile que d'autres que j'ai endossés.

Sa voix chantante était confiante, mais elle ne connaissait pas encore la mère de Gregory. La comtesse avait fait fuir trois dames de compagnie avant que Patience Ramsey accepte de rester trois ans. Sûrement, selon Gregory, parce que cette blonde accommodante n'avait nulle part où aller. Cette femme était une pépite, à toujours soigner les nombreux maux de sa mère. Mais lorsqu'elle lui avait annoncé qu'elle avait trouvé un autre poste, il l'avait volontiers laissée partir. Elle méritait mieux que ce qu'ils pouvaient lui offrir.

— Si vous avez des ennuis, dit-il à la jeune femme, vous devez venir me voir.

Elle esquissa un sourire, incitant lord Carrolton à se rapprocher.

— Mais bien sûr, mon cher comte.

Gregory s'adossa contre le dossier de son fauteuil et sentit ses joues s'échauffer. Il n'avait jamais su comment se comporter avec la gent féminine. La plupart des dames de sa connaissance agissaient comme si elles étaient des créatures fragiles. Un mot inconsidéré, un regard ferme, et elles disparaissaient. Les manières efféminées employées par tant de messieurs de la bonne société semblaient leur plaire, mais cette

---

1. Tous les mots en italique sont en français dans le texte original. *(N.d.T.)*

attitude était ridicule pour un homme de la taille de Gregory. La seule fois où il avait eu le courage de faire une demande en mariage, la femme lui avait gentiment fait savoir qu'ils ne pourraient jamais être plus que des amis. Il ne faisait aucun doute qu'il lui faudrait se marier un jour pour assurer sa lignée, mais il n'avait aucune hâte de faire entrer une autre femme dans sa maison déjà tumultueuse.

— Vous devez la traiter comme n'importe quel autre domestique, le prévint Mlle Thorn, dont le regard cloua le comte sur place.

Ses yeux bleu-violet avaient la couleur de la *Lavandula*, ou du moins c'était ce que pensa son cerveau confus.

— Ah, mais je dois être une dame de compagnie, rétorqua Mlle de Maupassant. Il s'agit d'une domestique à part, non ?

Gregory se ressaisit.

— Oui. Vous tiendrez compagnie à ma mère depuis son réveil jusqu'à son coucher. Je crois que Mlle Ramsey lui faisait la lecture et lui chantait des chansons pour égayer ses journées.

— Comme c'est adorable, lui répondit la Française.

Ce visage était tout aussi adorable, sa coiffe et sa robe plus pratiques que jolis, mais Gregory avait du mal à imaginer cette femme dans une condition servile.

— Mlle Ramsey dînait avec la famille et assistait également à la messe et aux événements mondains avec ma mère, poursuivit-il.

— Il faudra peut-être renoncer aux engagements mondains pour le moment, déclara Mlle Thorn, caressant d'une main le chat sur ses genoux.

La queue remuante, l'animal fixait Gregory de ses yeux cuivrés, puis il redressa le dos.

Qu'est-ce qui n'allait pas chez lui ? Cherchait-il l'approbation de la chatte, maintenant ? Il pouvait abattre un adversaire sur un ring de boxe d'un seul coup de poing, couper un arbrisseau en deux en abattant une fois son coutelas, pousser son cheval à sauter un obstacle ou un fossé. Il avait pris la parole au Parlement, s'était adressé au prince régent. Pourquoi le regard d'une représentante du beau sexe, même féline, lui donnait-il envie de courir se réfugier dans sa serre et de se cacher au milieu de ses plantes ?

— Je ferai tout ce qui est nécessaire pour que Mlle… French soit en sécurité, leur assura-t-il, les paumes moites.

— Parfait, conclut Mlle Thorn.

Elle cessa ses caresses et lança un regard à son animal de compagnie.

La chatte se leva et s'étira haut sur ses pattes, la flamme blanche sur son poitrail se reflétant à la lumière. Puis elle descendit des genoux de sa maîtresse pour marcher sur le damas du divan.

— Je vous présente Fortune, lui déclara Mlle Thorn. Fortune, je te présente lord Carrolton.

Elle lui présentait son chat ? Comment devait-il réagir ?

Comme si elle avait repéré une souris dodue, Fortune franchit d'un bond l'espace qui les séparait et atterrit sur la cuisse du comte, qui resta immobile.

Fortune l'étudia un instant, puis frotta sa tête contre le tweed de son manteau.

Mlle de Maupassant fit un grand sourire.

— Elle vous aime bien.

— J'imagine qu'elle aime tout le monde, lui rétorqua-t-il.

Il craignait, en touchant la charmante bête, de lui faire du mal par inadvertance.

— Non, à vrai dire, lui expliqua Mlle Thorn, Fortune est assez exigeante. Vous pouvez la caresser.

Il semblait que ce geste aussi était un honneur. Avec précaution, Gregory passa sa main sur le pelage soyeux. Fortune tourna la tête d'un côté puis de l'autre, se laissant caresser obligeamment derrière chaque oreille par le comte. Eh bien, qui l'aurait cru ?

Le sourire de Mlle Thorn s'élargit.

— Il semble que ma mission ici soit terminée.

Mlle de Maupassant se pencha en avant et inclina la tête pour regarder le comte du coin de l'œil.

— Mais vous permettrez bien à Meredith et Fortune de passer la nuit ici, n'est-ce pas ? Elles ont fait un long voyage avec moi ces derniers jours.

— Bien sûr. Et j'espère que vous vous joindrez également à nous pour le dîner, mademoiselle Thorn. Je peux demander à quelqu'un de s'occuper de Fortune.

La chatte leva les yeux vers lui comme si elle avait reconnu son nom, mais son regard semblait le tancer.

— Ma mère est souffrante, expliqua-t-il – s'adressait-il au chat ou à Mlle Thorn ? –, le médecin nous conseille de la tenir éloignée de toute sorte d'animal.

Fortune s'écarta de lui, descendit de ses genoux et s'éloigna à grands pas sur la moquette, la queue en l'air. L'avait-il offensée ?

Mlle Thorn pencha la tête.

— Je comprends.

Cela en faisait au moins une.

— Nous vivons au rythme de la campagne, continua-t-il. Nul besoin de vous changer pour le dîner. Disons dix-huit heures ?

— Parfait.

Meredith dressa la tête pour garder un œil sur son animal de compagnie, qui semblait inspecter le candélabre.

Mlle de Maupassant se leva, incitant Gregory à faire de même.

— Je vous remercie pour vos explications et votre hospitalité, monsieur. À présent, vous devez me présenter à votre mère. La journée a été longue et je n'ai que peu de charme à revendre.

Il approuva d'un hochement de tête. Cependant, il était certain que la fraîchement dénommée Mlle French avait tort. Elle avait bien trop de charme. Il était encore tiraillé : sa mère accepterait-elle cette femme, ou cette ruse était-elle vouée à l'échec dès le départ ?

2

Ce fut en fin de compte Marbury, le majordome, qui accompagna Yvette à l'étage pour rencontrer la mère du comte. Elle comprit pourquoi. Cette conduite participait du mensonge qu'elle était une dame de compagnie employée par la famille et non une quasi égale de lady Carrolton. Elle ne savait pas pourquoi elle était déçue que le comte ne fasse pas lui-même les présentations.

Il l'avait accompagnée jusqu'à la porte du salon doré.

— Si vous avez besoin de quoi que ce soit, lui avait-il répété, venez me trouver.

Elle lui avait offert un sourire.

— Je peux prendre soin de moi, monsieur. Vous n'avez pas besoin de vous inquiéter.

Mlle Thorn avait acquiescé, tandis que Fortune s'était précipitée vers la porte comme si elle était déterminée à suivre Yvette.

Elle regrettait presque la compagnie du chat maintenant qu'elle était avec le majordome. M. Marbury éprouvait également des inquiétudes, ce qui était évident à la façon dont il fronçait les sourcils.

— Monsieur le comte vous a-t-il expliqué vos devoirs ? demanda-t-il à Yvette pendant qu'ils montaient les marches devant les forêts de pierre sculptée.

— Je dois m'occuper de Madame du petit déjeuner jusqu'au coucher, lui répondit-elle en soulevant ses jupes alors qu'ils arrivaient sur la moquette bleu marine qui tapissait le couloir de l'aile nord.

— Ce n'est pas tout. Lady Carrolton attend de sa dame de compagnie des conseils sur sa tenue, des soins en cas de problèmes médicaux mineurs et du divertissement.

— D'accord, lui dit Yvette en contemplant les paysages sereins devant lesquels ils passaient dans le couloir tendu de soie bleue. Je vais la rendre heureuse.

Marbury s'arrêta devant une porte à panneaux.

— Je suis sûr que vous ferez de votre mieux, mais je pense que vous devez savoir, mademoiselle French, que la comtesse est rarement heureuse. Je ne voudrais pas que vous ayez des attentes trop élevées, lui déclara-t-il, adoucissant ses mots par un gentil sourire. Votre position est la plus difficile de la maison. Je vous aiderai de toutes les manières possibles. Je vais vous présenter Madame et reviendrai plus tard pour voir comment vous vous en sortez. Bonne chance.

Après avoir redressé les épaules, il frappa à la porte.

Une voix frêle, à peine audible à travers le bois, lui répondit :

— Entrez.

M. Marbury adressa un sourire encourageant à Yvette avant d'afficher une mine impassible et d'ouvrir la porte.

Cette pièce était aussi belle que les autres, mais plus sombre, notamment parce que les rideaux de velours doré étaient tirés le long d'un des murs. Une grande commode de style chinois, laquée noir et or, se trouvait en face d'une coiffeuse assortie, avec un beau secrétaire en noyer à sa gauche. Un bouquet de soucis d'une couleur éclatante trônait dans un vase chinois doré et bleu sur le manteau de la cheminée. En face se dressait un grand lit, dont le demi-baldaquin et les tentures avaient pour motif des lys blancs sur fond noir, au cœur rehaussé de fils d'or.

Adossée à la tête de lit, soutenue par des oreillers faisant comme un écrin autour d'elle, était assise une femme aussi menue que son fils était trapu. Même s'il faisait encore jour, elle portait un bonnet de nuit bordé de dentelle et noué avec un ruban, ainsi qu'une liseuse couleur crème entièrement brodée de marguerites. Le motif délicat de son vêtement contrastait avec ses lèvres pincées et son expression sévère.

— Madame, commença Marbury, puis-je vous présenter votre nouvelle dame de compagnie, Mlle French ?

Yvette fit une révérence et se releva à temps pour voir la comtesse plisser son long nez.

— French ? se plaignit-elle d'une voix nasillarde. Qu'est-ce que c'est que ce nom ? Je vous préviens, ma fille, je ne tolérerai pas que vous preniez des airs.

Quel accueil ! Yvette jeta un coup d'œil à Marbury pour savoir comment elle était censée réagir. Il fit un signe de tête vers le lit. Yvette s'approcha de la comtesse.

Celle-ci avait une certaine élégance, avec ses traits finement dessinés, ses cheveux argentés étroitement bouclés autour de son visage pâle sous son bonnet. Elle se tenait si droite qu'elle semblait en réalité soutenir les oreillers et non l'inverse.

— C'est mon nom, je n'y peux rien, lui rétorqua Yvette. Tout comme vous n'êtes pour rien dans le fait d'être comtesse. Mais si mon nom de famille vous déplaît, vous pouvez m'appeler par mon prénom : Yvette.

La comtesse ne répondit pas et se tourna vers le majordome.

— Pourquoi n'avez-vous pas pris sa coiffe, Marbury ? Pensez-vous qu'elle ne restera pas assez longtemps pour que cela en vaille la peine ?

— Certainement pas, Madame.

Marbury se rapprocha d'Yvette en tendant la main. Elle défit sa coiffe et la lui remit.

— Des cheveux courts ! s'exclama la comtesse en lançant un regard noir à la jeune femme. Ce n'est pas possible.

— Je ferai de mon mieux pour les faire pousser d'ici à demain matin.

La comtesse cligna des yeux, et Marbury détourna la tête, mais Yvette eut tout de même le temps d'apercevoir son sourire. Il fit une révérence et se retira.

— Eh bien, ne restez pas là, dit lady Carrolton à Yvette. Venez vous asseoir à côté de moi, que je n'aie pas à élever la voix pour vous parler. J'ai une constitution délicate.

Peut-être, mais elle avait certainement plus d'entrain que la plupart des gens. Yvette s'avança vers une chaise laquée noire, au dossier en forme de lyre, installée à côté du lit, et s'assit. Dure et inconfortable : mais que demander d'autre pour une dame de compagnie ?

— J'ai de grandes attentes, l'informa lady Carrolton comme si Yvette ne s'en était pas rendu compte. En tant que dame de compagnie, vous devez être disponible chaque fois que j'ai besoin de vous.

— Du petit déjeuner au coucher, confirma Yvette.

La comtesse fronça les sourcils.

— Qui vous a raconté ces bêtises ? J'ai un certain nombre de problèmes qui doivent être soignés de jour comme de nuit.

Comme pour le prouver, elle se mit à tousser. Pas à petits bruits distingués, mais à grands cris déchirants qui la pliaient en deux. Une main griffue désigna la coiffeuse.

Yvette se leva et lui donna une tape dans le dos.

La comtesse se redressa brusquement, les yeux écarquillés.

— Vous m'avez frappée !

— C'est une technique pratique pour éliminer les obstructions de la gorge et des poumons, lui expliqua Yvette. Vous avez cessé de tousser, cela a dû donc fonctionner. Si vous recommencez à tousser, je vous administrerai de nouveau ce remède.

Lady Carrolton remua les épaules comme pour essayer de déterminer l'étendue de ses blessures.

— Vous n'aurez plus jamais besoin de me l'administrer. Je suis suivie par un certain nombre d'excellents médecins. Vous trouverez tout ce dont j'ai besoin dans cette mallette sur la coiffeuse.

Intéressant. Yvette alla chercher l'objet. En cuir cramoisi, avec une serrure et des poignées en laiton, elle pesait lourdement dans ses bras tandis qu'elle la rapportait près du lit et la posait sur ses genoux.

— Ouvrez-la, ouvrez-la, l'invita la comtesse avec autant d'impatience qu'un enfant attendant un cadeau.

Yvette l'ouvrit d'un coup sec. À l'intérieur étaient soigneusement agencés des fioles, des pots et des accessoires. Yvette prit un objet qui ressemblait à une longue pince à épiler. Une étiquette manuscrite sur le côté décrivait sa fonction.

— « Tendeur de doigts » ?

Lady Carrolton remua les doigts.

— Pour les crampes.

Jouait-elle du piano au point de surmener ses mains ? Yvette ne voyait aucune autre raison pour qu'une dame de l'aristocratie impose un tel supplice à ses doigts.

Yvette rangea l'outil et prit un flacon.

— « Gouttes pour les yeux », lut-elle.

Lady Carrolton hocha la tête et se pencha en avant vers Yvette.

— J'ai les yeux chassieux. Il y a également des gouttes nasales pour la congestion, des pilules contre le foie bilieux, des médicaments pour les maux d'estomac ainsi que pour accélérer ou ralentir le transit intestinal, des pansements pour les oignons et de la crème pour les verrues. Je n'ai pas souvent de verrues, ajouta-t-elle avec un soupir mélancolique.

Yvette referma la mallette et la mit de côté.

— Ce dont nous devrions être reconnaissantes. Ainsi, vous souhaitez que je vous administre des médicaments chaque fois que nécessaire.

— De jour comme de nuit, insista lady Carrolton.

Yvette balaya la pièce du regard.

— La nuit, c'est compliqué. Où vais-je dormir ?

La comtesse agita la main vers une porte à côté de l'armoire.

— Dans mon cabinet de toilette.

Yvette fronça les sourcils, se releva et alla voir.

Cette pièce avait à peu près les mêmes dimensions que la spacieuse chambre, avec des murs bleu clair et un parquet en bois ciré. Une autre coiffeuse et un miroir trumeau étaient disposés contre un mur, tandis que des armoires et des malles bordaient les autres. Coincé entre deux meubles se trouvait un lit de camp, mesurant peut-être un mètre vingt de long.

D'un seul coup, Yvette était de retour en France, une enfant encore tremblante d'avoir vu sa famille se faire guillotiner. Claude, la main sur son épaule, la poussait dans l'escalier, pour la faire monter plus haut que l'étage où son épouse et lui dormaient, au-dessus même des chambres de bonnes, jusqu'au grenier de la maison. Dans l'entrebâillement se profilaient de vieux meubles et des tableaux abandonnés, indésirables comme elle.

« C'est là que vous dormirez, l'avait-il informée. Si vous travaillez dur, vous pourrez peut-être gagner une couverture, mais je ne m'y attendrais pas de sitôt.

Yvette frémit à ce souvenir, puis retourna vers la chambre de la comtesse. »

— *Non !*

Lady Carrolton la fixa.

— Non ? Comment ça, non ?

— Non, je ne dormirai pas par terre comme votre chien.

La comtesse releva la tête.

— Ce lit est très bien. Mon ancienne dame de compagnie dormait dessus.

— Et elle vous a quittée, lui rappela Yvette en se dirigeant vers la porte, pourchassée par ses souvenirs.

— Où allez-vous ? Vous ne pouvez pas partir !

Elle ne le pouvait pas en effet, mais la despote assise sur le lit ne devait jamais l'apprendre.

— Je souhaite simplement jeter un coup d'œil alentour, lui expliqua Yvette en étudiant le couloir.

Il y avait des ouvertures vers de nombreuses pièces, mais la plupart étaient trop éloignées pour qu'elle puisse entendre la comtesse l'appeler. Mais qu'en était-il de cette porte juste en face ?

— Qu'est-ce que c'est ? demanda-t-elle en pointant du doigt.

Lady Carrolton pencha la tête pour voir.

— Une chambre d'amis, rarement utilisée. Marbury installe en général nos invités dans l'aile sud.

— *Bien*. Je vais la prendre.

— Mais vous ne m'entendrez jamais de là-bas ! protesta lady Carrolton.

— *C'est vrai,* concéda Yvette. Nous allons vous trouver une cloche.

Pour la première fois depuis qu'Yvette était entrée dans la pièce, la comtesse sourit.

— Une cloche ?

— Oui. Enfin, une clochette. Quand vous aurez besoin de moi la nuit, vous la ferez sonner et je viendrai.

— Vous me promettez ?

Une fois de plus, cette vieille femme semblait mélancolique, presque craintive, comme un enfant implorant du réconfort après un cauchemar. Yvette connaissait ce sentiment, ce besoin de savoir que quelqu'un qui se souciait d'elle était proche et serait là quoi qu'il arrive. À cause de la Révolution, elle avait perdu tous ceux qui auraient pu combler ce besoin. Qu'est-ce qui avait conduit cette femme de l'aristocratie anglaise à se trouver dans un tel état ? Yvette ne le saurait peut-être jamais, mais elle ne pouvait pas ignorer ce besoin en cet instant.

Elle retourna auprès de sa nouvelle maîtresse et posa sa main sur celle de la comtesse.

— Je vous le promets. Tant que je serai votre dame de compagnie, vous n'aurez pas à vous inquiéter. Où est votre bonne ? Nous devons vous habiller. Nous avons beaucoup à faire.

*

* *

Gregory ne devait pas s'en mêler. Yvette de Maupassant (il valait mieux s'habituer à l'appeler Mlle French) avait connu la Terreur. Elle était sûrement capable de s'occuper de sa mère. Pourtant, tandis qu'il tentait d'examiner les rapports de son intendant sur leurs différentes propriétés, ses pensées ne cessaient de s'envoler vers ce qui devait se passer à l'étage au-dessus de sa tête. Mlle French avait-elle accepté toutes les exigences de sa mère ? Il les savait nombreuses : Mlle Ramsey l'avait laissé entendre avant de démissionner avec pertes et fracas pour prendre une place auprès d'Augusta Orwell, la tante de son ami Harry. Sa sœur Lilith était presque aussi exigeante que sa mère. Bien sûr, son père avait lui aussi nourri de grandes attentes, mais Gregory avait toujours su les satisfaire.

Peut-être devait-il s'assurer que tout allait bien.

Il quitta son cabinet pour monter dans le couloir à l'étage de l'aile nord, où se situaient les appartements de sa mère, de sa sœur et les siens. Les mains dans les poches de son manteau, il marchait à grands pas sur l'épaisse moquette, entouré d'un profond silence. Lilith était partie faire du cheval cet après-midi, l'un de ses rares plaisirs, mais sa mère n'avait sûrement pas décidé de faire une sieste alors qu'une nouvelle dame de compagnie prenait ses fonctions. Pourtant, alors qu'il approchait des appartements de la comtesse, il détecta une activité inhabituelle. Des servantes sortaient de l'escalier de service les bras chargés de linge de maison, des valets portaient des meubles... Les bras croisés sur la poitrine, adossé à un mur, Marbury supervisait les opérations.

— Y a-t-il un souci ? s'enquit Gregory en s'approchant de l'homme.

Le majordome se redressa, demeurant malgré tout plus petit que Gregory de cinq centimètres.

— Non, Monsieur. Nous préparons seulement une chambre pour Mlle French.

Gregory fronça les sourcils.

— Pourquoi ne peut-elle pas utiliser la chambre de Mlle Ramsey ?

Le visage de Marbury resta impassible, mais le comte crut entendre une protestation dans son ton.

— Mlle Ramsey n'avait pas de chambre, Monsieur. Elle dormait sur un lit de camp dans le cabinet de toilette de la comtesse.

Vraiment ? Il n'était pas surprenant que cette femme soit partie.

— Cette chose étroite que nous avons installée pour la bonne quand ma mère a eu la grippe il y a quatre ans ? lui demanda Gregory. Il s'agissait d'un arrangement temporaire et uniquement pour les siestes.

— Je m'en souviens. Mais la comtesse en a jugé autrement.

Et c'était toujours le cas, apparemment.

— Non, non ! résonna la voix de sa mère particulièrement stridente dans la chambre inutilisée en face de la sienne. J'ai dit jaune. Cela tire sur le moutarde. Dois-je tout faire moi-même ?

Gregory s'aventura dans la pièce. Il avait travaillé avec son architecte d'intérieur pour rendre unique chacune des cent pièces de Carrolton Park. Celle-ci avait été inspirée par le printemps, avec des murs jaune soleil, des tentures de lit à motifs de jonquilles et de tulipes, et un tissu assorti sur les chaises à dossier incurvé. La corniche du lit et le dessus de chaque porte étaient couronnés d'un soleil doré, aux rayons radieux.

Au milieu de toute cette bonne humeur, sa mère, vêtue de l'une des robes noires parées de dentelle qu'elle affectionnait, avait des allures de corbeau. À côté de sa silhouette haute et élégante, Yvette de Maupassant ressemblait à une poupée de porcelaine.

Et ces cheveux ! Coupés à la garçonne, ils s'enroulaient autour de son charmant visage avec désinvolture. Gregory s'imaginait passer ses doigts dans les mèches soyeuses, qui rebondiraient à son contact.

Il chassa cette pensée. La lettre de Harry, qui avait accompagné celle de lord Hastings, indiquait que l'ami de Gregory avait sauvé cette femme d'une prison, après que ses activités d'espionnage avaient été démasquées. D'après ce que Gregory savait, ses ravisseurs lui avaient coupé les cheveux pour l'humilier. Il n'aurait pas dû trouver cette coupe si attrayante.

Sa mère lui sourit, des rides se creusant autour de ses yeux clairs alors qu'elle levait sa canne à embout d'ébène.

— Gregory ! Tu es venu me voir !

Sa remarque laissait penser que sa venue était une exception, alors qu'il essayait de lui rendre visite au moins une fois par jour, en plus du dîner.

— Mère, lui dit-il en l'embrassant sur la joue. Vous avez l'air occupée.

— Très, lui assura-t-elle en repoussant d'un geste de la main les draps couleur crème présentés par une femme de chambre. Les bleus, j'ai dit. J'ai été très précise. Pourquoi aucun de vous ne m'écoute ?

— Ils vont aller à merveille, intervint Yvette. Regardez comment le bleu s'assortit joliment au doré ! Et de la dentelle crème sur les taies d'oreiller, quelle idée sublime !

La servante fit une révérence et rougit devant ce compliment.

Gregory laissa sa mère donner des ordres à une autre bonne pour faire le lit et entraîna Yvette à l'écart.

— Je dois m'excuser, lui murmura-t-il, avec le sentiment d'être un mastodonte à côté d'elle. Je ne savais pas que Mère faisait dormir son ancienne dame de compagnie sur un lit de camp.

Elle agita la main.

— Une solution a été facilement trouvée.

Il n'aurait pas qualifié de « facile » cette effervescence autour de lui. En outre, il n'appréciait pas la façon dont l'agencement de la chambre était modifié sous ses yeux. Une malle cabossée en noyer noir le perturba. Il jeta un coup d'œil à Marbury, qui s'approcha immédiatement.

— Monsieur ?

— Il y a une armoire en érable dans l'aile nord. Demandez à deux des valets de l'apporter ici et d'enlever cette monstruosité en noyer.

Le majordome inclina la tête.

— Tout de suite, Monsieur.

Yvette rit, ce qui chatouilla les oreilles de Gregory.

— « Monstruosité », vous dites. Je dois me considérer comme chanceuse de posséder cette malle !

Gregory garda la tête haute.

— Durant votre séjour ici, je suis déterminé à ce que vous soyez entourée de beauté, mademoiselle... French.

Elle rit encore.

— Vous devez vous entraîner, monsieur. Je suis une pauvre dame de compagnie, la modeste Mlle French, dit-elle en battant des cils dans sa direction.

— Peut-être est-ce vous qui devriez vous entraîner ? lui rétorqua-t-il avec un sourire. Vous ne ressemblez pas et n'agissez pas comme une humble dame de compagnie.

Elle fit la moue.

— Je fais pourtant de mon mieux.

— French !

À l'appel de sa mère, Yvette s'éloigna précipitamment du comte. La pièce ensoleillée sembla s'assombrir. Gregory se ressaisit. Venait-il de faire du charme à cette femme ? Il était surpris de même savoir comment faire. En sa présence, chaque pensée, chaque geste paraissait naturel.

Sa mère avait peut-être pris l'initiative de ce nouvel aménagement, mais il était presque certain qu'il n'y avait qu'une seule meneuse dans la pièce, et c'était clairement Yvette. Il se fit la réflexion que Carrolton Park ne serait sans doute plus jamais pareil.

3

Meredith Thorn sortit de sa chambre, Fortune dans les bras. Elle aurait volontiers confié son animal de compagnie à une gentille servante plutôt que de l'emmener au dîner, mais aucune servante, gentille ou non, n'était apparue. En effet, l'aile sud, dans laquelle elle était logée, lui sembla vide de toute occupation humaine alors qu'elle se dirigeait vers l'escalier. Elle venait d'atteindre le palier lorsqu'une voix la stoppa.

— Vous, là ! Vous devez être la nouvelle dame de compagnie.

Meredith se tourna vers la femme qui arrivait de l'aile nord. Ses cheveux, tirés en arrière et dégageant son visage sculpté, étaient brun foncé, lisses comme du chocolat chaud, mais ses yeux étaient d'un bleu si clair qu'ils ressemblaient à du verre. Elle était grande pour une femme, certainement plus grande que Meredith, et sa stature dans sa robe austère en satin marron lui donnait un air d'amazone.

— Lady Lilith, je présume, lui dit Meredith en inclinant la tête.

— Vous présumez beaucoup, affirma la sœur du comte. Vous devez m'appeler « Mademoiselle ». Et j'ignore qui a permis à cet animal de rentrer dans la maison, mais je ne veux pas que ma mère y soit exposée. Si vous ne lui avez pas trouvé un autre logement d'ici à demain soir, je demanderai à Marbury de s'en débarrasser.

Fortune s'écarta tant de cette femme qu'elle se pressa contre la poitrine de Meredith. Cette dernière refusait de baisser les yeux, et encore moins de ramper, comme la sœur du comte le désirait sans doute.

— Vous vous trompez, lady Lilith. Je ne suis pas la dame de compagnie de votre mère. Je suis une connaissance du duc de Wey et de sir Harold Orwell, qui ont demandé à votre frère de m'offrir l'hospitalité lors de mon voyage dans la région. J'accompagnais Mlle French, la nouvelle dame de compagnie de votre mère. Si ma chère Fortune n'est pas la bienvenue, je signalerai aux amis de votre frère qu'il m'a fallu trouver un autre hébergement.

Tout ce que lady Lilith put offrir en guise d'excuses fut un léger mouvement des pieds qui fit osciller ses jupes.

— Pas besoin d'inquiéter le duc ou sir Harold. Si Gregory a accepté de vous accueillir, qui suis-je pour remettre en question sa parole ?

Il n'y avait pas de « si ». Pensait-elle que Meredith mentait ? Des inconnues apparaissaient-elles régulièrement sur le perron pour réclamer une invitation ?

— Le chat, reprit lady Lilith en descendant les marches, doit rester dans les écuries.

— À condition que vous y ayez une chambre d'amis, lui rétorqua Meredith en la suivant.

Lady Lilith ne répondit pas, mais Fortune feula dans son dos.

Meredith pensait qu'ils allaient peut-être tous se retrouver dans le salon doré où elle avait fait la connaissance du comte, mais lady Lilith se dirigea infailliblement vers une autre pièce plus loin dans le couloir : le protocole ne semblait pas scrupuleusement respecté à Carrolton Park.

La salle à manger était aussi somptueusement aménagée que le reste de la maison : des murs vert clair faisaient ressortir les meubles en palissandre. Le comte, sa mère et Yvette étaient déjà assis à la longue table lorsque lady Lilith et Meredith entrèrent dans la pièce. Le comte se leva précipitamment, manquant de renverser sa lourde chaise à haut dossier.

— Mademoiselle Thorn, je suis ravi que vous puissiez vous joindre à nous, lui dit-il en désignant la chaise à sa gauche.

Sa sœur lança un regard noir à Meredith en passant devant elle.

En face de Meredith, lady Carrolton se redressa.

— Ah, une invitée ! Pourquoi ne m'as-tu pas prévenue, Gregory ?

— Vous étiez occupée avec Mlle French, dit-il en se rasseyant tandis que Meredith prenait place. Mère, je vous présente Mlle Thorn, une amie de Wey et de sir Harry. Mademoiselle French, je vous présente ma sœur, Lilith.

Sa sœur braqua son regard noir sur lui. Meredith s'était demandé pourquoi le puissant lord Carrolton n'était pas plus impliqué dans l'effort de guerre, à l'image de son ami, sir Harry. Fort probablement, ce visage transparent, ce sourire candide laissaient transparaître la moindre émotion. Il ne se doutait pas qu'il venait d'insulter sa sœur en lui présentant Yvette comme si elle était son égale. S'ils ne faisaient pas attention, il trahirait la supercherie. Une dame de compagnie était une subalterne.

Avant de pouvoir orienter la conversation vers un terrain plus sûr, lady Carrolton jeta un coup d'œil à Fortune et commença à renifler. Un instant plus tard, elle éternuait avec une telle force que les bougies vacillèrent dans leurs chandeliers argentés. Lady Lilith regarda Meredith avec insistance, puis Yvette, qui sourit poliment.

Marbury, qui se tenait le long du mur, s'avança.

— Si vous me le permettez, mademoiselle Thorn, une soucoupe de crème et quelques bouchées attendent notre invité à quatre pattes dans la cuisine. Puis-je ?

Meredith baissa les yeux sur Fortune, qui releva la tête vers le majordome puis tendit les pattes comme pour le supplier de la porter. Marbury la prit dans ses bras et l'emmena.

La comtesse continuait cependant à renifler.

— La mallette, lança lady Lilith à Yvette. Où l'avez-vous mise ?

— *Mille excuses, Madame*. Je n'avais pas compris qu'il fallait l'emporter partout. Voulez-vous que j'aille la chercher dans la chambre ?

Lord Carrolton se redressa comme pour aller la chercher lui-même.

Sa mère lui épargna cette peine.

— Mouchoir ! réclama-t-elle entre deux éternuements.

— Oh !

Yvette sortit un carré de soie et l'offrit à la comtesse, qui s'en saisit et le pressa contre son nez.

Meredith se réjouit que les valets commencent à cet instant à servir le repas.

Toutefois, tandis que la nourriture et le vin abondaient, les seuls sons audibles étaient le carillon du cristal fin et le crissement de l'argent sur la porcelaine. Yvette mangeait délicatement, un sourire vague sur les lèvres. Elle semblait avoir endossé le rôle de dame de compagnie, restant muette tant qu'on ne lui adressait pas la parole. En réalité, personne ne dit grand-chose. Étaient-ils à ce point mal à l'aise en compagnie les uns des autres ?

Ou à ce point mal à l'aise tout court ?

Alors que la tablée passait au dessert, composé de fraises et de crème, lady Carrolton leva la tête pour attirer l'attention de son fils.

— French dit que je dois avoir une cloche.

Le comte fronça les sourcils.

— Une cloche ?

— Une clochette, glissa Yvette. Afin qu'elle puisse m'appeler en cas de besoin.

Il hocha la tête, mais sa sœur posa sa fourchette en argent.

— Et pourquoi ma mère aurait-elle besoin de vous appeler ? s'offusqua-t-elle. Vous devriez être de service à ses côtés, et non flâner dans la maison.

Le sourire d'Yvette ne quitta pas son visage.

— Je ne flâne pas, Mademoiselle. Mais il me faudra dormir de temps en temps, et j'aimerais que la comtesse puisse m'appeler sans avoir à descendre de son lit.

Lady Lilith ne répondit pas, mais elle reprit sa fourchette et la planta dans une fraise dodue.

Comme c'était une bonne chose que cette situation avec Yvette ne soit que temporaire ! La nouvelle vocation de Meredith était de trouver des postes convenables pour des femmes qui connaissaient une passe difficile. Elle n'aurait jamais placé une cliente dans une telle maison. Les commentaires cruels et l'humeur aigre de lady Lilith lui rappelaient trop son ancienne maîtresse, lady Winhaven.

Meredith n'avait jamais prévu de devenir domestique, encore moins d'être la dame de compagnie d'une vieille lady aigrie dont les manières despotiques avaient effrayé une grande partie de sa famille.

Meredith avait été fiancée, son amour Julian Mayes était parti à Londres pour chercher fortune. Mais Julian n'avait pas répondu à ses appels à l'aide lorsque sa mère était morte et qu'elle avait perdu sa maison au profit d'un parent intrigant. Il était récemment revenu dans sa vie après dix ans d'absence, et elle essayait de s'habituer à l'idée d'être à nouveau courtisée.

Malheureusement, si elle réfléchissait trop, elle entendait encore la voix aiguë de lady Winhaven la réprimander pour un affront imaginaire. Le feu était trop chaud, même si c'était le travail du valet de l'attiser ; l'eau sur la table de toilette était trop froide, même si c'était du ressort de la bonne. Meredith devait toujours être de service et s'assurer que chaque petit détail était parfait. Sinon, elle avait droit à une remontrance.

Au moins, cette lady avait laissé à Meredith un héritage important qui lui avait permis de lancer son activité. Elle s'était fait la promesse qu'aucune femme sous son aile ne souffrirait jamais des indignités qu'elle avait endurées au cours de ses dix années de service. Elle aurait aimé savoir comment faire changer définitivement le point de vue de lady Lilith. Dommage qu'elle n'ait pas ouvert une affaire pour corriger l'impertinence !

— Je pense qu'elle devrait être en argent, dit la comtesse à personne en particulier, et il fallut un moment à Meredith pour comprendre qu'elle parlait toujours de sa cloche. Et assez grosse pour avoir un bon son.

— Vous allez réveiller la moitié de la maison, se plaignit sa fille.

Sa mère se redressa.

— Et pourquoi pas ? Je suis chez moi. Votre père étant parti, je peux faire ce qu'il me plaît.

Lady Lilith grimaça.

— Vous n'êtes pas seule dans la maison. J'aimerais que vous ne l'oubliiez pas.

— C'est difficile de se le rappeler alors que personne ne vient me voir, lâcha la comtesse dans un soupir. Je ne savais même pas que nous avions de la visite.

— Moi non plus, ajouta sa fille en jetant un regard au comte. Je gère cette maison. J'aurais dû être prévenue afin de pouvoir prendre les dispositions nécessaires.

Comme forcer Fortune à dormir dans les écuries… Heureusement que le comte et Marbury avaient veillé à leur installation.

— Mes excuses, déclara son frère en inclinant la tête en direction de sa sœur. J'aurais dû penser à vous prévenir, Mère et toi. Maintenant, peut-être pourrions-nous aborder des sujets susceptibles d'intéresser notre invitée ?

Son ton était doux, contrairement aux réactions de sa famille. Lady Lilith baissa les yeux sur son assiette, et Meredith l'entendit pratiquement fulminer.

Lady Carrolton alla plus loin. Ses yeux s'écarquillèrent et elle serra sa poitrine.

— Oh là là ! Sels !

Yvette lui tendit la salière. Elle la repoussa d'un geste brusque.

— Non, idiote. Mes sels ! Dans la mallette.

La comtesse tomba à la renverse contre le dossier de sa chaise.

Le comte se leva, majestueux malgré son manteau de tweed.

— Pardonnez-nous, mademoiselle Thorn, mademoiselle French. Je vais m'occuper d'elle. Terminez votre dîner. Lilith, peut-être peux-tu divertir notre invitée ?

Sa sœur se redressa sur sa chaise, et Gregory fit le tour de la table pour se placer aux côtés de sa mère et la prendre dans ses bras.

— Que fais-tu ? lui cria-t-elle. Repose-moi immédiatement !

Pour toute réponse, il la porta jusqu'à la porte.

Lady Lilith se tourna vers Meredith.

— Alors, comme ça, vous voyagez, mademoiselle Thorn. Dans combien de temps devrez-vous repartir ?

Pas assez tôt, à ce qu'elle devinait. Mais pouvait-elle laisser Yvette dans un tel cirque ?

*

* *

Patience Ramsey était une sainte. Yvette ne voyait pas d'autre explication à la capacité de l'ancienne dame de compagnie d'avoir survécu trois années à cette maison. Yvette n'avait même pas passé un jour ici qu'elle avait déjà envie de tenter sa chance à Londres.

Enfin, presque. Il y avait des avantages à être dans une maison où personne ne tentait de l'empoisonner, ni de lui tirer dessus. Deux tentatives d'assassinat avaient été perpétrées à son encontre depuis que Harry l'avait fait venir en Angleterre. Ses supérieurs au ministère de la Guerre étaient certains qu'un agent français la traquait, d'où la nécessité de se cacher jusqu'à ce que ce vaurien soit capturé.

Et quel meilleur endroit pour se cacher ? En plus d'être en rase campagne, Yvette n'était pas seule. Si cet agent français parvenait à Carrolton Park, elle n'aurait peut-être même pas besoin de lui faire face. Il pourrait succomber à l'une des maladies de lady Carrolton ou se noyer dans l'acide de la bile de lady Lilith. Rien que cette pensée la fit sourire.

— Une pensée que vous souhaiteriez partager avec nous, mademoiselle French ? lui lança lady Lilith, telle une institutrice prête à sermonner un enfant bruyant.

Yvette termina son dessert et se leva.

— Excusez-moi, je vous prie. Je dois m'occuper de la comtesse.

Yvette espérait que Meredith remettrait lady Lilith à sa place dès qu'elle serait sortie de la pièce.

Lady Carrolton était dans son lit lorsque Yvette entra dans ses appartements. Sa maîtresse était blottie sous les couvertures du grand lit, un bonnet à ruban recouvrant ses cheveux impeccablement bouclés. Son fils était assis sur la chaise à côté du lit, un livre ouvert sur ses genoux.

— « Je suis si ridiculement timide, lisait le comte, que cela me rend souvent négligent et presque impoli, quoique je n'aie jamais l'intention d'offenser personne. Je crois que j'étais destiné par la nature à la vie simple et retirée, tant je suis mal à mon aise dans le grand monde. »

Le comte marqua une pause et fronça les sourcils, comme si quelque chose avait attiré son attention sur la page.

Sa mère renifla.

— Quel idiot. Il va connaître un triste sort, je te le dis.

Yvette se rapprocha.

— Je peux prendre la suite, Monsieur. Vous devez vouloir vous occuper de votre invitée.

Il se leva, lui tendit le livre, et sa mère s'effondra contre les oreillers, la main sur le front.

— Oh, ma tête ! French, trouvez la tisane.

Il semblait qu'elle devait plutôt trouver une solution pour emporter partout cette maudite mallette avec elle. Elle s'agenouilla et la récupéra sous la chaise. Le comte apparut aussitôt à côté d'elle.

— Permettez-moi.

Il souleva facilement la mallette, la posa sur le lit, l'ouvrit et considéra les flacons et les accessoires, les sourcils froncés.

La comtesse baissa la main et le regarda.

— Peut-être, suggéra Yvette à la vieille dame en se relevant, devrais-je plutôt vous préparer une compresse fraîche. Voulez-vous bien continuer à lire, Monsieur ?

— Bien sûr.

Il s'assit, faisant trembler la délicate petite chaise, et retrouva l'endroit où il s'était arrêté dans sa lecture du roman. Le soupir de sa mère semblait étrangement satisfait et elle se détendit de nouveau contre les oreillers.

Yvette prit son temps pour aller à la table de toilette et mouiller un linge. Le comte avait une belle voix, chaleureuse, riche. Elle résonnait dans la pièce tel l'orgue de Notre-Dame. Il n'était pas étonnant que sa mère s'apaise à ces mots. Si Yvette fermait les yeux, elle pouvait s'imaginer en paix, en sécurité.

Non. Pas en sécurité. Pas encore. Pas tant que son ennemi n'avait pas été capturé.

Elle revint au chevet de la comtesse, un linge à la main, et s'arrêta. La tête de l'aïeule était penchée sur le côté, les yeux fermés, sa poitrine mince se soulevant lentement et uniformément. Yvette posa sa main libre sur l'épaule du comte et sentit sa force sous ses doigts.

— Elle dort.

Il jeta un coup d'œil à sa mère, puis referma le livre.

— Dommage que je ne sois pas plus doué pour la lecture.

— Non, murmura Yvette. Ce n'est pas votre lecture qui l'a endormie. Elle avait seulement besoin de savoir que vous étiez à proximité pour se sentir à l'aise et se décontracter. *Venez.*

Elle s'écarta du lit, jeta la compresse dans la cuvette, et il la suivit dans le couloir. Après avoir refermé la porte, elle lui fit face.

— Merci, Monsieur. Elle est mieux quand vous êtes près d'elle.

Il secoua la tête.

— Parfois seulement. À d'autres moments, elle recule comme si elle me craignait.

Était-ce le problème ? La comtesse et sa fille avaient-elles peur du comte ? Il était certainement assez puissant pour vaincre n'importe quel occupant de cette maison, à l'exception peut-être de Marbury. Ces mains étaient capables de briser une nuque.

— Certains hommes aiment que les femmes les craignent, dit Yvette.

Il fit un pas en arrière, pâle, la bouche ouverte et les yeux écarquillés. Cet homme ne savait pas cacher ses émotions. Il était horrifié.

— Je vous assure que non. De ma vie, je n'ai jamais levé la main sur une femme !

Il savait cependant élever la voix. Celle-ci résonna dans le couloir. S'il continuait, il réveillerait sa mère.

Yvette lui attrapa la main et la serra fort.

— Du calme. Je ne doute pas de vous. Mais quelque chose a provoqué cet état chez votre mère. Toutes ces pilules, ces liquides, ces accessoires. Je ne peux pas croire qu'elle soit aussi malade. Un médecin les a-t-il vraiment prescrits ?

— Elle a plusieurs médecins, répondit-il, sur un ton de dégoût proche de celui de sa sœur. Un à

Chessington, un près de Hampton Court et un autre à Londres. Ils m'assurent tous qu'ils peuvent la guérir.

— Et vous prendre votre argent, lâcha Yvette. A-t-elle toujours été comme ça ?

Il hocha la tête.

— Oui, depuis que je suis petit. Mais ses symptômes se sont aggravés au fil du temps, comme ce soir.

— Je vais voir ce que je peux faire.

Le regard du comte s'adoucit.

— Merci, mais ce ne devrait pas être votre souci. Vous n'êtes pas réellement sa dame de compagnie.

— Ne vous en faites pas, répliquait Yvette, quand un mouvement attira son attention.

Lady Lilith était arrivée dans le couloir par l'escalier, laissant Meredith livrée à elle-même bien trop tôt dans la soirée. Yvette comprit à quel moment la sœur du comte les avait aperçus, car elle s'était brusquement arrêtée et les regardait fixement.

Yvette lâcha la main du comte.

— *Merci beaucoup, Monsieur,* dit-elle en baissant les yeux et en faisant une révérence. Je n'aurais pas pu endormir votre *chère mère* sans votre aide. Je vais m'occuper de mes tâches, maintenant. *Bonne nuit*.

— Bonne nuit, mademoiselle French. Reposez-vous bien. Tout ira bien. Je vous le promets.

Se reposer ? Elle ne se souvenait même pas de la dernière fois où elle avait dormi une nuit entière. Parfois, le repos était long à venir tant la mélancolie et la solitude pesaient sur elle. Et lorsqu'elle dormait, ses rêves étaient pleins de dangers : passés, présents et futurs.

Elle s'attendait à ce que, cette nuit-là, ils contiennent autre chose : une voix chaleureuse, un sourire bienveillant et la promesse que tout irait bien.

Si seulement elle avait pu y croire…

4

Gregory observa Yvette retourner dans la chambre de sa mère, puis il pivota sur lui-même et croisa le regard noir de sa sœur.

— Comment oses-tu ? Amener ta maîtresse dans cette maison ! Tu es pire que Père.

Il fronça les sourcils.

— De quoi parles-tu ? J'ai rencontré Mlle French aujourd'hui, tout comme toi. Et Père n'a jamais eu de maîtresse.

— Qu'est-ce que tu en sais ? Tu étais au pensionnat, puis tu es parti faire ton tour d'Europe. La seule raison pour laquelle tu es rentré à la maison, c'est parce que Père est mort.

— Lilith, dit Gregory en s'efforçant de maintenir sa voix aussi douce que possible. Père voulait que j'aille au pensionnat et que je fasse ensuite le tour du Vieux Continent. C'est ce que font la plupart des jeunes hommes pour apprendre à devenir des gentlemen. J'ai l'impression certains jours d'apprendre encore.

— C'est évident, rétorqua-t-elle sèchement. Sinon tu m'aurais prévenue que nous avions une invitée.

Combien de fois devrait-il s'excuser ? Lilith avait raison : s'il y avait des questions sur le personnel ou la nourriture, Marbury s'adresserait à elle en premier. Mais le personnel était très compétent et globalement agréable. Sa sœur n'avait pas grand-chose à faire pour résoudre les difficultés.

— Mlle Thorn ne reste ici qu'une nuit, fit remarquer Gregory. Elle ne sera pas un fardeau.

Lilith sortit les griffes.

— Mais Mère et moi restons des fardeaux, n'est-ce pas ? Pauvre Gregory, tu te retrouves avec une mère malade et une sœur célibataire sur les bras.

Elle se retourna et s'éloigna d'un pas décidé dans le couloir, les poings serrés contre ses flancs.

Gregory secoua la tête. Il n'avait jamais considéré sa mère ni sa sœur comme des fardeaux. En tant que chef de famille, il était de son devoir et de son honneur de leur apporter tout le soutien dont elles avaient besoin. Elles ne manquaient de rien.

Alors pourquoi sa sœur était-elle si amère ? Enfant, elle avait été choyée par sa mère, sage, mais avec des éclats de génie. Certes, leurs interactions avaient été limitées. Leur père avait estimé que les garçons et les filles devaient recevoir une éducation différente, aussi Gregory avait-il eu un précepteur jusqu'à son départ pour le collège d'Eton et Lilith une gouvernante jusqu'à son entrée dans le monde. Une jeune femme brune comme elle, avec sa beauté sombre et ses excellentes relations, était destinée à faire un excellent mariage. Mais après plusieurs années passées à participer aux soirées mondaines, elle s'était proclamée vieille fille. Dorénavant, tout ce que Gregory parvenait à faire était la pousser à sortir de la maison pour assister à la messe.

Dommage que sa sœur n'ait pas le caractère d'Yvette.

Il se dirigea vers ses appartements au bout du couloir. Sa mère et sa sœur avaient été soutenues, leurs chagrins et leurs épreuves semblaient apparemment mineurs, mais elles peinaient toutes les deux à être agréables. Yvette de Maupassant avait vécu bien pire et, pourtant, elle souriait encore. Le simple fait de penser à son air faussement timide fit sourire le comte.

Toutefois, se réveiller au son métallique d'une cloche effaça tous les souvenirs agréables.

Le bruit résonnait dans le couloir, et Gregory crut entendre les corbeaux dans les bois autour de la maison s'élancer dans le ciel en protestant. Il repoussa les couvertures et courut vers la porte, sa chemise de nuit claquant autour de ses chevilles.

Sa sœur était dans le couloir devant lui, une robe de chambre fermement drapée autour de sa chemise de nuit.

— Quel est ce vacarme ?

Le son retentit à nouveau, provenant de la chambre de leur mère. La porte de la pièce d'en face s'ouvrit. En étouffant un bâillement, Yvette traversa le couloir d'un pas hésitant, vêtue d'une chemise de nuit blanc crème laissant deviner ses courbes, et dont dépassaient ses pieds nus.

— Je n'aurais jamais dû suggérer une clochette, marmonna-t-elle pour elle-même.

Elle faillit heurter Gregory, s'arrêta, cligna des paupières, et son regard se fixa peu à peu sur lui. Le rose lui monta aux joues et elle détourna la tête, croisant alors le regard stupéfait de Lilith.

Yvette leva le menton et agita la main.

— Retournez vous coucher. Je m'occupe de la comtesse.

Elle se précipita dans la chambre de leur mère et ferma la porte, ce qui atténua légèrement le vacarme.

— Tu dois agir, suggéra Lilith à son frère d'une voix désespérée. Nous ne pouvons pas supporter ce bruit jour et nuit.

— Je suis d'accord, approuva Gregory en dissimulant un sourire. J'irai parler à Mère, après m'être habillé.

Mais lorsqu'il s'aventura dans la chambre de sa mère un instant plus tard, vêtu de sa veste en tweed et de son pantalon beige habituels, il ne put se résoudre à lui faire des remontrances. Sa mère avait l'air tellement heureuse.

— Regarde ce que Marbury m'a trouvé !

Assise sur son lit, elle fit tinter l'énorme cloche en laiton qui ornait sans doute autrefois le cou d'une vache. En réalité, elle la secoua si fort que tout son corps en trembla. Le lit aussi. Gregory s'efforça de ne pas grimacer à ce son.

— Parfait, comtesse, dit Yvette en saisissant la cloche à deux mains. Je suis là maintenant, alors peut-être pourrions-nous éviter de réveiller les morts.

Elle avait dû prendre le temps de se changer, car elle était vêtue d'une robe unie couleur sapin qui semblait trop grande pour elle.

La comtesse s'accrocha à la cloche, mais elle dut se résoudre devant l'expression déterminée d'Yvette, car elle la lâcha avec un soupir.

— Très bien, mais placez-la à un endroit où je peux l'attraper en cas de besoin.

— Naturellement, répondit Yvette, qui fit un clin d'œil à Gregory en passant. Je vais la mettre sur votre coiffeuse. Vous pourrez me sonner lorsque votre bonne aura fini de vous préparer pour la journée.

Il pensa que sa mère allait protester, mais elle agita ses doigts dans leur direction.

— Allez, allez. Je vous sonnerai sous peu.

Gregory suivit Yvette hors de la chambre.

— Pardonnez-moi, dit-elle en s'arrêtant dans le couloir. Quand je lui ai suggéré d'avoir une clochette, je ne pensais pas qu'elle la ferait sonner aussi souvent et aussi fort.

— Ni qu'elle en tirerait une telle joie. Je vais demander à l'orfèvre de Chessington de lui en fabriquer une plus petite.

— Vous pouvez toujours essayer, ironisa Yvette avec un sourire, mais je pense qu'elle voudra garder la grande. *Excusez-moi*, dit-elle après un bâillement.

Il regarda Yvette de plus près. Des cernes obscurcissaient ses yeux bleus, et ses boucles semblaient plus ébouriffées que la veille.

— Vous n'avez pas besoin de vous excuser. Vous a-t-elle tenue éveillée toute la nuit ?

— Non, répondit-elle, et son sourire s'effaça. J'ai assez de bruits dans ma tête pour y arriver toute seule.

Gregory soupira.

— Nous abusons de vous. Je craignais que cela n'arrive. Nous allons révéler votre véritable identité et trouver quelqu'un d'autre pour prendre soin de Mère.

Yvette agita de nouveau la main.

— Vous vous tracassez pour rien. J'ai fait face à bien pire. Essayez d'apaiser l'Empereur lors d'une de ses crises de colère !

Il ne pouvait pas imaginer.

— Vous étiez aussi proche de Napoléon ?

Elle haussa les épaules.

— Davantage de sa femme, mais oui, j'ai eu le privilège de le voir se venger de ses déceptions sur elle et sur toute autre personne à portée de voix. Votre mère n'est rien en comparaison.

Gregory ricana.

— Je ne sais pas si c'est un compliment ou une insulte.

Yvette gloussa, d'un rire de gorge profond, et quelque chose en Gregory s'éleva pour répondre à ce son.

— Si je vous compare en bien avec n'importe quel Français sauf mon père, vous devriez vous inquiéter.

Même s'il était certain que sa mère n'avait pas pu finir de s'habiller aussi vite, un bruit métallique provint de l'intérieur de la chambre. Yvette fit une grimace.

— Je dois y aller.

Il lui attrapa le bras.

— En êtes-vous certaine ? Il serait plus facile d'avouer notre supercherie à Mère et Lilith le plus tôt possible.

— Et risquer que d'autres personnes apprennent ma présence ici ?

Yvette ne pouvait pas savoir que la mère et la sœur de Gregory quittaient rarement la maison. Mais elle avait raison. Une fois qu'elles seraient au courant, les serviteurs le seraient également et la nouvelle se répandrait.

Elle lui tapota la main.

— N'ayez crainte. Je peux jouer mon rôle. N'oubliez pas de jouer le vôtre.

Ce qui, il en était sûr, s'avérerait difficile. Quoi qu'il fasse, ses pensées dériveraient probablement vers ce qui devait se passer au-dessus de sa tête. Sa mère avait-elle confié à Yvette une tâche répugnante ? Lilith s'était-elle plainte d'un affront imaginaire ? Yvette avait-elle décidé de tout laisser tomber ? Comment allait-il pouvoir se concentrer ?

En temps normal, il avait des réunions avec son intendant ou son mandataire de Londres, qui s'occupait de ses avoirs à la Bourse. Il recevait les doléances du pasteur ou une demande de soutien de la part d'une œuvre de bienfaisance. Il avait des projets de loi du Parlement à étudier, les publications de la Royal Society à consulter afin de s'inspirer de leurs préconisations.

Et sa serre l'appelait.

Il ne savait pas vraiment quand il s'était découvert une passion pour le jardinage. Il se revoyait quitter en douce la maison, même lorsqu'il était enfant, pour courir vers les grands bâtiments de verre à l'arrière du jardin, où leur jardinier en chef cultivait des fleurs exotiques, à côté des fruits et des légumes qui auraient bien eu du mal à pousser en extérieur pendant les mois les plus froids. Quelque chose dans le fait de plonger ses mains dans la terre riche, d'étêter les fleurs mortes ou de tailler les branches des fruitiers pour en accroître la productivité apaisait son esprit et l'aidait à se concentrer.

Son père n'avait jamais compris cette passion.

« Un gentleman n'a pas besoin de se salir les mains, mon garçon. Il engage des subalternes pour le faire à sa place. Je ne te permettrai pas de t'avilir de la sorte. »

Gregory était donc resté à l'écart des serres. Ce qui n'avait pas été très difficile lorsqu'il était en pensionnat puis qu'il était parti en Europe. Lorsqu'il était rentré, il avait retrouvé une maison vide des injonctions de son père et avait clairement fait comprendre au jardinier en chef qu'il se réservait l'une des serres pour en faire ce qu'il voudrait. Personne d'autre ne devait y pénétrer sans son accord.

Ce matin-là, au petit déjeuner, il était en train d'établir les travaux à venir (replanter les *Liliaceae* dans des pots plus grands, favoriser la floraison de la *Prosthechea cochleate*) lorsque Mlle Thorn apparut dans l'embrasure de la porte. Elle avait dû laisser son animal de compagnie à Marbury, car ses mains étaient vides. Elle fit signe à Gregory de rester assis alors qu'il commençait à se lever. Contrairement à Yvette, elle avait l'air reposée et parfaitement maîtresse d'elle-même lorsqu'elle s'installa sur la chaise que Perkins, leur premier valet, lui offrait.

— Pardonnez-moi de vous déranger, monsieur, dit-elle au comte en arrangeant ses jupes couleur jacinthe. Mais j'espérais vous voir ce matin.

Il redressa la tête de ses œufs mollets.

— Un souci ?

Elle fit un signe de tête à Perkins qui lui présentait un élégant saladier aux rebords dorés, et le valet lui servit des œufs dans son assiette en porcelaine de Chine.

— Simplement le protocole. J'ai placé une domestique dans cette maison et j'aimerais m'assurer que la situation convient à tout le monde avant de m'en aller. Seriez-vous disposé à ce que je reste plus longtemps ? Ce serait l'histoire d'un jour ou deux, tout au plus.

Mlle Thorn semblait aussi préoccupée que lui par Yvette et sa mère. Gregory ne pouvait pas partager ses sentiments devant l'attentif Perkins, aussi hocha-t-il la tête.

— Bien sûr. Restez aussi longtemps que vous le souhaitez. Nous vous sommes redevables de nous avoir trouvé une dame de compagnie si compétente.

Toutefois, il ne pouvait pas considérer Yvette comme une domestique.

*
* *

Être domestique était plus difficile que dans le souvenir d'Yvette. Chez Claude, bien sûr, elle n'avait été qu'une bête de somme, assignée aux plus basses besognes, comme récurer le sol à genoux ou vider les pots de chambre. Même après que Napoléon se fut renseigné sur elle, puis eut exigé sa présence à la Cour, elle avait dû s'incliner et servir les dames les plus haut placées. Ici, elle faisait presque partie de la famille, était censée dîner avec le comte et sa sœur, recevoir tous les invités de la comtesse. Mais elle était encore à la disposition de quelqu'un, et n'avait même pas eu le temps de se sentir mélancolique.

Comme la comtesse faisait tinter sa cloche sans faute chaque matin à huit heures, Yvette prit la peine d'être déjà réveillée, habillée et prête à ce moment-là. Lorsqu'elle était arrivée en Angleterre, elle n'avait pas accepté qu'un étranger, fût-il une femme de chambre, l'aide à mettre son corset. Ce n'était pas seulement à cause des bleus dus à son séjour en prison. Ceux-ci s'estompaient, à en croire son reflet par-dessus son épaule dans le miroir trumeau de sa nouvelle chambre. Non, après toutes ces années de secret, à devoir cacher ses pensées les plus intimes, elle avait du mal à permettre une telle proximité physique.

Cependant, la femme de chambre de lady Carrolton, Ada, était une jeune femme adorable, effrayée par sa maîtresse et très impressionnée par sa promotion à ce poste. En aidant Yvette à se changer, elle lui confia que la précédente bonne avait été renvoyée pour mauvais service. Mise à la porte dans un accès de colère, plus probablement. Heureusement que le comte ne permettrait pas qu'une telle chose arrive à Yvette.

Cet homme était la sollicitude incarnée ; il rendait visite à sa mère en milieu de matinée ainsi que pour prendre le thé dans l'après-midi. Il incluait toujours Yvette dans la conversation, lui demandait de ses nouvelles avec une sincérité telle qu'elle le savait toujours préoccupé par leur mascarade. Sur les recommandations d'Yvette, la comtesse consentit à descendre dîner tous les soirs ; le comte la raccompagnait ensuite toujours à ses appartements et restait pour discuter ou lire, parvenant en général à endormir sa mère. Yvette sortait alors dans le couloir et il la suivait.

— Vous n'êtes pas obligé de prendre autant soin de moi, lui avait-elle suggéré le deuxième soir. Votre mère est difficile, mais je peux me débrouiller.

— Et si je veux prendre soin de vous ?

Quelque chose dans sa façon de la regarder avait fait bégayer son cœur dans sa poitrine. *Non, non !* Elle n'était pas à un bal et elle ne charmait pas un homme. Il ne lui offrait rien de plus qu'un lieu de protection. Une condamnation à mort planait au-dessus de sa tête. Ce n'était pas le moment d'espérer trouver un mari. Après ce qu'elle avait vécu, Yvette n'était pas sûre de se sentir un jour suffisamment en sécurité pour se marier.

— Vous êtes trop aimable, avait-elle dit en baissant les yeux. Je vous remercie. À demain.

Il lui avait fait un baisemain comme si elle était la dame que ses parents avaient souhaité qu'elle devienne, et elle ne put s'empêcher de soupirer lorsqu'il s'éloigna.

Mlle Thorn rendait également visite à la comtesse deux fois par jour et dînait avec la famille le soir. Yvette s'était éclipsée une fois pour une conversation privée et connaissait les inquiétudes de son amie.

— Alors, vous entendez-vous bien avec Mlle French ? demanda Mlle Thorn à la comtesse le troisième jour.

— Excellemment. Elle prend parfaitement soin de moi. Je n'ai pas eu à recourir à mes sels depuis des jours.

Parce que lady Carrolton appréciait toute cette attention. Yvette avait le sentiment que les maladies de la comtesse trouvaient leurs racines dans l'ennui et la peur de l'abandon. Bien sûr, elle n'avait abordé ce sujet avec aucun de ses médecins ; aussi s'assurait-elle de conserver la petite mallette rouge à portée de main.

Lilith cherchait toujours cette mallette lorsqu'elle rendait visite à sa mère, tournant son profil hautain d'un côté puis de l'autre jusqu'à ce qu'elle l'aperçoive, avant de lancer un coup d'œil à Yvette, semblant lui reprocher de la cacher. Elle essayait sans cesse de donner des ordres à la Française, comme si contrôler la situation était primordial à ses yeux. Elle la dévisageait à la recherche, semblait-il, d'un terrible secret qui lui permettrait de renvoyer Yvette. Pour quoi croyait-elle que la jeune femme était chez eux ? Si elle avait voulu voler l'un des vases inestimables qui ornaient les couloirs, elle l'aurait déjà fait avant de prendre la fuite.

Pourtant, Yvette s'interrogeait quand elle voyait Lilith seule avec sa mère. Elle prenait le siège à côté du lit, obligeant Yvette à trouver un coin où attendre debout. Elle ne savait pas si Lilith prenait plaisir à l'importuner ou si elle ne se rendait simplement pas compte du sort des domestiques. Sa mère et elle discutaient, et la conversation commençait toujours de la même manière.

— Comment allez-vous aujourd'hui, Mère ?

Lady Carrolton énumérait un certain nombre de maux, avant de demander à sa fille :

— Et toi ?

— Bien, merci. Je crois que le temps s'améliore.

— Nous aurons encore de la pluie. Tu verras.

Comme c'était différent des conversations à la cour de l'Empereur. Tout y était voilé par des insinuations, chaque regard et chaque mot recelaient des significations plus profondes, et malheur à celui qui ne savait pas naviguer dans ce monde. Yvette avait rêvé de pouvoir s'exprimer simplement, sans se soucier de savoir si quelqu'un pourrait l'entendre ou supposer le pire à son sujet. Ses conversations avec lord Carrolton étaient ainsi : ouvertes, honnêtes, à l'image du comte lui-même.

La comtesse et sa fille n'avaient-elles rien d'autre à se dire que des commentaires sur leur santé et le temps qu'il faisait ? Où étaient leurs souvenirs communs ? Leurs projets d'avenir ? Leurs espoirs et leurs rêves ? Yvette ne pouvait pas imaginer qu'on puisse posséder un esprit aussi étriqué.

— Ada a-t-elle averti Lilith pour qu'elle mette du bleu au dîner aujourd'hui ? demanda la comtesse à Yvette, qui l'accompagnait à la salle à manger le troisième soir.

Elle avait été contente que la vieille dame ait envoyé sa servante auprès de sa fille, et non elle. Dire quoi que ce soit à lady Lilith ne serait jamais facile.

— Je crois qu'elle a transmis votre message, Madame. Mais je ne peux pas vous garantir que votre fille tiendra compte de vos conseils.

La comtesse fit la moue.

— Personne ne tient jamais compte de mes conseils.

Yvette en doutait. Cette femme ne les offrirait pas aussi généreusement si tout le monde les ignorait.

— J'aimerais voir votre fille heureuse pour une fois.

— Moi aussi, dit la comtesse en soupirant. C'était une enfant brillante, comme un petit oiseau sautillant, toujours joyeuse. J'en veux à ce vaurien de l'avoir changée.

Quelle était cette histoire ?

— Un vaurien ? l'encouragea Yvette comme elles arrivaient au bas de l'escalier.

Lady Carrolton s'arrêta dans le hall d'entrée et regarda autour d'elle comme si elle se demandait si les statues grecques écoutaient, puis elle se pencha plus près d'Yvette.

— Un vaurien que je ne nommerai pas. Cependant, un homme lui a fait la cour la dernière année où elle a participé à la saison mondaine. Elle ne me l'a jamais présenté, donc je sais qu'il était inférieur à elle. Son père a refusé de prononcer son nom. Il a insisté sur le fait que cette personne était un coureur de dot et a exigé qu'elle cesse de le recevoir. Vous ne devez pas en parler à mon fils. S'il venait à découvrir l'identité de cet individu, il pourrait le provoquer en duel.

Yvette avait du mal à envisager lord Carrolton comme un frère vengeur. Et même s'il était plus tyrannique qu'il n'y paraissait, irait-il jusqu'à provoquer cet homme en duel ? Celui-ci avait-il fait plus que de courtiser lady Lilith ? La jeune femme était-elle aussi amère pour cette raison ?

Ou était-elle en colère parce qu'on lui avait refusé le droit d'épouser l'homme qu'elle aimait ?

5

Yvette de Maupassant était une perle. Seule Mlle Ramsey, dans ses meilleurs jours, était aussi dévouée. Lorsque Gregory se réveillait, Yvette était déjà debout, dans la chambre de sa mère. Elle accompagnait celle-ci au petit déjeuner, lui servait le thé et s'asseyait à côté d'elle au dîner. Elle la divertissait en lui faisant la lecture, recevait la visite de Mlle Thorn et Fortune deux fois par jour et supportait la présence de Lilith. Chaque jour, il semblait que sa mère devenait plus ragaillardie et plus heureuse. Elle accepta même de s'aventurer dehors le quatrième jour.

Marbury avait installé un fauteuil sur la pelouse à l'arrière de la maison, et Gregory escorta sa mère jusqu'au perron pour qu'elle n'ait pas à utiliser sa canne. Yvette les suivit, les bras chargés de couvertures qu'elle borda sur les jambes de la comtesse, bien que la journée soit chaude. Les deux mains accrochées à la poignée de la cloche qu'elle avait refusé de laisser hors de sa vue, sa mère était assise comme une reine surveillant son domaine.

Un tel spectacle était réjouissant. Son grand-père avait construit cette maison, un bloc massif qui contrastait avec le paysage vallonné alentour. Gregory l'avait fait rénover, à l'intérieur comme à l'extérieur, afin de profiter de la beauté naturelle. Désormais, la plupart des pièces donnaient sur la plaine fertile et les bois ; il avait supprimé les vieux jardins à la française avec leurs allées ordonnées et les avait remplacés par de la pelouse qui descendait jusqu'au ruisseau. Dans les bois au-delà, les jacinthes des bois (*Hyacinthoides*, se rappela-t-il) formaient un tapis violet sous la frondaison verte, et les oiseaux voltigeaient de branche en branche, leur chant joyeux résonnant.

Fortune était particulièrement intriguée par les oiseaux. Mlle Thorn avait amené son animal de compagnie, qui portait un collier orné de pierreries auquel était attachée une laisse. La chatte était immobile, observant les bois de ses yeux cuivrés, les moustaches frétillantes : Gregory pensa que ce n'était qu'une question de temps avant qu'elle ne se lance à la poursuite des oiseaux.

Puis sa mère éternua, et Fortune se cacha derrière les jupes de sa maîtresse, de nouveau couleur de la *Lavandula* comme ses yeux.

Yvette tendit à la comtesse un mouchoir bordé de dentelle.

Celle-ci fixa le carré de soie.

— Vous n'allez pas m'aider à me moucher ?

— Non, répondit Yvette en tournant la tête vers le paysage. Si vous lâchez la cloche, vous pouvez le faire vous-même.

Sa mère souleva la cloche et la secoua vivement. Fortune plongea sous les jupes de Mlle Thorn.

Yvette fit claquer sa langue.

— Vous avez effrayé *le chat*.

La comtesse regarda tout autour de Mlle Thorn, comme pour vérifier les propos d'Yvette. Fortune sortit la tête de sa cachette et leva le museau vers elle.

— Peut-être pourrions-nous renoncer à la cloche ? suggéra Yvette à la comtesse. Ce bruit me rend sourde. Je ne l'entends plus aussi bien qu'avant. Si vous la faites sonner sans cesse, je ne serai peut-être pas aussi prompte à répondre.

Avec un air entêté, la comtesse agita longuement et vivement l'instrument. Fortune dut essayer de grimper à l'intérieur des jupes de sa maîtresse, car la pauvre Mlle Thorn s'écarta du petit groupe, prit dans ses bras l'animal et s'éloigna jusqu'à une distance sûre où elle le caressa en le rassurant d'une voix douce. Gregory se sentit désolé pour elle.

— Vous êtes déraisonnable, Mère. Tous ceux qui peuvent répondre à vos besoins sont présents. Il n'est pas nécessaire de les sonner.

— C'est facile à dire pour toi, grommela-t-elle. Tu es le comte. Tout le monde doit faire ce que tu dis. Attends d'être vieux et faible, comme moi.

Sa mère avait mis au monde ses enfants tardivement. Il avait entendu lady Jersey raconter à une autre femme que certains s'attendaient à ce qu'elle ne puisse pas avoir d'héritier du tout. Pourtant, elle approchait de sa soixante et unième année. Il ne considérait pas cet âge comme très avancé.

Yvette non plus, semblait-il.

— Vous n'êtes pas faible, rétorqua-t-elle à la comtesse. Vous faites tinter cette cloche aussi bien que le fermier le plus vigoureux.

Comme encouragée, sa mère fit un grand sourire et sonna de nouveau la cloche.

— Oh, de grâce ! s'exclama Lilith qui descendait les marches derrière eux, ses jupes brunes traînant sur l'herbe. Quelqu'un aurait-il l'obligeance de lui retirer cet objet des mains, s'il vous plaît ?

Sa mère serra fort la cloche, mais ne l'agita plus. Visiblement déterminée à se liguer contre son frère, Lilith alla se placer à côté de Mlle Thorn. Gregory vit Fortune étudier sa sœur depuis les bras de sa maîtresse, comme si elle avait des doutes sur elle. Il connaissait ce sentiment.

— Parlez-moi de votre domaine, suggéra Yvette, mais il ne sut pas si elle s'adressait à sa mère ou à lui.

Sa mère le savait, en revanche.

— Eh bien, Gregory ? Réponds à French. Tu as beaucoup fait pour améliorer cet endroit. J'aurais cru que tu aurais envie de pavoiser.

Il n'avait jamais été du genre à se vanter de ses réalisations. Dieu lui avait donné force, vitalité et intelligence. Il se contentait de s'en servir.

— Carrolton Park s'étend sur environ quatre mille hectares, expliqua-t-il. La maison et les jardins en occupent une petite partie, les bois, une autre partie, et la ferme au-dessus de cette colline, le reste.

— Et que cultivez-vous dans votre ferme ?

Pourquoi se sentait-il gêné ? Il aurait pu indiquer à Yvette les variétés exactes, le rendement en boisseaux par an, mais un gentleman n'était pas censé s'investir autant dans ce qui lui rapportait un revenu.

— Des céréales, des légumes, ce genre de choses.

La bouche d'Yvette se contracta, comme si sa réponse ne la satisfaisait pas.

— Et vous, Madame ? demanda-t-elle à sa mère. Qu'aimez-vous dans ce domaine ?

Sa mère bougea sous les couvertures. Lilith et Mlle Thorn se rapprochèrent, comme attirées par la conversation paisible.

— Je n'aimais pas cet endroit lorsque je suis arrivée. Trop éloigné de tout ce que j'avais connu. Mais il faut reconnaître qu'il dégage une certaine beauté.

Vous voyez les jacinthes sous les arbres ? Quand j'étais jeune, je me promenais là-bas et j'écoutais les bruits de la forêt. J'en cueillais des brassées et les rapportais à la maison.

Gregory ne s'en souvenait pas, mais l'image de sa mère en jeune femme affectionnant les plantes autant que lui était séduisante.

— Nous pouvons aller en cueillir, si vous le souhaitez.

Lilith renifla.

— Oh, Gregory, vraiment ! Quelle idée stupide !

Sa mère hocha la tête.

— Ce n'était qu'une fantaisie de jeune fille. Votre père n'a jamais aimé ces choses et demandait aux domestiques de les jeter.

Gregory ne s'en souvenait pas non plus, mais il avait l'impression de devoir s'excuser.

— Je suis désolé, Mère.

Le regard de sa mère était perdu dans le vide, et il crut apercevoir un chagrin égal au sien dans les yeux d'Yvette.

— Cela n'a pas d'importance, affirma sa mère. Maintenant, Marbury m'apporte des fleurs fraîches tous les jours.

Pour une fois, quelque chose qui s'apparentait à un sourire flotta sur les lèvres de sa sœur.

— À moi aussi. Des lys – mes préférés !

— Je dois également le remercier pour les fleurs dans ma chambre, déclara Mlle Thorn en souriant au majordome.

— En réalité, Madame..., commença Marbury, mais Gregory secoua la tête. Ce n'est pas grand-chose, termina-t-il doucement.

— Et vous, Monsieur ? murmura Yvette. Aimez-vous votre domaine ?

Gregory sourit en promenant son regard sur la verdure luxuriante.

— J'avoue l'admirer énormément, mademoiselle French. Certains le trouvent éloigné, mais j'aime le fait qu'il soit beau naturellement, vide de tout. On peut s'y promener à pied, à cheval ; on peut même plonger dans le ruisseau si cela nous chante. Il n'y a personne ni rien qui puisse nous gêner. Et j'aime les jacinthes. Vos yeux sont d'une couleur très similaire.

Il ne savait pas pourquoi il avait ajouté cette dernière phrase. Yvette rougit, son sourire s'élargit, et il eut envie de s'approcher d'elle, voire de presser ses lèvres contre les siennes, afin de découvrir si elles avaient un goût aussi sucré qu'elles en avaient l'air.

Gregory se redressa et se força à détourner le regard. Cette femme était sous sa protection. Il n'avait pas à penser à la sensation que l'embrasser lui procurerait !

Il fut soulagé lorsque le premier valet sortit de la maison pour leur annoncer qu'ils avaient de la visite.

— La duchesse ? demanda sa mère, revigorée.

— Non, Madame, répondit Perkins en inclinant sa tête fauve. Deux messieurs qui désirent voir le comte : un M. Mayes et un M. Villers.

Toutes les femmes réagirent. Toujours au côté de la comtesse, Yvette se raidit. Mlle Thorn serra Fortune contre elle comme pour se protéger, et le chat lança un sifflement de défi – à sa propriétaire ou aux visiteurs, Gregory n'en était pas certain. Sa mère afficha un sourire radieux. Quant à Lilith, elle souleva ses jupes et remonta le perron à une vitesse qu'il ne lui connaissait pas. Même Marbury fronça les sourcils à son passage.

— Si vous voulez bien m'excuser, dit Gregory, plus intrigué que d'habitude par les femmes sous son toit.

Il voulut suivre sa sœur, mais sa mère lui attrapa le bras.

— Demandez-leur de rester pour le dîner. J'ai envie de les rencontrer.

— Je ferai ce que je peux, Mère.

Gregory croisa le regard d'Yvette, et elle hocha la tête comme pour montrer sa compréhension. Il se précipita dans la maison.

Il ne fut pas entièrement surpris lorsque leurs invités lui expliquèrent la raison de leur visite. Il avait été à l'école avec Julian Mayes, qui s'était ensuite distingué en tant qu'avocat roué. Ses cheveux poil de carotte donnaient toujours l'impression qu'il avait oublié de les peigner, mais cela ne semblait pas le rendre moins populaire auprès des dames. Gregory avait seulement entendu parler du compagnon de Julian, un grand gaillard au teint cireux, aux cheveux noirs pommadés et au long nez.

— Carrolton, le salua Julian lorsqu'ils se retrouvèrent dans le salon nord. Puis-je te présenter Beauford Villers ? C'est une connaissance de notre ami commun, lord Hastings.

Un agent du renseignement donc. Villers fit une courbette, et Gregory hocha la tête. Il décelait le potentiel de subterfuge dans ces mains cupides, ces lèvres fines, ce physique svelte. Voilà un homme qui devait se moquer du danger.

— Bienvenue à Carrolton Park, messieurs, dit Gregory. Voudriez-vous vous rafraîchir ?

Ils déclinèrent, et Gregory profita de leur refus pour renvoyer Marbury et le jeune valet, qui patientaient derrière eux. Son majordome était trop habitué à ses manières pour se montrer surpris et il tira sa révérence. Gregory fit signe à ses invités de s'asseoir dans les fauteuils dorés.

Julian s'inclina avec sa grâce habituelle, mais Villers se redressa, passant son regard de-ci de-là comme s'il s'attendait à ce qu'un espion français surgisse de sous le divan.

— Je suis sûr que tu te doutes de la raison de notre présence, commença Julian.

— L'homme qui en veut à Mlle de Maupassant, répondit Gregory. L'avez-vous attrapé ?

— Non, indiqua Villers avec un regard sombre.

Le soulagement parcourut Gregory. Pourquoi ? Il aurait dû être déçu que ce scélérat puisse se promener librement en Angleterre, mettant la vie d'Yvette en danger. Mais quelques instants de réflexion lui firent comprendre la cause de son soulagement : si cet homme était capturé, Yvette n'avait plus besoin de rester chez lui.

Julian se pencha en avant.

— Nous ne l'avons peut-être pas attrapé, mais nous pensons l'avoir identifié. Nous avons des raisons de croire que Claude, le cousin d'Yvette de Maupassant, est en Angleterre et désireux de la ramener en France afin qu'elle soit jugée pour trahison.

Les mains de Gregory agrippèrent les accoudoirs du fauteuil.

— Sa famille veut sa mort ? On m'a dit qu'ils étaient décédés.

— Ses parents et ses frères ont été guillotinés, expliqua Julian, d'une voix aussi dure que l'image qu'elle évoquait. Cet homme l'a prise sous son aile et a profité de son introduction à la cour de Napoléon. Il semble qu'il était furieux qu'elle soit passée chez l'ennemi. Nous n'avons aucune raison de croire qu'il l'ait localisée, mais il nous fallait vous prévenir.

Gregory hocha la tête.

— Je vais la protéger.

— Tu es un homme bon, commenta Julian en jetant un regard moins chaleureux à son collègue. Avez-vous quelque chose à ajouter, Villers ?

L'homme se redressa et parvint à esquisser un bref sourire.

— Comment va votre sœur, monsieur ?

Ce changement de sujet fit cligner des yeux Gregory.

— Ma sœur ? Elle va bien. La croyez-vous en danger ?

— Non, non, s'empressa de le rassurer Julian. Il ne devrait y avoir aucun danger tant que personne ne découvre la véritable identité d'Yvette de Maupassant.

Les portes du salon s'ouvrirent brusquement et Yvette entra en trombe dans la pièce.

— Pardonnez mon retard, *mes amis*. J'ai dû cacher la cloche de la comtesse et dire à lady Lilith de s'occuper de ses affaires. Racontez-moi ce que je dois savoir.

*

* *

Ah, les hommes. Ils devaient discuter de ce qu'il fallait faire à propos de sa situation, mais ils la fixaient tous comme si elle était suspendue au plafond, recouverte de plumes de poulet. M. Villers en était même bouche bée.

— *Vite, vite*, les enjoignit-elle en s'approchant d'eux. Vous devez faire vite. Meredith est avec la comtesse, mais elle me réclamera sous peu.

M. Mayes se dérida. Elle avait rencontré l'avocat le mois précédent à Foulness Manor, la résidence de son ami Harry. Il voudrait certainement des nouvelles de Meredith (à moins qu'Yvette ne fasse erreur, celui-ci avait l'intention de la courtiser).

— Mlle Thorn est-elle toujours là ? s'enquit-il.

— Pour le moment, oui, répondit le comte.

Puis il s'avança pour prendre la main d'Yvette dans la sienne. Une si grande main. La main d'Yvette disparut dans celle du comte, mais elle se sentait parfaitement à l'aise.

— Mademoiselle de Maupassant, commença-t-il, M. Mayes et M. Villers sont venus nous informer qu'ils avaient identifié l'homme qui vous poursuit. Vous devez être courageuse. Il s'agit de votre cousin.

La pièce s'assombrit. Elle avait dû vaciller, car la main du comte glissa autour de sa taille comme pour la maintenir debout. Elle s'accrocha à sa main, à la chaleur de son corps. Elle ne pouvait pas laisser sa peur la dominer.

— J'aurais dû me douter que Claude serait impliqué, parvint-elle à articuler. Je suis seulement surprise qu'il ait lui-même traversé la Manche. Où est-il maintenant ?

— Nous n'en sommes pas sûrs, admit M. Mayes. L'un de nos meilleurs hommes, lord Trevithan, a failli l'attraper à Londres, mais il a réussi à s'échapper.

Ce n'était guère étonnant qu'il glisse même entre les mains du fringant lord Trevithan, qui avait recruté Yvette comme espionne. Son cousin était un battant. Tant de torts pouvaient lui être imputés, mais il passait toujours entre les mailles du filet, tel un cafard fuyant la lumière.

— Vous êtes en sécurité ici, affirma le comte de sa voix grave, la main serrant toujours la sienne. Il n'a aucune idée de l'endroit où vous êtes.

Yvette secoua la tête.

— Il n'en avait aucune idée, vous voulez dire. Pourquoi, à votre avis, a-t-il fait en sorte que vous le repériez à Londres ? Il voulait que vous sachiez qu'il était en Angleterre. Vous vous êtes empressés de m'en avertir, et il s'empressera de vous suivre.

M. Villers se redressa, et le beau visage de M. Mayes se crispa.

— Vous avez raison, confirma l'avocat. Nous avons été dupés. Carrolton, il n'y a plus rien à faire maintenant. Nous allons devoir trouver un autre refuge pour Mlle de Maupassant.

Le comte se raidit, et la pièce parut s'assombrir de plus belle. Quitter Carrolton Park ? Bien qu'Yvette soit arrivée quelques jours plus tôt seulement, elle avait l'impression d'être liée à cet endroit. Pourquoi ? Elle ne devait que des remerciements à cette famille.

Mais qui répondrait à la cloche de lady Carrolton ?

Qui dénigrerait les idées de lady Lilith ?

Qui sourirait pour encourager un comte tourmenté au cours du dîner, partagerait ses secrets et ses projets dans les couloirs ?

Il ne lui avait toujours pas lâché la main et la dévisageait, le visage troublé. Craignait-il le danger qu'elle avait introduit dans sa belle demeure ?

Ou était-il également bouleversé par son départ potentiel ?

— Non, dit-elle, et elle sentit sur sa peau le souffle du comte comme s'il l'avait retenu dans ce magnifique torse. Mon cousin est quelque part entre Londres et ici. Si vous m'emmenez ailleurs, cela lui permettra de nous retrouver plus tôt. Je resterai ici, à condition que le comte soit d'accord.

Gregory lui serra la main, de la plus petite pression qui soit, mais ce geste sembla résonner en elle.

— Je suis à votre service, madame.

Le soulagement parcourut Yvette. Elle ne se souvenait pas d'avoir déjà autant désiré rester en un endroit.

— Très bien, conclut M. Mayes. Alors laisse-moi te demander une faveur, Carrolton. Permets-nous, à Villers et moi, de rester chez toi un jour ou deux. Si nous donnons l'impression que notre visite est purement mondaine, le vaurien pourrait retourner à Londres et essayer une autre méthode pour localiser Mlle de Maupassant.

Le comte hocha la tête.

— Vous êtes tous les deux les bienvenus.

M. Villers s'éclaircit la gorge.

— Peut-être devrais-je séjourner à l'auberge locale ? Je ne voudrais pas vous déranger.

Le comte gloussa.

— Dans cette maison ? Nous disposons de plus d'une douzaine de chambres, dont cinq seulement sont occupées. Vous ne nous dérangerez pas le moins du monde.

Le sourire de Villers devint douceâtre.

Comme c'était étrange. M. Villers et sa sœur Lydia avaient également séjourné chez Harry à l'occasion des fêtes de Pâques. Yvette n'avait pas apprécié cet homme brun, car il avait menacé de révéler son secret si elle ne lui offrait pas une coquette somme d'argent. Mais après qu'on eut attenté à la vie de la jeune femme, il s'était transformé en allié. Il semblait qu'il travaillait toujours avec M. Mayes, autrement il n'aurait pas été présent.

Alors pourquoi refuser l'invitation du comte ? Avait-il peur à ce point du cousin d'Yvette ? D'après ce qu'elle avait entendu, il avait passé ces dernières années à se donner des airs, afin d'impressionner les membres de l'aristocratie. Bien sûr, à cette époque, il cherchait un époux pour sa sœur, qui s'était récemment proclamée plus intéressée par la science que par le mariage. Pourtant, renoncer à une telle invitation ne ressemblait pas au Beau Villers qu'Yvette connaissait.

Que manigançait cet homme ?

6

Gregory tenait Yvette contre lui. La main de cette femme était petite et délicate, comme le reste de sa personne, et pourtant il sentait sa force. Sa mère et sa sœur se seraient évanouies en apprenant que la menace d'un ennemi planait. Il s'était approché d'Yvette pour la soutenir, mais elle semblait calme, détachée même.

— C'est décidé, affirma-t-elle en jetant un regard à Julian et Villers. Le comte et lady Lilith vont organiser une partie de campagne, à laquelle vous deux participerez, ainsi que Meredith. En tant que dame de compagnie dévouée, j'inciterai la comtesse à se joindre à la fête.

La mère de Gregory se retrouvait impliquée dans cette histoire. Toutefois, sortir plus souvent de sa chambre lui ferait du bien.

— Parfait, approuva Julian. Je suis sûr que Marbury peut s'occuper des détails.

— Je ne veux pas déranger, assura Villers à tout le monde. Un livre dans ma chambre me suffira.

Dire que Gregory l'avait considéré comme un agent du renseignement redoutable. Cet homme était-il à ce point réservé ou secret ? Yvette le dévisagea en fronçant les sourcils ; même Julian le regarda d'un air sceptique, avant de se tourner vers Gregory.

— Il suffit de peu de choses pour donner à notre réunion des airs de partie de campagne, déclara son ami en se frottant le menton. Demain, tu pourras m'emmener faire le tour du domaine ; nous verrons si quelque chose cloche.

Gregory hocha la tête, mais il eut un pincement au cœur. Un agent étranger s'était rapproché de chez lui, instillant le danger dans sa maison. Gregory n'aurait jamais cru se retrouver dans une telle situation. Il était peu surprenant que cette idée l'obsède encore quand ses nouveaux invités partirent s'installer et qu'il alla informer sa sœur et sa mère de leurs projets. Yvette était montée avant lui à l'étage, pour prévenir Mlle Thorn afin que celle-ci joue le jeu. Quand il arriva, toutes les femmes prenaient le thé avec sa mère dans le salon personnel de cette dernière.

Cette pièce avait été décorée selon les volontés de la comtesse avec des volutes fantaisistes sur les caissons roses et bleus du plafond et des murs, ainsi qu'une épaisse moquette fleurie sous les pieds. Les délicats meubles dorés donnaient toujours à Gregory le sentiment d'être un ours pataud. Il refusa de s'asseoir sur le siège que lui proposait sa mère et resta debout, ce qui donna l'impression qu'il les dominait toutes.

— J'ai invité des amis à passer quelques jours ici, leur annonça-t-il. Nous allons monter à cheval et jouer au billard, ce genre de choses, ce qui ne vous intéressera sans doute pas, mais vous êtes les bienvenues pour vous joindre à nous pour les repas et les conversations du soir.

— Des amis ? demanda sa sœur, la voix tremblante. Cela inclut M. Villers ?

Gregory pencha la tête.

— Tu as l'air inquiète. M. Villers t'a-t-il offensée d'une manière ou d'une autre, Lilith ?

Elle pâlit.

— Certainement pas. Je connais à peine cet homme.

Mlle Thorn considéra la jeune femme un instant avant de s'adresser à Gregory.

— Je serais ravie de me joindre à vous, monsieur.

— Nous nous joindrons toutes à vous, renchérit Yvette en se tournant vers la comtesse et Lilith.

La première approuva d'un hochement de tête, mais la seconde ne pipa mot.

— Peut-être devrions-nous commencer par un tour du propriétaire, suggéra Mlle Thorn. Je suis sûre que vos invités apprécieraient d'admirer toute la splendeur de votre domaine.

— *Mais oui !* s'exclama Yvette, le regard pétillant.

Lilith se leva.

— C'est inutile pour moi. Veuillez m'excuser.

Elle se hâta de quitter la pièce.

— Retrouvez-moi dans le hall d'entrée dans un quart d'heure, proposa Gregory aux autres femmes, avant de partir à la poursuite de sa sœur.

Il l'arrêta au moment où elle posait la main sur la poignée de la porte de ses appartements.

— Lilith, attends ! Pardonne-moi si j'ai dépassé les bornes en ne te consultant pas au sujet de nos invités. Il n'y a rien qui doive t'inquiéter. Marbury prend les dispositions nécessaires.

Elle évita le regard de son frère.

— C'est chez toi. Tu peux inviter qui tu veux. Je ferai ce qu'il faut pour que tu sois fière de moi. Marbury n'a peut-être pas eu le temps d'informer la cuisinière. J'irai lui parler des repas.

Gregory acquiesça.

— Je te remercie. J'aimerais que tu te joignes à nous. Tu dois te souvenir de Julian Mayes. Et je peux te présenter M. Villers.

— Pas besoin de présentations.

Sur ces mots, elle ouvrit la porte et disparut dans sa chambre.

Gregory ne la suivit pas. Elle méritait l'intimité qu'elle tenait tant à préserver. Il se demandait seulement pourquoi elle ressentait le besoin de se cacher depuis que Beau Villers était arrivé à Carrolton Park.

Quinze minutes plus tard, Gregory retrouva Julian, Mlle Thorn, sa mère et Yvette, qui l'attendaient dans le hall d'entrée. Julian semblait plus intéressé par Mlle Thorn que par le décor, et la mère de Gregory semblait heureuse d'admirer le couple. Comme si elle s'en était aussi rendu compte, Yvette se rapprocha de lui.

— Quelle est cette jolie pierre au sol, monsieur ? Je l'ai remarquée dès mon arrivée. Elle est inhabituelle, non ?

Cette question permit à Gregory de se concentrer sur un sujet, et il put facilement expliquer ses choix. Son architecte et décorateur d'intérieur avait été surpris par ses suggestions, mais ravi de les exécuter, et Gregory avait été pleinement satisfait du résultat.

— C'est du Blue John. Une pierre originaire du Devonshire. Je l'avais vue à Chatsworth, chez le duc de Devonshire, et j'ai pensé qu'elle aurait fière allure ici. Vous voyez, Carrolton Park est entouré de verdure. Même en hiver, nos conifères gardent le paysage verdoyant. Je voulais un hall d'entrée apaisant, serein, différent de l'extérieur. Le gris, le blanc et le bleu me semblaient appropriés.

La comtesse fixa son fils.

— Ma foi, Gregory, je ne savais pas que tu avais de telles réflexions.

Ses joues étaient brûlantes. Il se détourna de leurs regards admiratifs pour cacher son embarras et désigna la cage d'escalier.

— Le motif grec se poursuit ici, mais avec des tons plus vifs de gris et de blanc, afin d'inciter les invités et la famille à pénétrer davantage dans la maison. Les sculptures représentant la forêt nous rappellent les merveilles que l'on peut admirer à l'extérieur.

— C'est pour cette raison que les pierres sont en forme d'arbres, déclara sa mère d'un ton songeur. Je pensais que c'était uniquement pour faire joli.

Et c'était joli. C'était une belle décoration, se disait-il. Pas à voix haute, bien entendu.

Alors qu'il continuait à les guider dans la maison, depuis le salon écarlate avec ses tapisseries médiévales de l'aile sud jusqu'aux murs en soie safran de la longue galerie, il ne put s'empêcher de remarquer les changements chez ses invités. Julian se rapprochait de plus en plus de Mlle Thorn, au point qu'ils finirent bras dessus bras dessous. Sa mère semblait complètement fascinée par sa propre maison, un sourire affectueux aux lèvres et les yeux chaleureux. Seule Yvette paraissait écouter attentivement ses explications.

— Votre maison m'est d'autant plus belle maintenant que je sais pourquoi vous l'avez conçue de cette façon, murmura-t-elle lorsque les autres s'arrêtèrent devant un portrait de son père dans la galerie. Vous avez le sens de la beauté, monsieur.

— Oui, chuchota-t-il en regardant les boucles rousses d'Yvette. J'en conviens.

Les joues d'Yvette s'empourprèrent, aussi tourna-t-elle la tête vers la comtesse.

Heureusement. Car ce fut une fraction de seconde avant que la vieille dame halète et porte sa main à sa poitrine.

Julian et Mlle Thorn s'éloignèrent, l'air troublés, tandis qu'Yvette tapotait le dos de la comtesse.

— Tout doux. Respirez.

— Mes sels, réclama-t-elle d'une voix rauque.

Gregory était prêt à aller chercher en courant la mallette rouge, mais Yvette glissa la main dans sa poche et en sortit une fiole. Elle l'agita sous le nez de la comtesse. Celle-ci inspira profondément et s'affaissa.

Gregory se pressa de la rattraper.

— Je vous tiens, Mère.

Comme l'autre soir, il la prit dans ses bras. Il la croyait presque quand elle affirmait être faible, car elle semblait si fragile, comme s'il portait un oiseau.

— Je vais demander à Marbury qu'on aille chercher le médecin, proposa Julian quand Gregory passa devant lui.

Il hocha la tête pour le remercier et se dirigea vers l'escalier.

Yvette trottinait à côté de lui.

— C'était trop pour elle, se sentit obligé d'expliquer Gregory. Les invités, l'excitation…

— Peut-être…

Yvette regarda la comtesse en fronçant les sourcils : ses paupières étaient closes.

Elle les accompagna jusqu'à la chambre de l'aïeule ; les jupes de la jeune femme claquaient comme elle essayait de suivre le rythme du comte, qui posa sa mère sur le lit et recula. Julian avait dû prévenir Marbury comme promis, car le majordome et Ada, la femme de chambre de sa mère, arrivèrent d'un pas pressé. Cette dernière s'élança tout droit vers sa maîtresse et arrangea ses jupes d'un air triste. La comtesse était allongée, le visage tourné vers le plafond, les yeux fermés, si immobile qu'elle semblait ne plus être de ce monde. Un frisson parcourut Gregory.

Marbury prit le comte à part.

— J'ai envoyé quelqu'un chercher le docteur Chase, Monsieur, et j'ai alerté lady Lilith. Mlle Thorn et M. Mayes aimeraient vous être utiles.

— Remerciez-les, mais rassurez-les en leur indiquant que rien ne peut être fait pour le moment.

À cet instant, Lilith apparut sur le seuil de la chambre. Elle s'engouffra dans la pièce et s'agenouilla près du lit.

— Mère, ma chère Mère. M'entendez-vous ?

La comtesse ouvrit un œil.

— Lilith ? Ma fille, comme c'est gentil de ta part d'être à mes côtés quand j'en ai besoin.

Le regard de Lilith était doux, comme si elle souhaitait seulement que sa mère se porte bien. Le regard d'Yvette était bien moins indulgent.

— Vous êtes réveillée, déclara-t-elle. Bien. Nous allons essayer de vous asseoir.

Lilith se leva avec majesté. Ada recula.

— L'asseoir ? s'étrangla Lilith. Avez-vous perdu la raison ? Elle est malade, peut-être même mourante.

Yvette pencha la tête, le soleil par la fenêtre illuminant ses boucles.

— Vraiment ?

La comtesse porta sa main à son front.

— Oh, je ne sais pas.

Les joues de Lilith s'embrasèrent, et elle pointa un doigt autoritaire sur Yvette.

— C'est votre faute si elle est dans cet état. Vous avez insisté pour qu'elle se lève et gambade dans la maison. Gregory ! Je veux que cette femme disparaisse. Immédiatement !

*

* *

Lady Carrolton cligna des yeux, comme surprise par les ordres de sa fille. Ada poussa un gémissement. Le visage de Marbury se décomposa. Yvette était davantage intéressée par la réaction du comte, qui avait eu une conversation privée avec Marbury avant que sa sœur arrive en trombe. Ce dernier se tourna vers Yvette – l'angoisse était visible sur son visage. Elle jeta un coup d'œil à lady Lilith, dont les yeux brillaient de triomphe. Celle-ci savait que son frère ne lui refuserait rien, même si la demande le gênait. Comment osait-elle le mettre dans une position pareille !

Yvette savait flatter et amadouer. C'est ainsi qu'elle avait survécu dix ans au sein de la nouvelle classe dirigeante française. Mais lady Lilith n'était pas une aristocrate française qui avait le pouvoir de la faire décapiter. Elle ne possédait aucun secret qu'Yvette pouvait livrer aux Anglais pour mettre fin à la guerre. Ni sa mère ni le comte ne trouveraient un intérêt à son comportement.

— Non, dit Yvette en se rapprochant de lady Lilith et en levant la tête pour soutenir son regard. Ce n'est pas à vous de me dire où je vais et quand. Je suis la dame de compagnie de votre mère, et c'est le comte qui m'a engagée. C'est à eux de décider de mon sort.

Avant que cette méchante femme puisse prononcer un mot, Yvette se tourna vers la comtesse, qui observait la scène avec une grande attention.

— *Chère comtesse*, vous ne souhaitez sûrement pas mon départ.

— Pas le moins du monde, répondit la comtesse, d'une voix étonnamment forte et assurée pour quelqu'un censé être à l'article de la mort. Mais j'aimerais que vous ne me meniez pas à la baguette.

Comme si c'était possible...

— Je ne fais que suggérer ce qui est dans votre intérêt.

— Vraiment, Mère ? commença lady Lilith, mais Yvette passa derrière elle pour s'approcher du comte.

— Et vous, Monsieur ? Souhaitez-vous que je parte ?

— Jamais, affirma-t-il, et son regard menaça de la faire rougir de nouveau.

Yvette écarta les mains et se tourna vers la comtesse.

— Bien. Je vais rester.

Lady Lilith tourna les talons et quitta la pièce. Ada baissa la tête, mais pas avant qu'Yvette aperçoive un sourire se dessiner sur ses lèvres. Avant de se retirer pour aller attendre le médecin, Marbury fit un signe de tête à Yvette, comme s'il était fier d'elle.

Le comte s'avança à ses côtés.

— Est-ce que tout ira bien ?

— Pourquoi personne ne me pose cette question ? geignit sa mère.

— Très bien, lui assura Yvette. Et *merci beaucoup* pour vos encouragements.

Il hocha la tête, puis éleva la voix.

— Mère ? Le docteur Chase est en chemin. Que puis-je faire en attendant ?

Sa mère tapota les couvertures à côté d'elle.

— Viens. Parle-moi. Fais-moi oublier mes soucis.

Bien qu'il ait des invités à divertir, une sœur à apaiser et sans aucun doute un certain nombre de devoirs inhérents à son titre de comte, il s'exécuta.

Yvette déambula dans la pièce, repositionnant la mallette rouge cabossée près du lit au cas où le médecin en aurait besoin, allumant une lampe, tirant les rideaux de velours. Lord Carrolton parlait peu, principalement parce que sa mère monopolisait la parole. Mais il l'écoutait, hochait la tête et faisait des commentaires, le regard rivé sur le visage de la comtesse.

Yvette n'avait jamais vu un homme aussi conciliant. Les dames qu'elle avait servies, toutes épouses ou mères d'hommes que Napoléon avait promus, avaient l'habitude d'être seules. Leur mari et leurs fils pouvaient offrir une attention courtoise en public, mais en privé chacun était absorbé par ses intérêts personnels. Gregory, comte de Carrolton, accordait toute son attention à sa mère, comme si rien n'était plus important en cet instant.

Qu'est-ce que cela faisait d'être autant appréciée ? D'avoir quelqu'un qui ferait passer vos intérêts avant les siens, quelqu'un qui se soucierait uniquement de ce qui était le mieux pour vous ? D'être sincèrement aimée ?

Le cœur d'Yvette bondit à tel point qu'elle crut qu'il allait sortir de sa poitrine. Ah, mais quel désir dangereux. Depuis que sa famille avait été tuée, elle avait dissimulé ses pensées, ses espoirs. Si son cousin ou des hommes comme lui savaient ce qui comptait pour elle, ils le lui enlèveraient ou s'en serviraient pour lui nuire. Ayant vécu jusque-là sous le joug de cette menace, elle n'avait osé aimer personne. Oserait-elle à présent ?

*

* *

Le médecin arriva enfin. Le comte promit d'attendre son diagnostic à l'extérieur de la chambre et offrit un sourire à Yvette avant de sortir. Trapu, les cheveux clairsemés et la voix rauque, le docteur Chase se pencha au-dessus de la comtesse et l'examina avec méfiance, comme si elle était une nouvelle variété de buisson épineux qu'il découvrait dans son jardin. La comtesse le dévisagea.

Finalement, il se redressa et se tourna vers Yvette.

— Vous êtes la nouvelle dame de compagnie ?

— *Oui.*

Il fit une grimace.

— Française. Je ne supporte pas cette lubie d'engager des réfugiés provenant d'un pays bien inférieur au nôtre.

Yvette se mordit l'intérieur de la lèvre pour s'empêcher de répondre.

— Lui donnez-vous les pilules que j'ai prescrites ?

Yvette désigna la mallette rouge posée sur la chaise.

— Il y a un certain nombre de pilules, monsieur. Peut-être auriez-vous l'amabilité de m'indiquer lesquelles ?

Avec un froncement de sourcils, le médecin ouvrit la mallette et examina l'intérieur, puis en sortit un flacon ambré.

— Celles-ci, dit-il à Yvette en secouant le flacon devant elle. Deux fois par jour, au réveil et au coucher. Dois-je le noter par écrit ? Mais peut-être ne savez-vous pas lire ?

— Je lis très bien. L'anglais, le français et l'italien. Pourquoi la comtesse a-t-elle besoin de ces pilules ?

— Elle est dans un état délicat et souffre de troubles nerveux, expliqua-t-il en hochant la tête en direction de la vieille dame, qui répondit en faisant de même.

— Et qu'est-ce que je lui administre exactement ? s'enquit Yvette.

Le médecin détourna la tête.

— Une formule de mon invention. Rien qui doive vous inquiéter.

Oh, mais quelle arrogance ! Elle savait comment gérer ce genre d'hommes.

— Oups !

Elle fit tomber le flacon sur le couvre-lit et porta ses deux mains à ses joues.

— Oh non, non ! Vous ne devez pas me demander une telle chose. Je n'empoisonnerai pas la comtesse !

Elle se laissa tomber à côté du lit et serra les doigts décharnés de lady Carrolton.

— Du poison ? fit la comtesse en regardant tour à tour Yvette et le médecin, les sourcils froncés.

— Certainement pas, la rassura le docteur Chase, qui s'éloigna du lit. Qui a parlé de poison ?

— C'est ce que j'aimerais savoir, déclara le comte depuis le seuil de la porte.

Yvette le regarda derrière la main de la comtesse. Oh, comme il était magnifique ! Sa tête brune était haute, ses yeux plissés, ses épaules en arrière ; Yvette n'aurait pas été surprise de voir l'armée du ciel chevaucher derrière lui.

Le médecin fit un pas en arrière.

— Ce n'est rien, monsieur. Cette fille est clairement à cran. Peut-être devrais-je lui prescrire quelque chose ?

Le comte entra dans la pièce et le docteur recula vivement jusqu'à heurter le mur.

— Mlle French est en parfaite santé, déclara lord Carrolton à l'homme tremblant. Qu'avez-vous à dire à propos de ma mère ?

— J'ai une santé fragile et un problème de nerfs, répondit la comtesse.

Yvette se leva.

— Il veut qu'elle prenne ces pilules mais refuse de dire ce qu'elles contiennent.

— Elles ont intérêt à être efficaces, affirma la comtesse. Car elles ont un goût infect.

Le comte haussa un sourcil sombre.

— Alors, Chase ? Que donnez-vous à ma mère ?

Le médecin écarta ses mains tremblotantes.

— Rien, vraiment ! J'ai constaté que les plaintes des femmes âgées étaient rarement liées à leur santé. Quelques boules de sucre, enrobées de poudre d'amande amère pour dissuader d'en abuser, suffisent souvent.

Le scélérat ! Même si Yvette avait soupçonné que la plupart des maladies de la comtesse provenaient d'un besoin d'attention, un médecin devait avoir plus de courage pour la soigner, ou bien lui faire comprendre qu'elle allait bien.

Le comte s'était figé.

— De l'amande amère, répéta-t-il d'une voix sourde. *Prunus amygdalus* ?

— Exactement. C'est inoffensif.

— Combien d'années d'études avez-vous faites pour devenir médecin ?

L'homme cligna des yeux.

— Combien d'années ?

— Oui, combien !

Le médecin sursauta.

— J'ai été formé par le docteur Finch à Londres pendant trois ans, avant d'ouvrir mon cabinet à Chessington. Comme vous le savez, je m'occupe de lady Carrolton depuis cinq ans.

Les yeux du comte étaient désormais deux fentes incandescentes.

— Et pendant tout ce temps, vous n'êtes jamais tombé sur le cyanure d'hydrogène ?

— J'ai certainement entendu ce terme, bredouilla le médecin.

— Et vous l'avez prescrit aux femmes qui étaient sous vos soins. Je devrais vous faire passer devant un juge !

— Non, monsieur, s'il vous plaît ! l'implora-t-il en levant les mains en l'air, les yeux écarquillés. Je vous en supplie !

Les flammes qui crépitaient dans les yeux du comte ne s'éteignirent pas. Elles jaillissaient de lui, tellement brûlantes qu'Yvette se demanda si les tentures du lit n'allaient pas prendre feu.

— En tant que magistrat, je vous relève de vos fonctions dans cette paroisse, en attendant un examen plus approfondi de vos pratiques. Pendant ce temps, vous vous rendrez chez chaque patient à qui vous avez prescrit ces pilules et vous les confisquerez. Si l'un de vos patients se sent mal, orientez-le vers un autre médecin, qui lui se soucie réellement de son bien-être.

— Bien, monsieur. Immédiatement, monsieur.

Le médecin rassembla ses affaires, s'inclina en direction du lit et prit ses jambes à son cou.

— Est-ce que je vais mourir ? s'enquit la comtesse d'une voix tremblante.

— Non, Mère, lui promit le comte. Mais nous allons passer en revue chaque élément de votre mallette afin de nous assurer que rien ne puisse vous faire de mal.

— Très bien.

Yvette n'aimait pas la voix docile de la comtesse, ni la façon dont ses mains agrippaient les draps. Elle se mit debout.

— Je ne vous ai donné aucune de ces pilules. Lilith ou Ada l'ont-elles fait ? Ou les avez-vous prises vous-même ?

— Non, répondit-elle avant de porter son regard sur son fils et de s'enfoncer plus profondément dans son lit. Je ne t'avais jamais entendu parler sur ce ton, Gregory. Peut-être devrais-tu te calmer ?

Yvette s'attendit à ce qu'il proteste. Un tel feu ne quittait pas de sitôt un homme, d'après son expérience. Or il pâlit, se retourna et sortit précipitamment de la pièce, comme si sa mère s'était levée pour le pourchasser.

7

Gregory traversa le couloir à grandes enjambées. Quelle que soit son allure néanmoins, il ne parvenait pas à oublier la peur sur le visage de sa mère, ainsi que le tremblement dans sa voix lorsqu'elle lui avait demandé de se calmer. Depuis qu'il avait atteint sa taille définitive à l'âge tendre de quatorze ans, les gens avaient peur de lui. Son père avait tourné cela en plaisanterie :

« Tu as le physique pour toi en plus des privilèges politiques dus à ton rang, mon garçon. Sers-t'en pour tous les faire trembler. »

Gregory ne désirait faire trembler personne, et encore moins sa mère. Il s'était efforcé d'être un gentleman : calme, posé, réfléchi. Mais comment rester agréable et poli quand l'homme qui était censé prendre soin de sa mère ne lui donnait que des pilules de sucre enrobées de poison ?

Ses poings n'étaient pas toujours desserrés : une colère couvait en lui, rarement éveillée, mais difficile à apaiser une fois provoquée. Il avait envie de frapper, de déchirer quelque chose. Tout cela ne ressemblait pas au gentleman qu'il s'était tant efforcé d'être.

— Monsieur ?

La voix d'Yvette l'arrêta net. Il se tourna pour lui faire face, et l'effroi se posa sur ses épaules telle une cape.

— Que se passe-t-il ? Est-elle plus malade que nous ne le craignions ?

Yvette aurait eu tout à fait le droit de s'en aller face à ce ton autoritaire et, pourtant, elle lui tendit la main, comme pour essayer de calmer un cheval nerveux.

— Elle va bien. Soyez tranquille.

Si seulement il pouvait l'être. Il acquiesça d'un signe de tête.

— Dans ce cas, je vous laisse.

— Attendez, s'écria-t-elle en se pressant vers lui. Vous êtes inquiet, et pas seulement à propos de votre mère, je pense. C'est compréhensible que vous soyez en colère contre le médecin. Il n'aurait pas dû la traiter aussi mal.

Gregory hocha la tête et inspira.

— Mais j'aurais pu dire ce que j'avais à dire sans être brutal.

Yvette esquissa un sourire en papillonnant des cils.

— Brutal ? Quelle est la règle de conduite en Angleterre quand un homme découvre qu'on empoisonne sa mère ?

Gregory sourit enfin.

— Eh bien, nous prenons une tasse de thé et débattons des mérites relatifs du sirop d'ipéca et des saignées.

Yvette frémit de façon théâtrale.

— Oh, trop flegmatique pour moi ! Je préfère un homme qui laisse ses passions s'exprimer.

Le comte sourit, quelque peu réconforté.

— Hélas, je n'ai pas ce luxe. Je vous remercie pour votre sollicitude, mademoiselle de Maupassant, mais ça ira.

Elle posa sa main sur le bras de Gregory.

— Chut ! Vous devez m'appeler mademoiselle French, d'autant plus maintenant. Nous ne savons pas à qui faire confiance.

— Je confierais ma vie à mes domestiques, lui assura-t-il.

Elle se recula.

— Je ne peux pas en dire autant. Vous ne connaissez pas mon cousin. Il s'insinue dans la vie de ses victimes, se rend indispensable par le truchement de flatteries et de faveurs, puis glisse la lame entre leurs côtes avec un grand sourire.

Cette image écœura Gregory.

— Vous êtes en sécurité ici. Les domestiques sont sur leurs gardes. Personne ne peut venir ici sans passer inaperçu.

— Si vous le dites, répondit-elle, d'un ton cependant lourd d'incertitude.

— Retournez auprès de ma mère. Je reviens bientôt.

Après un signe de tête, Yvette s'éloigna. Gregory quant à lui partit consulter Marbury : peut-être que s'il se rendait utile, il pourrait se défaire de ces sentiments de colère et de frustration.

Marbury avait remplacé le majordome âgé qui avait exercé pendant l'enfance de Gregory. Premier valet à l'époque, cet homme imposant avait paru être le choix idéal pour une promotion. Il était digne, majestueux et presque aussi grand que le jeune comte. Il était en outre ouvert à la discussion concernant la gestion de la maison et réfléchissait avant d'agir, des traits de caractère que Gregory admirait.

— Comment se porte la comtesse, Monsieur ? s'enquit Marbury lorsque Gregory le retrouva dans le couloir près de la cuisine.

— Bien pour l'instant, mais je recommanderais qu'elle ait une soupe pour le dîner, quelque chose de léger, facile à digérer.

Marbury inclina la tête.

— J'en informerai Mme Clarke.

Leur cuisinière était en général accommodante.

— La comtesse aura également besoin d'un nouveau médecin. Mais nous pouvons décider à qui faire appel une autre fois. Pour l'instant, sachez que j'ai été informé de la présence d'un criminel dans le secteur.

Marbury leva le menton, comme s'il était impatient de s'en prendre lui-même au mécréant.

— Entendu. Y a-t-il des raisons de penser la maison en danger ?

— Il ne s'agit pas d'un voleur. Je suis davantage préoccupé par la sécurité des femmes qui sont sous mon toit. Je veux que les portes soient verrouillées toutes les nuits et qu'un valet fasse la ronde dans les couloirs. Poursuivons notre habitude de faire garder chaque porte durant la journée. Embauchez du personnel supplémentaire si nécessaire, mais Mlle French et moi devons rencontrer chaque personne avant qu'elle prenne ses fonctions.

— Mlle French ? s'étonna Marbury avec un froncement de sourcils.

— Je trouve qu'elle sait très bien cerner les gens, lâcha Gregory, qui sentit ses joues s'enflammer à ce demi-mensonge. Non pas que ce ne soit pas votre cas, Marbury, mais deux avis valent mieux qu'un.

— Si vous le dites, Monsieur.

Pourquoi Gregory avait-il l'impression que son majordome doutait de lui autant qu'Yvette ? Au moins, Gregory s'attendait à ce que Marbury obéisse à ses ordres. Comme il avait fait tout ce qui était en son pouvoir pour le moment, il remonta à l'étage afin de prendre des nouvelles de sa mère, et d'Yvette.

La pièce semblait calme à mesure qu'il approchait, aussi ouvrit-il doucement la porte sans frapper. Yvette était assise sur la chaise à côté du lit, la tête baissée, la lumière de la lampe se reflétant sur ses boucles. Elle lisait le livre qu'il avait trouvé sur la coiffeuse de sa mère, *Raison et Sentiments,* écrit par une anonyme. Sa mère était étendue sur le lit, les yeux ouverts et le sourire ravi. Même Ada s'était arrêtée dans son travail, debout sur le seuil du cabinet de toilette, afin d'écouter la voix douce et chantante d'Yvette. C'était l'image même de la vie de famille. Gregory avait envie de se joindre à elles, mais il détestait l'idée de les interrompre. Il finit par refermer la porte et se rendit dans sa chambre pour se rafraîchir avant le dîner.

Souvent, sa famille discutait peu pendant les repas, mais ce soir-là le silence lui pesait. Yvette était restée auprès de sa mère, tandis que Lilith et Villers avaient demandé un plateau dans leur chambre au lieu de descendre dîner. Gregory soupait avec Mlle Thorn et Julian, mais il aurait tout aussi bien pu être seul, étant donné qu'ils n'avaient d'yeux que l'un pour l'autre. Comme si elle était réticente à les quitter, Mlle Thorn resta après que les domestiques eurent débarrassé la table et se furent retirés.

— Compte tenu des nouvelles de Londres, combien de temps souhaitez-vous qu'Yvette reste à Carrolton Park ? demanda-t-elle en regardant tour à tour Julian et Gregory.

— Un moment, répondit Julian. Mais si son ennemi nous suivait ici, comme elle le soupçonne, il serait préférable qu'elle reste cachée.

Mlle Thorn approuva d'un hochement de tête, puis reporta son regard sur Gregory.

— Et vous avez pris des dispositions pour la protéger, monsieur ?

Gregory se redressa sous le regard perçant de Mlle Thorn.

— Oui. Soyez assurée qu'elle sera en sécurité.

— Allez-vous rester pendant tout ce temps ? interrogea-t-elle Julian.

— Hélas, non. Je vais rester quelques jours afin de donner le change d'une partie de campagne, mais je dois informer lord Hastings des derniers développements. Je pourrai vous raccompagner à Londres, si vous le souhaitez.

Elle leva le menton.

— Je ne peux pas partir tant que ma cliente est en danger.

Gregory aurait pu dire à Julian qu'un sourire condescendant aurait un effet négatif. Ses paroles ne furent guère plus efficaces.

— Toutefois, très chère, Mlle de Maupassant n'est pas réellement votre cliente. Vous avez eu la gentillesse de l'accompagner jusqu'ici pour corroborer la supercherie d'une dame de compagnie rémunérée, mais vous n'avez aucune responsabilité à son égard.

La mâchoire de Mlle Thorn se durcit.

— Uniquement la responsabilité d'une amie. Ou bien ne comprenez-vous toujours pas la nuance ?

Julian bascula contre le dossier de sa chaise.

— Je croyais que nous avions réglé cette histoire.

Gregory jeta un regard rapide à Julian puis à Mlle Thorn. Les yeux de cette dernière lancèrent un avertissement. L'expression de Julian était implacable. Intéressant. Gregory avait toujours admiré l'attitude insouciante de son ami. Peu de choses le perturbaient, ce qui était l'un des traits de caractère qui faisaient de lui un bon avocat. Mlle Thorn était, semblait-il, l'exception à la règle.

Elle se leva, grande et imposante, et Julian et Gregory firent de même, comme l'exigeait la bienséance.

— Je devrais aller voir comment va Fortune, annonça-t-elle d'un ton résolument froid. Elle, au moins, m'a toujours soutenue. Bonne nuit, messieurs.

Elle sortit de la pièce avant que l'un des deux hommes ait le temps de répondre.

Julian retomba sur sa chaise.

— Eh bien, voilà qui remet les pendules à l'heure…

Gregory se rassit plus lentement. Il ne s'était jamais estimé doué pour les conversations personnelles, mais il avait envie d'aider son ami.

— Y a-t-il un souci ? demanda-t-il à ce dernier.

Julian scruta ses mains sur la nappe blanche.

— Il semblerait que oui. Mlle Thorn et moi avons eu un accord par le passé. Je suis allé à Londres pour m'installer, afin que nous puissions ensuite nous marier. Elle a disparu sans laisser de traces. Elle dit m'avoir écrit pour me demander de l'aide après le décès de sa mère. Ses lettres ne me sont jamais parvenues. Elle pense que je n'ai pas fait assez d'efforts pour la retrouver. Elle a peut-être raison, expliqua-t-il avant de lever les yeux au ciel. Mais combien de fois vais-je devoir m'excuser ? Ne voit-elle pas l'homme que je suis devenu ?

— Apparemment, elle attend davantage. Tu resterais si tu me pensais en danger, pas vrai ? Et pourtant, tu lui demandes de laisser son amie.

— Parce que rester la met elle-même en danger. N'ai-je pas le droit de penser en priorité à ses besoins ?

— Peut-être, répondit Gregory, devrais-tu lui demander ce qu'elle désire avant de décider pour elle ?

Julian cligna des yeux.

— Quand es-tu devenu si sage en matière de femmes ?

Gregory rit.

— Je suis entouré de femmes, mon vieux. Je devais bien en tirer une ou deux leçons.

Il n'en était pas aussi certain la plupart du temps, cependant.

*

* *

La comtesse venait de terminer son bouillon et son pain, en se plaignant entre chaque bouchée, lorsque Meredith arriva avec Fortune. Yvette n'avait jamais été aussi heureuse d'avoir de la compagnie. Même si le comte avait promis de revenir, la seule autre personne qu'elle avait vue était Ada. La petite bonne reprit le plateau pour le rapporter en cuisine.

— Je venais prendre des nouvelles de notre patiente, déclara Meredith en s'approchant du lit.

Fortune considérait la comtesse comme un morceau de fromage particulièrement odorant.

Lady Carrolton éternua, d'un cri délicat comparé à ses éternuements bruyants habituels. Celui-ci fit tout de même sursauter Fortune.

— Vous auriez dû laisser votre chat dehors, déplora la comtesse. Un animal dans une chambre de malade ne peut pas être sain.

Meredith serra Fortune contre elle, comme si elle craignait qu'on ne la lui enlève.

— Je crois qu'elle fait plus souvent sa toilette que la plupart des gens.

La comtesse s'offusqua. Mais Yvette prit la parole avant elle.

— Comme vous pouvez le constater, mademoiselle Thorn, Madame a retrouvé ses esprits. Il ne nous reste plus qu'à lui redonner suffisamment de forces pour qu'elle puisse se remettre debout.

Lady Carrolton fit une grimace.

— Je n'irai pas mieux en mangeant cette bouillie que la cuisinière a fait porter ce soir. Où est mon mouton ? Un bon filet de saumon ?

— Demain, lui promit Yvette. Nous devons d'abord nous assurer que votre système a éliminé le poison.

— Le poison ? s'étonna Meredith.

La comtesse se dérida.

— Oui ! Vous ne le croirez jamais ! Mon médecin a essayé de me tuer.

Meredith haussa brusquement les sourcils et lady Carrolton donna des détails atroces sur le complot dont elle avait été la cible. À un moment donné, Meredith lâcha Fortune, qui se mit à explorer la pièce, en commençant par le dessous du lit. Yvette laissa la comtesse parler. Pour une fois, elle avait une bonne raison d'être au centre de l'attention.

— Je suis contente que le comte l'ait mis dehors, affirma Meredith lorsque la comtesse fit une pause pour reprendre son souffle.

— Oui, mais comment dois-je faire pour trouver un médecin maintenant ?

— Peut-être en avez-vous moins besoin, suggéra Yvette. Vous êtes forte mentalement, Madame. Je soupçonne votre corps de ne pas l'être moins.

Lady Carrolton s'enfonça dans son lit et remonta ses couvertures.

— N'importe quoi. Je suis une vieille dame fragile. Qui sait combien de jours il me reste ?

— Qui sait combien de jours il reste à chacun d'entre nous ? répliqua Yvette.

Quelque chose fit un bruit sourd à côté du lit. La comtesse empoigna ses couvertures.

— Qu'est-ce que c'est ?

Meredith se pencha et récupéra Fortune.

— Simplement un chat curieux. Elle admire votre mallette rouge, lady Carrolton.

La dame commença à cligner des paupières. Dans quelques secondes, elle réclamerait ses gouttes pour les yeux ou un mouchoir. Yvette repoussa la mallette sous le lit.

La porte s'ouvrit à cet instant et Ada entra. Yvette se leva de sa chaise et fit signe à la jeune femme d'approcher.

— Voici Ada, dit-elle à la comtesse. Elle va vous brosser les cheveux pour la nuit. Mlle Thorn et moi allons nous retirer dans le couloir. Sonnez-moi si vous avez besoin de moi.

L'éclat dans les yeux de la comtesse révéla qu'elle avait hâte de reprendre sa cloche.

— Vous savez vous y prendre avec elle, commenta Meredith une fois qu'Yvette eut refermé la porte derrière elles.

Elle caressa Fortune, qui se tortilla, déterminée à quitter les bras de sa maîtresse et à explorer le long couloir comme elle l'avait fait pour la chambre. Avec un sourire, Meredith se pencha et lâcha son chat. Celui-ci courut sur la moquette.

— Lady Carrolton est une vieille harpie, déclara Yvette en observant l'animal se jeter sur des peluches de poussière. J'ai vu pire.

— J'aimerais vous empêcher de voir pire encore. Julian veut que je retourne à Londres avec lui, mais je n'aime pas l'idée de vous laisser seule alors que le danger guette.

Yvette haussa les épaules.

— J'ai vécu avec le danger la majeure partie de ma vie. J'apprécie votre compagnie, Meredith, mais si des affaires vous attendent ailleurs, allez-y.

— Je devrais m'occuper de ma prochaine cliente, dit-elle, en soupirant. Le vicomte Worthington a une sœur mécontente dans son rôle de châtelaine, d'après ce que j'ai appris.

— Vous semblez avoir appris beaucoup de choses alors que vous avez quitté Londres depuis plusieurs jours.

Meredith sourit.

— J'ai entendu parler de cette dame il y a quelque temps, mais Patience Ramsey avait davantage besoin de moi, expliqua Meredith, dont le sourire s'effaça. Tout comme vous.

Derrière elle, Yvette entendit une porte s'ouvrir. Fortune leva la tête, un mouton de poussière dépassant de sa gueule, puis revint en courant aux côtés de Meredith alors que lady Lilith s'approchait d'elles d'un pas rapide. Sa tête était haute, son regard fixé au loin, comme si elle ne les avait pas vues, ou du moins désirait les ignorer.

— Votre mère va bien, Mademoiselle, l'informa Yvette. Elle s'apprête pour la nuit.

Ces paroles stoppèrent net lady Lilith, qui toisa Meredith.

— J'espère que vous n'avez pas fait entrer ce chat dans sa chambre.

Meredith se pencha pour prendre son animal de compagnie dans ses bras.

— J'emmène Fortune partout avec moi. Mais je ne suis pas restée longtemps. Je ne voulais pas fatiguer votre mère. Je voulais lui annoncer que je rentrais à Londres avec M. Mayes et M. Villers.

C'était à Yvette, et non à la comtesse, que Meredith avait fait part de cette nouvelle, mais lady Lilith n'était pas au courant de la relation entre Meredith et la nouvelle dame de compagnie de sa mère.

À la mention de leurs autres invités, une étincelle apparut dans les yeux clairs de lady Lilith.

— M. Villers s'en va ?

— Dans un jour ou deux, répondit Meredith en se tournant vers Yvette. Mais je resterai si nécessaire.

— Tout ira bien, lui assura la Française.

Avec un signe de tête, Meredith s'excusa et emmena Fortune.

— Il semble que vous vous soyez fait une amie, commenta lady Lilith.

Son ton n'avait pas son mordant habituel.

— Oui, confirma Yvette. Il vaut mieux avoir un ami qu'un ennemi. D'ailleurs, je ne suis pas votre ennemie, vous savez.

Lady Lilith avait les yeux rivés sur la porte de sa mère.

— Je sais.

— Mais peut-être que M. Villers en est un ?

C'était un coup calculé. Lady Lilith avait été très vague sur le sujet lorsqu'elle avait échangé avec son frère et la comtesse. Yvette s'attendait à ce que les flammes de l'enfer s'abattent sur elle pour avoir eu l'impertinence de poser cette question.

Au lieu de cela, lady Lilith blêmit.

— Alors, vous avez entendu les rumeurs ? demanda-t-elle, les mains inquiètes sur le devant de sa robe sombre.

Il y avait donc eu un scandale. Le comte était-il au courant ? Probablement pas, sinon il n'aurait jamais permis à cet homme de mettre les pieds chez lui. Mais cela expliquait la réticence de Beau Villers à accepter l'invitation.

Yvette se força à hausser les épaules, espérant susciter une confidence.

— Ce n'est pas vrai, s'empressa de lui assurer lady Lilith. Il n'a pas profité de moi.

Seigneur ! Quelle affaire avait-elle déterrée ?

— Et il ne devrait pas profiter de vous.

Lady Lilith baissa la tête.

— Non, bien sûr que non. Il a simplement montré un intérêt que certains ont jugé inconvenant : il m'a proposé de nous promener seul à seule dans le parc et de faire du cheval trois jours de suite. Il a suscité des attentes. Mais ce n'était pas un homme pour moi. En vérité, je pense qu'il voulait que je présente Gregory à sa sœur.

M. Villers avait apparemment aussi fait en sorte que Harry s'intéresse à Lydia. Il avait été choqué le mois précédent de découvrir qu'elle préférait le qualificatif de pédante au nom d'épouse. Lydia Villers était ravie d'être l'assistante de l'apothicaire amatrice Augusta Orwell, la tante de Harry, qui essayait de confectionner le baume cicatrisant parfait pour des affections cutanées.

— M. Villers a cette réputation, dit Yvette, compatissante. Je suis contente qu'il n'ait pas ruiné la vôtre.

La bouche de la jeune femme se contracta.

— Un baiser sur la main donné sur un balcon au clair de lune ne devrait pas être considéré comme une compromission.

— Non, en effet. Pourtant, vous vous cachez de lui comme si vous aviez honte.

Lady Lilith releva enfin la tête.

— Ma honte est de ne pas avoir réussi à susciter son intérêt. Père m'a interdit de l'encourager. Mais M. Villers était de loin l'homme le plus présentable et le plus palpitant qui ait jamais montré de l'appréciation à mon égard. Je ferais n'importe quoi pour qu'il devienne mien.

Yvette observa la jeune femme. Tant de passion, pour Beau Villers ? Mais comment pouvait-elle douter de cette jeune femme ? Avec ses yeux brillants, son teint vif, elle était en tout point la furie ailée, l'ange vengeur. Il faudrait que M. Villers soit idiot pour ne pas voir les qualités de cette femme. Quel dommage qu'il le soit bel et bien un peu.

Toutefois, s'il pouvait rendre lady Lilith heureuse, pourquoi ne pas encourager cette union ? Le comte ne s'y opposerait sûrement pas comme son père avait pu le faire.

— Vous pouvez encore le séduire, déclara Yvette. Il n'a pas réussi à marier sa sœur, mais je crois qu'il aspire toujours à entrer dans l'aristocratie. Montrez-lui que vous pouvez le lui offrir. Montrez-lui la femme pétillante que vous êtes.

Lady Lilith cligna des yeux

— Moi ? Pétillante ?

Yvette posa ses mains sur ses hanches.

— Des cheveux de jais, des yeux comme des éclairs, une silhouette plus belle qu'une statue grecque. Quel homme refuserait cela ?

La jeune femme toucha ses cheveux, comme si elle ne s'était jamais considérée sous un tel jour.

— Tout ce que vous avez à faire est de l'encourager, insista Yvette. Soyez brillante, délicieuse. Charmez-le, flattez-le. Ces choses habituelles que font les femmes pour séduire les hommes.

Lady Lilith laissa retomber sa main et son visage se décomposa.

— Oh, French, je n'ai aucune expérience dans ce domaine.

— Et moi, j'ai assez d'expérience pour nous deux. Je vais vous montrer. Ensemble, nous serons invincibles.

8

Le lendemain matin, tous les invités de Gregory se présentèrent au petit déjeuner. Il ne savait pas comment faire. Comme il ne connaissait pas leurs préférences, il ordonna à Marbury que le buffet soit toujours fourni : jambon, saumon fumé et bacon ; œufs pochés à la crème ; asperges marinées et diverses pâtisseries. Julian et Villers emplirent leur assiette et Perkins aida Meredith, Yvette et la comtesse, qui avait l'air de bien mieux se porter que la veille.

Lilith fut la dernière à entrer, la tête haute, le pas gracieux. Les hommes se levèrent d'un bond et Villers faillit recracher son thé.

— Je vous en prie, ne vous tracassez pas pour moi, dit-elle avec un salut royal avant d'aller choisir son petit déjeuner.

Gregory et les autres se rassirent, mais pas avant que celui-ci aperçoive Yvette sourire, comme si elle savait quelque chose qu'il ignorait.

La conversation resta agréable, avec suffisamment de personnes s'inquiétant de la santé de sa mère pour que celle-ci rayonne de plaisir. Villers témoigna à Lilith la même attention et insista pour aller la resservir au buffet. Le comte vit sa sœur suivre du regard cet homme avec mélancolie. Peut-être devait-il poser à Julian quelques questions supplémentaires sur cet agent du renseignement, pendant la promenade à cheval qu'ils avaient prévues dans le domaine ce matin même.

Sa mère avait d'autres idées en tête.

— Je vais sortir, annonça-t-elle alors que le petit déjeuner touchait à sa fin.

Julian croisa le regard de Gregory et secoua légèrement la tête. *Bon...* Même si l'air frais pouvait faire du bien à sa mère, elle s'attendrait sans doute à ce qu'Yvette l'accompagne ; or ils ne voulaient pas révéler sa présence.

— Vous êtes encore en convalescence, Mère, tenta Gregory.

Le visage de la comtesse se crispa.

— Je me sens mieux. D'après French, je dois sortir davantage.

Yvette sourit.

— En effet, vous devriez. Que pensez-vous de la cour devant la maison ? Nous devrions y être à l'abri de toute brise fraîche.

Et des regards indiscrets. Gregory hocha la tête.

— Excellente idée !

— Parfait. Je suis sûre que vous souhaiterez vous joindre à nous, lady Lilith.

Lilith, qui souriait à Villers assis de l'autre côté de la table, sursauta.

— Oui, oui, bien sûr. Enfin, ajouta-t-elle en se tournant vers Gregory, si tes amis et toi vous joignez aussi à nous.

Julian sourit poliment.

— Certainement.

Peu de temps après, tous se regroupèrent dans la cour dallée située entre les ailes nord et sud. La construction avait été pensée de sorte que la pierre chauffée par le soleil réchauffe la maison en hiver, tandis que les brises de l'été la rafraîchissaient. Marbury apporta un fauteuil pour la comtesse, qui s'assit avec son air royal habituel et observa tous les autres. Au lieu de s'asseoir sur l'une des chaises qui avaient été installées près d'elle, avec vue sur le portique puis au-delà sur la pelouse et les bois, lady Lilith sortit des raquettes.

Mlle Thorn déclina, mais Yvette en saisit une, et les deux jeunes femmes se mirent bientôt à se renvoyer le volant, faisant flotter leurs jupes à chacun de leurs mouvements. La comtesse et Mlle Thorn les regardaient, tout en les encourageant et les applaudissant. Villers se tenait derrière elles ; il avait quelque peu l'air d'un jeune homme énamouré.

— Que sais-tu de M. Villers ? demanda Gregory à Julian alors qu'ils se promenaient le long des colonnes du portique.

Julian secoua la tête.

— C'est un vrai enquiquineur, si tu veux mon avis. Pendant des années, il a poussé sa pauvre sœur dans les bras de n'importe quel gentleman titré qui avait commis l'erreur de poser les yeux sur elle un peu trop longuement, dans l'espoir d'accéder à la haute société par le biais de son mariage. Il semble désormais avoir décidé de faire fortune grâce à l'espionnage. J'imagine qu'il recueille des renseignements qu'il pourra utiliser pour faire chanter.

Gregory regarda son ami.

— C'est à ce point ?

Julian sourit d'un air réconfortant.

— Au moins, il va bientôt s'en aller.

Gregory jeta un coup d'œil vers l'endroit où Villers applaudissait avec enthousiasme sa sœur, qui, les joues roses, lui fit une révérence.

— Pourrait-il éprouver des sentiments pour Lilith ?

— J'en doute, répondit Julian, décourageant le dernier de ses espoirs. Ta sœur a le don de faire fuir les prétendants.

Marbury s'approcha à cet instant et Gregory lui fit signe qu'il pouvait parler.

— J'ai été informé, dit-il en emboîtant le pas à Gregory et Julian, que le garde-chasse avait croisé un inconnu dans les bois hier soir. Il a cru que c'était un braconnier, mais j'ai pensé que vous voudriez le savoir, Monsieur.

Julian s'arrêta brusquement, et Gregory et le majordome s'immobilisèrent également.

— Avez-vous une description de son physique ? lui demanda Julian. Où était-ce exactement ?

— Je regrette, il faisait nuit. Tout ce que nous savons, c'est que l'homme semblait habillé de vêtements grossiers. Et quant à l'emplacement, je crois que c'était dans les bois qui surplombent l'arrière de la maison.

Julian croisa le regard de Gregory.

— Il pourrait s'agir de notre homme.

— Ou d'un braconnier, comme l'a pensé mon garde-chasse. Nous n'en avons pas beaucoup, mais nous sommes au début de la saison et il y a peu de gibier en ce moment. Quelqu'un pourrait être assez affamé pour prendre ce risque.

Julian jeta un coup d'œil aux joueurs. Pendant que Gregory et lui discutaient, Villers avait échangé sa place avec Yvette et lançait le volant à Lilith. Elle le renvoya avec beaucoup plus de force, obligeant Villers à faire un plongeon.

— Il y a un moyen d'en être sûr, murmura Julian en se caressant le menton. Permettons-lui d'apercevoir sa récompense, on verra s'il mord à l'hameçon.

La chaleur irradia Gregory, qui s'efforça de garder un ton cordial.

— Ce sera tout, Marbury. Je vous remercie.

Après une révérence, son majordome alla se placer sur un côté de la cour.

— Tu m'as demandé de veiller à la sécurité de Mlle de Maupassant, déclara Gregory à Julian. Ne me demande pas de mettre sa vie en danger.

Julian rougit.

— Lord Hastings a sollicité ton aide dans une affaire qui concerne la sécurité de notre nation. Nous ne pouvons pas laisser un agent français s'échapper.

— Alors attrape cet agent, lança Gregory en s'éloignant. J'ai un devoir envers ma maison.

— Tu as un devoir envers l'Angleterre, argumenta Julian en suivant Gregory. Ou oublies-tu le serment de loyauté que tu as prêté au roi à ton accession au titre ?

Gregory s'arrêta pour faire face à l'avocat.

— Bien sûr que non. Mais il doit y avoir une autre solution.

— Je pourrais demander à la milice locale d'encercler ton domaine, proposa Julian, mais un homme seul pourrait facilement passer entre les mailles du filet. Rendre Mlle de Maupassant plus visible serait plus efficace.

— Pour toi !

Julian hocha la tête en direction d'Yvette ; elle était penchée au-dessus de la mère de Gregory, les joues rosies par l'effort.

— Elle est plus forte que tu ne le penses. Sa famille est morte sous ses yeux. Elle a été la tâcheronne de son cousin, a survécu à ses railleries et à ses coups. Elle était aux côtés de l'impératrice Joséphine et a collecté des informations pour les transmettre en

Angleterre. Elle ne refuserait pas si je lui faisais cette demande.

Très probablement pas. Gregory avait déjà perçu la force de cette femme dans sa manière de gérer sa mère et sa sœur.

— Alors que ce soit sa décision, trancha-t-il. Je me plierai à sa volonté.

*

* *

Meredith était à côté de la comtesse, les bras vides sans Fortune. La femme de chambre de lady Carrolton, Ada, avait promis de s'occuper de son animal de compagnie afin que Meredith puisse prendre davantage part aux activités du groupe. Elle aurait dû regarder la partie de volant ou converser avec la comtesse, mais son regard restait braqué sur Julian.

Il avait toujours été beau et séduisant. Elle avait été amoureuse de lui pendant des années avant qu'il se rende compte qu'elle n'était plus une enfant. Une décennie avait transformé son sourire juvénile en quelque chose de plus fort, un sourire qui faisait flageoler les jambes de Meredith quand son regard se posait sur elle. Mais en cet instant, alors qu'il discutait avec le comte, le visage de Julian était sévère. De l'avis de tous, c'était un excellent avocat, doué pour convaincre ses interlocuteurs. Il suffisait de regarder avec quelle facilité il avait persuadé Meredith qu'il se souciait toujours d'elle.

Comment réagirait-il s'il venait à apprendre la vérité ?

Elle refusait de trembler et d'inquiéter son entourage avec le trouble que cette pensée suscitait. La fortune de lady Winhaven avait un prix. Si Julian était mis au courant du scandale, aurait-il encore envie de lui faire la cour ?

Meredith se força à sourire tandis que le comte et Julian s'approchaient. Toutefois, ce dernier ne s'adressa pas à elle, mais à Yvette.

— Mademoiselle French, dit-il, comme si elle n'était rien de plus que la dame de compagnie qu'elle incarnait, j'aide le comte à envisager de porter plainte contre ce charlatan qui a mis en danger la santé de lady Carrolton. J'aimerais vous poser quelques questions. Avec votre aimable autorisation, bien sûr, madame, ajouta-t-il en s'inclinant devant la comtesse.

Cette dernière attrapa les couvertures sur ses genoux.

— C'est à moi que vous devriez poser les questions, monsieur. C'est moi qui ai été empoisonnée.

Elle toussa pour appuyer son propos.

— Ah, mais votre description de ce matin au petit-déjeuner était si complète, argua doucement Julian, que je n'ai que des questions d'une nature que vous pourriez juger personnelles.

Les yeux de la comtesse s'illuminèrent.

— Personnelles ?

Yvette lui tapota l'épaule.

— Ce n'est rien, Madame. Je vais m'absenter un petit instant seulement.

Malgré les marmonnements de la comtesse, Julian et Gregory emmenèrent Yvette à l'écart.

— Eh bien ? demanda la comtesse à Meredith. Ne restez pas là. Je suis coincée dans ce fauteuil, mais vous pouvez bouger, vous. Approchez-vous pour entendre ce qu'ils disent, et venez tout me raconter ensuite.

Meredith aurait dû refuser, mais, à vrai dire, elle aussi était curieuse. Après avoir fait un signe de tête à la comtesse, elle se rapprocha du trio.

— Mon cousin est donc là, disait Yvette. Comment pouvez-vous l'amener à se démasquer ?

Son cousin ? Ce devait être l'agent français dont Harry craignait qu'il ne s'en prenne à la jeune femme. Le fait que sa présence dans la région soit attestée fit froid dans le dos à Meredith.

— C'est là que je veux en venir, déclara Julian. La seule façon de l'attraper est de le pousser à sortir de sa cachette. Je sais que je vous ai conseillé de rester en retrait, mais le moment est peut-être venu de vous montrer. Il va essayer d'attaquer, et nous l'attraperons à ce moment-là.

Meredith eut le souffle coupé. Julian lui jeta un coup d'œil, les sourcils haussés de surprise. Qu'est-ce qui le choquait le plus : qu'elle écoute leur conversation ou qu'elle désapprouve son plan monstrueux ? Elle s'avança vers eux d'un pas décidé.

— Refusez, conseilla-t-elle à Yvette. Vous ne leur devez pas votre vie.

— Mais si, répliqua Yvette avec un sourire triste. Je ne serais pas libre si Harry et M. Mayes n'étaient pas venus me chercher.

— Néanmoins, dit le comte en regardant Yvette, cette idée ne me plaît pas. Quel genre de gentleman met une femme en danger ?

— Quel genre en effet ? s'offusqua Meredith en jetant un regard à Julian, dont le visage ne s'adoucit pas.

— Le genre de personne qui comprend que des sacrifices doivent être faits pour le bien de tous.

— Facile à dire, rétorqua Meredith. Ce n'est jamais vous qui vous sacrifiez.

— Du calme, tempéra Yvette en tendant une main à Julian et l'autre à Meredith. C'est ma décision et je suis d'accord avec M. Mayes. Il est plus important que nous capturions mon cousin avant qu'il mette d'autres personnes en danger. En plus, ce ne sera pas si terrible. Le comte sera là pour me protéger.

Lord Carrolton ne parut pas réconforté par cette déclaration.

— Et Villers, ajouta Julian. Je peux accompagner Meredith jusqu'à Londres et prévenir lord Hastings. Villers peut rester ici et prêter main-forte.

— *C'est parfait*, approuva Yvette.

Toutefois, Meredith ne pouvait pas approuver la perfection de ce plan. Elle suivrait Julian si c'était le mieux pour tout le monde, mais elle ne pouvait apprécier le fait que ce plan mette Yvette en danger et puisse nuire au comte et à sa famille. Il lui parut évident à cet instant qu'elle connaissait peu Julian Mayes.

*

* *

— Eh bien ? demanda la comtesse lorsque Yvette reconduisit Meredith à ses côtés.

Lilith et M. Villers avaient cessé de jouer et se promenaient le long du portique en conversant. Leurs têtes n'étaient pas aussi rapprochées qu'Yvette l'aurait souhaité et ils ne se tenaient pas la main, mais au moins ils avaient l'air amicaux.

Elle ne pouvait pas en dire autant de Meredith et de M. Mayes. Celle-ci avait refusé de lui prendre le bras pour retourner auprès de la comtesse, et il se dressait avec raideur à côté du comte, là où Yvette et Meredith les avaient laissés.

— Qu'ont-ils dit ? demanda la comtesse, dont le regard alla de Meredith à Yvette.

— M. Mayes pense que vous seriez mieux sans ce médecin, lui indiqua Yvette. Je suis d'accord. Vous devriez sortir davantage : prendre le carrosse, aller à l'église, rendre visite à des amis...

— Le thé ! Je rends visite à la duchesse toutes les semaines pour prendre le thé.

— La duchesse douairière de Wey, expliqua Meredith à Yvette. Même si elle est peut-être trop occupée pour les visites en ce moment. Son fils, le duc, se marie dans une semaine.

Lady Carrolton eut un mouvement de recul.

— Quoi ? Pourquoi n'ai-je pas reçu d'invitation ? Lilith ! Lilith ! cria-t-elle en fouillant dans les couvertures. Où est ma cloche ?

— En sécurité à l'intérieur, lui indiqua Yvette.

Elle se réjouissait de voir lady Lilith accourir vers elles.

— Qu'y a-t-il, Mère ? Vous sentez-vous mal ?

— Je suis très contrariée. D'après Mlle Thorn, Wey se marie la semaine prochaine.

Lady Lilith jeta un coup d'œil autour d'elle en guise d'excuses. M. Villers les rejoignit, tout comme le comte et M. Mayes.

— Oui, confirma la sœur du comte. Nous avons reçu une invitation. Je ne pensais pas que vous voudriez y assister étant donné la personne qu'il épouse. La gouvernante de ses filles, expliqua Lilith en baissant la voix comme si le simple fait de prononcer ces mots était honteux.

Meredith la foudroya du regard.

— Une femme intelligente, attentionnée et charmante. Le duc a beaucoup de chance.

— Je dirais que la chance est plutôt du côté de la gouvernante, rétorqua M. Villers en riant de son mot d'esprit. C'est une sage décision de ne pas y aller, lady Lilith.

La comtesse fit la moue.

— Je veux y aller. Il y aura certainement un délicieux banquet.

M. Mayes s'avança.

— Et je suis certain que le duc serait affligé si la plus proche amie de sa mère n'était pas présente. Si vous avez des doutes sur votre force, emmenez Mlle French avec vous.

Que faisait-il ? C'était une chose d'essayer de forcer son cousin à venir ici, dans le calme du Surrey, où le vaurien pouvait être maîtrisé. Mais lors d'un mariage ? Trop de personnes pouvaient être blessées si les choses tournaient mal.

La comtesse releva le menton.

— Nous irons. Tous. Gregory peut nous accompagner. Wey espère sans doute votre présence à ses côtés. Je suis surprise qu'il ne vous ait pas demandé de le soutenir.

— Cet honneur m'a été fait, déclara Julian, qui inclina la tête comme s'il était ému par cette demande. Et sir Harold Orwell et sa famille seront également présents, ainsi que votre sœur, monsieur Villers.

Villers sursauta.

Lady Lilith se tourna vers lui.

— Serez-vous présent, monsieur Villers ?

Yvette pouvait voir le dilemme l'écarteler. Il dédaignait sincèrement cette gouvernante qui se mariait au-dessus de son rang, mais comment pouvait-il renoncer à l'occasion de fréquenter un duc et ses amis ? Elle n'aimait toujours pas l'idée d'assister à cette noce et de mettre potentiellement en danger les convives, mais elle pouvait aider lady Lilith à accomplir son rêve.

— Bien entendu, un gentleman tel que M. Villers se doit d'être présent, affirma Yvette. Son absence serait remarquée. Et les mariages sont des moments tellement agréables : les dames sont si charmantes, les messieurs se prennent à rêver de leur épouse…

Lady Lilith jeta un rapide coup d'œil à M. Villers.

— Eh bien, peut-être devrions-nous y aller pour Mère. La duchesse est une amie proche.

— Bien. Vous n'aurez pas besoin de mes services dans ce cas, déclara Yvette.

— Ni des miens, ajouta le comte. Villers peut vous accompagner, Mère et vous.

La comtesse fronça les sourcils.

— Mais Wey s'attendra à vous voir.

Yvette savait ce qu'il faisait. Chaque pensée se lisait sur ce visage transparent. Quand bien même il avait envie d'adresser ses vœux de bonheur à son ami, il ne laisserait jamais Yvette seule alors qu'un danger menaçait.

M. Mayes secoua la tête.

— Je sais que tu ne raffoles pas des événements mondains, mon vieux, mais tu dois vraiment accomplir ton devoir cette fois.

Lord Carrolton se balança d'un pied sur l'autre. De même que M. Villers était tiraillé entre deux contraintes sociales, Gregory était tiraillé entre deux devoirs. M. Mayes venait de lui rappeler lequel il considérait comme le plus important.

— Nous irons tous, dans ce cas, trancha-t-il, la mâchoire serrée. Villers, puis-je vous parler ?

En pâlissant, l'agent du renseignement suivit Gregory et M. Mayes jusqu'au portique. Lady Lilith ne les quitta pas du regard et poussa un si grand soupir qu'il ébouriffa les boucles d'Yvette.

— Pétillante, chuchota Yvette à la jeune femme, qui se redressa et afficha un sourire.

— De quoi parlent-ils encore ? demanda la comtesse.

— Vraiment, Mère, se plaignit lady Lilith. Les messieurs doivent avoir des moments entre eux, tout comme nous, les femmes.

— *C'est vrai*, confirma Yvette.

Elle aurait donné cher cependant pour savoir pourquoi cette conversation semblait mettre M. Villers si mal à l'aise.

Yvette n'eut l'occasion de le demander qu'après le dîner. La comtesse semblait avoir repris ses esprits et ne cessait de la solliciter. Meredith l'aida en faisant venir Fortune. Tandis que le chat la faisait encore éternuer, lady Carrolton s'amusait de ses pitreries et accepta même d'agiter un morceau de dentelle pour le faire jouer. Lady Lilith brillait par son absence. Yvette espérait qu'elle passait du temps avec M. Villers.

Ils se retirèrent tous dans le salon doré après le dîner. La comtesse, lady Lilith et Meredith conversaient poliment près du feu avec M. Mayes. Le comte fit signe à Yvette et à M. Villers de venir à l'écart.

— M. Villers a accepté de rester pendant que M. Mayes accompagnera Mlle Thorn à Londres demain, l'informa le comte. L'étranger dans les bois ne le tracasse pas.

Le sourire de M. Villers était trop confiant.

— Je pense que vous avez raison, Carrolton ; ce n'est qu'un braconnier.

— Je l'espère, dit le comte en regardant sa famille. Quand il s'agit de ceux que j'aime, j'ai tendance à être surprotecteur.

Villers pâlit et s'excusa pour aller se placer à côté de M. Mayes.

— Vous êtes en colère après lui ? demanda Yvette.

Le comte haussa les sourcils.

— Non. Je suis davantage préoccupé par cette situation. On ne devrait pas vous agiter comme un ver au bout d'un hameçon.

— Tant que vous attrapez le poisson et que je suis saine et sauve, je ne me plaindrai pas.

— Vous avez parfaitement le droit de vous plaindre. J'ai entendu parler de la façon dont vous avez été traitée en France. C'est affreux.

C'était vrai. Mais elle ne savait pas vraiment pourquoi il était si bon d'entendre cet homme le reconnaître.

— Cette vie est du passé. Je dois choisir une voie différente. Mais je suis au regret de vous informer que, quelle que soit l'issue de cette histoire, vous devrez trouver une autre dame de compagnie pour votre mère.

Il ferma les yeux avec un gémissement.

— Ne m'en parlez pas !

— Demandez à Meredith. Elle met un point d'honneur à trouver un foyer à des femmes en détresse.

Il rouvrit les yeux.

— C'est elle qui a placé notre dernière dame de compagnie dans une autre maison. Je ne suis pas certain qu'elle approuve ma famille.

— Votre mère et votre sœur s'améliorent.

— Grâce à vous. Je suis conscient de ce que vous faites, Yvette. Merci. Je n'ai jamais connu quelqu'un comme vous.

La chaleur dansait en elle. Comme il était agréable de discuter, sans intention meurtrière, sans positionnement politique, sans devoir faire semblant. Le comte rendait les choses faciles, naturelles. Elle imaginait poser sa tête sur ce large torse, ses bras autour d'elle, et se savoir en sécurité, précieuse, aimée.

Yvette en eut le souffle coupé et recula.

— Je devrais aller m'occuper de la comtesse.

La déception apparut sur le visage du comte, mais il inclina la tête. Yvette s'éloigna précipitamment au lieu d'obéir à son cœur et de se jeter dans les bras de cet homme.

9

M. Mayes, Meredith et Fortune prirent la route le lendemain matin. Yvette sortit avec le comte, lady Lilith et M. Villers pour leur dire au revoir. La matinée était fraîche, la brume s'élevait de l'herbe et brillait dans l'air tel de l'argent. Fortune se blottit contre Meredith, la queue remuante, comme impatiente de connaître leur prochaine aventure. Sachant que son cousin pouvait l'observer depuis les bois, Yvette avait quant à elle l'impression d'être une cible de tir à l'arc, plantée au milieu de la prairie en attendant que la flèche l'atteigne.

Cette sensation ne lui était pas inhabituelle. Cela faisait dix ans qu'elle vivait dans la crainte d'être démasquée, depuis qu'un inconnu aux cheveux noirs lui avait adressé la parole lors d'un bal donné par son cousin. Elle avait été exhibée ce soir-là, sur son trente et un, afin de prouver que Claude la traitait bien.

« Mes condoléances pour la perte de votre famille, mademoiselle de Maupassant, lui avait murmuré l'homme dans un français impeccable alors qu'il lui faisait danser une gavotte. Si vous avez déjà souhaité quelque chose au-delà de cette existence étriquée, je peux vous aider. »

Elle n'avait pas bien compris à quoi il faisait allusion, mais l'air ombrageux du visage de Claude lui avait indiqué qu'il n'aimait pas cet homme, et cela avait suffi à encourager Yvette à poursuivre cette relation.

À dix-huit ans, elle avait trouvé cela très romantique de rencontrer d'abord ce fringant étranger, qui s'était révélé être lord Trevithan, l'agent le plus gradé du renseignement britannique, puis Harry et ses hommes pour leur transmettre des secrets. C'était sa façon de venger ses parents et de répondre aux indignités qui lui avaient été infligées. Ses efforts pourraient contribuer à renverser le tyran et à redonner un certain sentiment de paix à son pays bien-aimé.

Mais au fil des ans, sa situation était devenue de plus en plus précaire. Lorsqu'elle avait été présentée à la Cour, son cousin l'avait mise en avant, sachant que là où elle serait acceptée, il le serait également. Chaque fois qu'elle avait envoyé un message à Harry, elle avait senti une douzaine de paires d'yeux l'observer. Chaque sourire, chaque geste était calculé. Le stress avait causé sa perte. Elle ne savait toujours pas ce qui avait mis la puce à l'oreille de son cousin, mais il avait découvert la supercherie et l'avait jetée dans une prison de Calais. Maintenant qu'elle avait échappé au châtiment qu'il lui destinait, il ferait tout son possible pour la retrouver. Elle frissonna rien qu'à l'idée de ce qui se passerait s'il parvenait à la ramener en France.

Alors que la voiture de M. Mayes s'éloignait avec Meredith à bord, le comte replaça le châle d'Yvette sur ses épaules, et ses doigts effleurèrent son cou. Le frisson qui la parcourut n'avait rien à voir avec son cousin. Elle avait envie de s'appuyer contre le comte, de sentir cette force autour d'elle. Dommage qu'elle ne puisse pas sortir de son rôle de dame de compagnie. Toutefois, ses amis s'étaient révélés inconstants par le passé, et sa famille faillible. Elle ne faisait plus aisément confiance à quiconque.

— Je pense que je vais profiter de votre excellente écurie, annonça M. Villers. Voulez-vous vous joindre à moi pour une promenade, Carrolton ?

Lady Lilith s'était déridée quand Villers avait pris la parole, jusqu'à ce qu'il invite son frère plutôt qu'elle. Elle se rembrunit, s'en alla et gravit le perron de la maison. Le comte la suivit du regard en fronçant les sourcils, mais M. Villers sembla ne se rendre compte de rien.

— Je dois retourner à mes devoirs, s'excusa Yvette.

Elle fit une révérence, comme les convenances le requéraient, et grimpa les marches, pleinement consciente que les deux hommes l'observaient.

— Comment faites-vous cela ? lui demanda lady Lilith, qui attendait derrière la porte d'entrée, comme prête à bondir. M. Villers ne vous a pas quittée des yeux, et il n'a même pas pensé à m'inviter à monter à cheval.

Yvette soupçonnait que l'objet de la promenade était moins le plaisir que l'occasion de patrouiller les environs. Raison de plus pour ne pas inviter lady Lilith. Mais Yvette ne pouvait pas le lui dire.

Au lieu de cela, elle la contempla de la tête aux pieds.

— Vous êtes bel et bien déterminée à attirer son attention.

Lady Lilith hocha la tête avec entrain.

— Dans ce cas, je vous suggère quelques changements. Allons retrouver votre mère et nous verrons ce que nous pouvons faire.

Ada avait déjà habillé la comtesse pour la journée et lui avait apporté le petit déjeuner. Lady Carrolton leva les yeux avec tout autant d'enthousiasme que sa fille depuis son fauteuil près de la cheminée du salon lorsque Yvette et elle entrèrent dans ses appartements.

— Que se passe-t-il ? Pourquoi ne m'a-t-on rien dit ?

— Il ne s'est rien passé, Mère, lui répondit lady Lilith avec un soupir. Mlle Thorn et M. Mayes sont partis pour Londres. M. Villers reste ici.

— Auprès duquel votre fille aimerait faire bonne impression, ajouta Yvette.

Lady Carrolton haussa ses sourcils plumeux.

— Bonne impression ? As-tu des sentiments pour cet homme, Lilith ?

Lady Lilith prit un air altier.

— Certainement pas.

— Pas encore, ajouta Yvette. Mais il est beau à sa manière, non ? Et il a une certaine présence.

Lady Lilith poussa un nouveau soupir.

— C'est vrai.

Yvette s'avança vers la mère et la fille.

— Alors aujourd'hui, nous allons voir comment mettre en valeur les qualités de Mademoiselle. Venez, nous allons commencer par sa toilette.

Yvette avait dû s'exprimer avec suffisamment d'autorité, car les deux femmes la suivirent hors de la pièce, lady Carrolton appuyée sur sa canne.

Yvette avait vu lady Lilith sortir de ses appartements assez souvent pour savoir quelle porte était la sienne dans le long couloir. Elle n'était pas préparée au spectacle qui l'attendait. Les appartements de lady Lilith étaient décorés dans des tons de rose, depuis le tissu d'ameublement fleuri aux motifs de bourgeons sur la moquette.

Le salon était paré de fauteuils et d'une méridienne en palissandre, la chambre d'un lit à baldaquin avec des roses sculptées sur la tête, le pied et la corniche. Des vignes dorées nouaient les tentures du lit et les rideaux de velours. Des lys roses, délicats et couverts de rosée, trônaient dans un vase en argent sur la cheminée. Avec le soleil qui dardait par la fenêtre, Yvette avait l'impression de se promener dans un jardin.

Elle ordonna à lady Lilith de s'asseoir à sa coiffeuse tandis que la comtesse s'assit tout près sur une chaise au dossier en forme de lyre.

— Votre peau est mate, expliqua Yvette en soutenant le regard de la jeune femme dans le miroir au cadre doré. Vous pouvez mettre l'accent sur le côté mystérieux.

Lady Lilith fronça les sourcils.

— Comment ?

— Souriez, comme ceci.

Yvette lui lança un regard complice, un coin de la bouche relevé. Lady Lilith l'imita, puis se fendit d'un grand sourire.

— Oh là là. Je vois ce que vous voulez dire.

— Et votre coiffure ne devrait pas être aussi sévère, poursuivit Yvette. Détachez quelques boucles.

Elle tira quelques mèches du chignon soigné, qui tombèrent pour chatouiller la joue de lady Lilith.

— *Joli !* Vous voyez comme on a l'impression d'un je-ne-sais-quoi supplémentaire en vous ?

Lady Lilith pivota la tête d'un côté puis de l'autre.

— Oh, oui.

Yvette se redressa.

— Maintenant, votre robe. Pourpre, je pense.

Lady Lilith pâlit.

— Oh, je ne pourrais pas porter une couleur aussi audacieuse.

— Pourquoi donc ?

Yvette se dirigea vers la malle la plus proche, ouvrit le couvercle et souleva le papier de soie qui protégeait les robes à l'intérieur. Elle les parcourut et fronça les sourcils. Chaque couche renfermait des tenues sombres et ternes : grises, bleu marine, marron et lie-de-vin. Le tissu était peut-être de qualité – satin, velours, soie –, mais tout était discret.

Yvette se releva et lady Lilith secoua la tête.

— Ne vous embêtez pas avec les autres malles. L'une est plus ou moins pareille, et l'autre ne contient que du noir, datant de l'époque où nous portions le deuil pour Père.

Lady Carrolton toussota. Pour une fois, ce son ressemblait davantage à une tentative d'attirer l'attention d'Yvette que sur elle-même.

— Lord Carrolton préférait que nous ne portions pas de couleurs vives, indiqua-t-elle quand Yvette se tourna vers elle.

Cette dernière fronça les sourcils.

— Mais pourquoi le comte exigeait-il une telle chose ?

Lady Lilith se leva.

— Mon père pensait que les femmes ne devaient pas attirer l'attention. Il préférait nous considérer comme de frêles créatures qui avaient besoin de son savoir et de sa protection.

Était-ce pour cette raison que son fils était si protecteur ? Avait-il hérité d'une vision aussi étroite ? Yvette ne pouvait pas le croire.

— Alors c'est peut-être une bonne chose qu'il ne soit pas là pour nous arrêter, affirma-t-elle en retournant vers la malle.

Plusieurs robes, dont une d'un bleu plus foncé de quelques nuances que les yeux de lady Lilith, pourraient faire l'affaire.

Yvette entendit dans son dos un soupir, puis la voix de la comtesse lui parvint.

— Comme c'est étrange. Je ne m'étais pas rendu compte que je continuais de suivre ses décisions. Mon mari avait des opinions très arrêtées. Il ne supportait pas que quelqu'un ne soit pas d'accord avec lui. Je me suis dit qu'il était mal de me réjouir de sa mort, mais une partie de moi était soulagée de ne plus avoir affaire à lui.

— Je sais, Mère, murmura lady Lilith. J'ai ressenti la même chose.

Une autre différence entre elles. Yvette pleurait son père depuis des années. Il avait été une âme douce, plus intéressée par les peintures qu'il collectionnait que par les faveurs de la Cour. Il avait toujours encouragé Yvette à rêver. L'ancien lord Carrolton avait l'air d'avoir été tout le contraire. N'avait-il rien fait d'autre que de réprimander sa femme et sa fille ?

Yvette passa son regard de la bouche tremblante de lady Carrolton à lady Lilith, qui s'était recroquevillée sur elle-même, et elle sut que cela avait été le cas. Il n'était pas étonnant que lady Carrolton ait ressenti un besoin de compassion, si elle n'en avait reçu aucune de la part de son mari. Quant à lady Lilith, elle s'accrochait au contrôle dont son père l'avait privée. S'il avait le physique de son fils, il devait réellement être intimidant. Il semblait que ni sa femme ni sa fille n'aient réussi à le défier. À l'image de Napoléon, il avait régné sur cette maison, et quiconque s'opposait à lui avait fait les frais de sa colère.

L'injustice consumait Yvette.

— Je vais vous confier un secret, leur annonça Yvette en baissant la voix.

Les deux femmes levèrent les yeux avec surprise.

— Avant de devenir dame de compagnie, j'ai travaillé plusieurs années pour mon cousin, le reste de ma famille étant décédé. Il aurait dû être mon protecteur et veiller à un avenir meilleur pour moi. Au lieu de cela, il m'a fait faire les tâches les plus viles. Et quand il me voyait récurer le sol, il se moquait de moi et me donnait un coup de pied.

Lady Carrolton sortit les griffes.

— Quelle malotru !

— Oh, oui, c'est le cochon le plus ignoble qui soit, et je fais offense aux cochons en disant cela. Mais je ne voulais pas le laisser gagner. Je n'oubliais pas qui j'étais, la femme que je voulais être. Qui voulez-vous être, lady Lilith ?

La jeune femme se redressa de toute sa hauteur, telle une vaillante amazone.

— Une femme de savoir-vivre et de goût.

— Et vous, Madame ?

La comtesse regarda sa fille.

— La mère de la plus belle femme d'Angleterre.

Lady Lilith poussa un cri et courut se jeter au cou de sa mère. Yvette se détourna pour leur accorder un moment d'intimité.

Cependant, il n'était pas si facile de se détourner de leurs histoires. Il semblait que l'ancien lord Carrolton avait été un despote. Avait-il appris à son fils à l'être aussi ? Était-ce pour cette raison que lady Carrolton s'était figée quand son fils avait haussé la voix ? Avait-elle eu peur qu'il s'en prenne à elle avec colère ?

Yvette en était venue à s'attendre à un tel comportement de la part de son cousin. Si Gregory, comte de Carrolton, la traitait un jour avec un tel mépris, elle savait que la blessure serait encore plus vive.

*

* *

Quand Gregory revint de sa promenade avec Villers, il trouva la maison étrangement calme. Elle était d'ordinaire silencieuse, mais il s'était habitué à la présence d'invités.

Les bois avaient été tout aussi paisibles. Les oiseaux étaient muets, comme s'ils retenaient leur souffle. Rien ne bougeait parmi les jacinthes. Qu'est-ce qui avait effrayé les animaux ?

— Regardez, avait dit Villers en désignant un piège métallique parmi les fleurs, au bord de la piste équestre. Vous voyez ? Vous avez bien un braconnier.

Peut-être, mais les braconniers dissimulaient en général leurs pièges pour ne pas se faire prendre et mieux attirer leurs proies. Ce piège était trop évident. Soit Gregory avait un braconnier inexpérimenté ou stupide sur ses terres, soit quelqu'un voulait qu'il le pense. Il avait déclenché le piège et avait pris le chemin du retour.

Il ne put s'empêcher d'éprouver un sentiment d'appréhension en montant l'escalier avec Villers. C'était comme si un nuage noir planait au-dessus de la maison et qu'il attendait que la foudre la frappe.

Lorsqu'ils arrivèrent sur le palier, Villers s'excusa pour aller ôter sa tenue d'équitation et partit vers l'aile sud. Gregory hocha la tête et partit faire de même, se dirigeant de son côté vers l'aile nord. Il n'avait pas fait la moitié du chemin lorsqu'il entendit des voix provenant des appartements de sa sœur. La porte était entrouverte, aussi regarda-t-il à l'intérieur.

— Les yeux, disait Yvette, qui était aux côtés de sa mère près de la cheminée. N'oubliez pas les yeux.

Assise sur l'une des chaises en palissandre qui ornaient la pièce, vêtue d'une robe bleue décolletée qu'il ignorait qu'elle possédât, Lilith battait des cils. Elle avait fait quelque chose à ses cheveux. Les boucles de chaque côté de son visage adoucissaient la ligne ferme de sa mâchoire.

— Oh, monsieur Villers, dit-elle d'une voix sensuelle. Comme vous y allez. Je n'ai jamais rencontré un homme aussi spirituel.

— Que faites-vous ? leur demanda Gregory en poussant la porte.

Sa sœur se raidit et sa mère se recroquevilla sur elle-même.

Yvette se tourna pour soutenir son regard. L'apparence de cette femme aussi avait changé, mais cela n'avait rien à voir avec ses cheveux ou ses vêtements. Il savait pas à quel point il appréciait son approbation avant de percevoir chez elle de la réticence.

— Votre sœur achève sa toilette, l'informa-t-elle. Vous la gênez par votre présence.

Voilà qu'il rougissait une fois de plus.

— Pardonnez-moi. Quand vous aurez un moment, j'aimerais discuter des projets pour la fin de la journée.

Lilith se leva, toute en grâce.

— Tout va bien, Gregory. Tu peux entrer.

Pris du léger sentiment d'être un écolier convoqué devant le directeur, il entra dans la pièce. Les lys sur la cheminée commençaient à flétrir. Il les regarda en fronçant les sourcils, la frustration grandissant en lui.

Sa mère se redressa.

— Il est temps que je me retire dans ma chambre. J'ai trop gambadé. Tu pourras venir me faire la lecture plus tard, Gregory, si cela ne t'ennuie pas ?

— J'en serai ravi, Mère. Voulez-vous que je vous accompagne ?

— *Mais non !* s'exclama Yvette. Vous ne pouvez pas vous retirer, Madame. Avez-vous oublié que nous avons promis à lady Lilith d'aller acheter un nouveau chapeau pour le mariage ?

— Oui, Mère. Nous voulons être en beauté pour une occasion aussi festive.

— Oh, d'accord, grommela sa mère. Autant ridiculiser la gouvernante.

Elles voulaient quitter le domaine pour faire des emplettes ? Elles cherchaient réellement à troubler sa sérénité. Pourtant, si le cousin d'Yvette se manifestait, il serait bien plus facile de s'en occuper à cette occasion qu'au mariage de Wey.

— Dans ce cas, allons à Chessington, leur suggéra Gregory. Je vais faire amener la voiture. M. Villers voudra sans doute vous accompagner.

— Non ! s'écria sa sœur.

Gregory fronça les sourcils. Yvette se plaça aux côtés de Lilith. Elle lui murmura à l'oreille quelque chose qui ressemblait à « de savoir-vivre et de goût ».

Lilith prit une inspiration.

— Pardonne-moi, Gregory. Il va de soi que ton ami peut nous accompagner. J'avais simplement peur qu'il ne trouve cette excursion ennuyeuse. Il a sans aucun doute visité de bien meilleures boutiques à Londres.

C'était sa protection et non les emplettes qui exigeaient la compagnie de cet homme, mais Gregory ne pouvait pas le lui avouer.

— Chessington est probablement plus animé que Carrolton Park.

Sa sœur rougit et il se rendit compte trop tard qu'elle pourrait comprendre qu'il jugeait sa compagnie ennuyeuse.

— Voulez-vous venir aussi avec nous, Monsieur ? proposa Yvette.

Il la regarda. Son visage était neutre, son regard méfiant. S'il n'avait pas été au courant de la situation, il l'aurait prise pour une vraie domestique. Qu'avait-il fait pour qu'elle se retire dans cette coquille ? Ou jouait-elle simplement mieux son rôle que d'habitude ?

Eh bien, si elle pouvait jouer la domestique, il pouvait jouer le comte.

— Évidemment que je vais venir, mademoiselle French. Rien ne pourrait m'empêcher d'être aux côtés de ma mère et de ma sœur.

Et aux côtés d'Yvette.

10

Le comte n'avait pas l'air d'un méchant. Yvette essaya de faire le rapprochement entre le visage avenant de cet homme, assis dans le carrosse face à elle, sa mère et sa sœur, et ce qu'elle avait appris sur son père. Depuis qu'il les avait retrouvées dans la chambre de Lilith, il arborait un léger froncement de sourcils, comme s'il doutait d'elles. Elle partageait son inquiétude.

Elle avait vu à quel point il était facile pour son cousin de faire semblant. En public, Claude n'était que charme, séduction et raffinement. L'ami de tous, comme Napoléon l'avait surnommé un jour. L'Empereur ne pouvait pas savoir à quel point cette déclaration était vraie. Claude était capable d'être amical avec les hommes. C'étaient les femmes, y compris sa propre épouse, qu'il méprisait.

Yvette observa comment le comte et les femmes de sa vie interagissaient pendant que le cocher leur faisait descendre la rue principale de Chessington. Lady Lilith avait raison : cette bourgade chaleureuse était sans commune mesure avec Londres. Quelques boutiques de briques rouges aux façades vitrées étaient regroupées autour d'une auberge, où des hommes entre deux âges étaient assis sous un grand chêne, à se raconter sans nul doute des histoires. Plus de chariots que de carrosses passaient par là. À l'horizon, sur une colline, le clocher d'une église pointait vers le ciel.

Probablement habitué à cet environnement pittoresque, lord Carrolton offrit son bras à sa mère et ralentit l'allure pour suivre son rythme alors qu'ils s'éloignaient de la voiture. Il baissa la tête pour écouter sa litanie habituelle de plaintes : le temps était couvert ; elle détestait la pluie ; les fleurs des jardinières devant les magasins la faisaient éternuer ; le trottoir pavé lui faisait mal aux pieds. Jamais il ne montra frustration ou dépit.

Lady Lilith et son soupirant espéré formaient un couple différent. Elle marchait aux côtés de M. Villers vers les échoppes, mais il ne lui offrit pas son bras, et c'était lui qui parlait le plus, se moquant du cadre modeste et vantant les vertus de Londres. Néanmoins, lady Lilith ne paraissait pas mécontente.

Elle saisit le bras d'Yvette en entrant dans la chapellerie. Les deux propriétaires, des sœurs à en croire l'apparence similaire de leurs visages ronds, de leurs cheveux bruns soignés et de leurs grands yeux bleus, faisaient déjà la révérence et s'affairaient autour de la comtesse.

— Je ne sais pas quoi acheter, murmura lady Lilith à Yvette, dont le regard passa des bottes d'osier qui deviendraient des chapeaux aux bobines de ruban brillant qui les décoreraient.

— Permettez-moi, lui suggéra Yvette.

Elle libéra son bras et rejoignit la comtesse et les vendeuses.

— *Bonjour mesdames*. Je suis Mlle French, la nouvelle dame de compagnie de la comtesse. Nous sommes ici pour découvrir les plus belles coiffes à porter pour le mariage du duc de Wey.

Du coin de l'œil, elle aperçut M. Villers s'approcher de lord Carrolton pour lui dire un mot. Les deux hommes sortirent de la boutique.

Les deux sœurs s'avancèrent. L'une d'elles apporta une coiffe sévère en velours noir, ornée de merles aux yeux de verre. La comtesse tendit la main pour la prendre, mais Yvette la repoussa.

— *Non, non !* Lady Carrolton doit avoir quelque chose de royal, digne de son rang. Un turban en satin, peut-être, orné de perles.

Les sœurs échangèrent des regards, puis se tournèrent vers lady Carrolton.

— Eh bien, allez-y, leur ordonna-t-elle. Vous avez entendu ce que je veux.

Une des sœurs fit une nouvelle révérence, puis se précipita à l'arrière de la boutique. L'autre jeta un coup d'œil à lady Lilith avant de s'adresser à Yvette.

— Et pour mademoiselle ?

— Du velours bleu d'une teinte qui fait honneur à ses yeux, dit fermement Yvette. Un chapeau haut, avec des plumes d'autruche.

— Oh, audacieux.

Avec un sourire, la femme se dirigea vers la vitrine.

Lady Lilith prit la place de la commerçante à côté d'Yvette.

— Vous êtes sûre de vous ? Je suis déjà plus grande que la moitié des hommes.

— Vous êtes une amazone, lui rappela Yvette. Soyez-en fière.

Elle observa la comtesse et lady Lilith essayer des couvre-chefs plus appropriés lorsque le comte revint et lui toucha le bras. Elle se raidit à son contact et se força à sourire.

— *Oui ?*

Il lui fit un signe de tête et elle le suivit près de la vitrine.

— Villers inspecte les environs pour s'assurer que vous êtes en sécurité, murmura-t-il. Mais je dois vous poser une question : vous ai-je offensée d'une quelconque manière ?

Il avait l'air si inquiet, les sourcils froncés et les yeux plissés. Jouait-il la comédie ?

— Je ne sais pas, répondit Yvette. Peut-être pourrons-nous trouver le temps de discuter plus tard ?

Il hocha la tête et recula, tandis qu'elle retournait prodiguer ses conseils sur les coiffes.

Au bout du compte, ils repartirent avec trois pièces : un turban d'un pourpre royal, garni de perles et d'un ruban de satin blanc pour la comtesse ; un shako en velours bleu ciel avec des plumes d'autruche blanches et un tressage de satin noir sur le devant pour lady Lilith ; une coiffe en velours vert avec une gerbe de roses en soie rose sur un côté pour Yvette.

La comtesse avait insisté pour ce dernier achat.

— Je veux que vous aussi soyez belle, avait-elle affirmé face aux protestations d'Yvette. Patience Ramsey sera sans doute présente. Elle doit voir que ma nouvelle dame de compagnie est de loin supérieure.

Yvette ressentit un pincement au cœur. Elle avait passé du temps avec Patience, qui allait épouser Harry, et savait que cette femme compatissante devait être une excellente dame de compagnie. Pourtant, la comtesse l'avait obligée à dormir sur un lit de camp. Lady Carrolton était bien plus généreuse avec Yvette. Que ressentirait-elle en apprenant la tromperie d'Yvette ? Ceux qu'elle avait dupés jusque-là avaient toujours été des complices des crimes de l'Empereur. Dans un sens, ils l'avaient mérité. Lady Carrolton et sa fille étaient des innocentes.

Des innocentes extrêmement désireuses de mettre en pratique ses suggestions.

Elles l'avaient réquisitionnée pour le reste de la journée, la suppliant de les aider à passer en revue chaque pièce de leur garde-robe, depuis les robes de bal aux gants, des pelisses aux boucles d'oreilles. Yvette sélectionna plusieurs robes de jour, une robe de soirée et une robe de bal adaptées au teint mat de lady Lilith. D'autres pouvaient faire l'affaire si on y ajoutait avantageusement un fichu ou un châle. Yvette avait suggéré de faire don du reste au personnel.

— Voudront-ils de tels vêtements ? demanda lady Lilith en grimaçant devant le tas de soie et de laine.

— S'ils n'en veulent pas, ils sauront où les vendre, lui assura Yvette.

La garde-robe de lady Carrolton était moins attrayante. La plupart de ses robes récentes étaient noires ; les robes plus anciennes étaient quelque peu démodées. Yvette en choisit plusieurs qui pourraient être modifiées, notamment une robe en soie de couleur améthyste qui pourrait être prête à temps pour le mariage.

— Prenez celle-ci, ordonna la comtesse en fourrant dans les bras d'Yvette une robe mauve. Elle est bien trop frivole pour moi.

Yvette accepta la robe et palpa la dentelle dorée qui recouvrait le jupon.

— Pourquoi l'avez-vous achetée dans ce cas ?

— C'est mon mari qui avait insisté.

La dentelle était chaude sous les doigts d'Yvette. Elle repoussa cette sensation. Porter cette robe ne signifiait pas qu'elle cautionnait les actes de l'ancien lord Carrolton. Et si la robe était vue lors du mariage, elle serait peut-être associée à des souvenirs plus heureux.

Entre les exigences habituelles de la comtesse et les demandes de conseils de lady Lilith, Yvette ne put avoir un mot en privé avec lord Carrolton avant le lendemain, après la messe.

Elle avait oublié que c'était dimanche jusqu'à ce qu'elle réponde aux coups de clochette de la comtesse et la trouve habillée pour sortir. Ada portait également sa plus belle robe, bleue avec un joli col blanc.

— Je suppose que vous êtes papiste, reprocha lady Carrolton à Yvette, quand celle-ci posa le plateau de son petit déjeuner sur les genoux de la vieille dame assise dans le fauteuil près de la cheminée.

— *Mais non*, répliqua Yvette en se redressant. L'Empereur et le pape ne sont pas en bons termes. Cependant, j'avoue que je ne suis pas allée à la messe depuis un moment.

En vérité, son premier véritable office religieux en dix ans remontait à deux semaines plus tôt (*deux semaines s'étaient déjà écoulées ?*), lorsqu'elle avait assisté à la messe de Pâques avec Harry et sa future épouse. La chapelle épurée, les prières sincères avaient été si différentes de la pompe et du faste qui régnaient à la cour de Napoléon. Là-bas, les gens allaient à la messe pour voir et être vus, et Yvette avait toujours su qu'elle était exposée. Elle n'avait rien à craindre ce jour-là. Son cousin n'oserait pas l'attaquer dans une église : trop de témoins et trop peu d'échappatoires. Elle pourrait réellement se recueillir.

Le clocher qu'elle avait aperçu la veille se révéla celui de l'église St Mary de Chessington. Le petit édifice se dressait sur une colline et surplombait les champs verdoyants. La chaleur de la pierre brute à l'extérieur, la fraîcheur de l'intérieur avec ses fenêtres et ses portes fortement cintrées séduisirent immédiatement Yvette. Le pasteur était un homme d'âge moyen, à l'attitude tout à fait sérieuse. Assise sur le banc en noyer entre lady Carrolton et le comte, des voix s'élevant en prière autour d'elle, Yvette se détendit.

Merci.

Cette prière vint facilement, du plus profond d'elle. Elle inspira et sourit à la croix au-dessus de l'autel.

Cependant, au fur et à mesure de la messe, elle prit davantage conscience de la présence du comte à côté d'elle, de la façon dont il bougeait lorsque le pasteur demandait de méditer, de la manière dont ses mains agrippaient le dossier du banc lorsqu'il se levait ou s'asseyait. Son expression était aussi solennelle que celle du pasteur et, lorsqu'il baissait la tête pour prier, elle pouvait sentir sa dévotion. Cet homme ne pouvait pas être un tyran, c'était impossible.

Un diacre aux cheveux blonds se présenta à la fin de la messe.

— J'ai un devoir à accomplir, informa-t-il l'assemblée.

Il replaça ses lunettes sur son court nez, prit un papier et le lut.

— Je publie les bans de mariage entre sir Harold Orwell de Foulness et Patience Ramsey, encore récemment de Carrolton Park. C'est la première publication. Si l'un d'entre vous connaît une raison pour laquelle ces deux personnes ne devraient pas être unies par les sacrements du mariage, qu'il se manifeste.

L'homme replia le papier et leur sourit à tous avec espoir.

Personne ne s'exprima.

Lady Lilith poussa un soupir.

Lady Carrolton attendit qu'ils soient sortis de l'église avant d'exprimer sa pensée.

— Ils se marient ! cria-t-elle comme ils passaient sous l'arche de lierre au milieu de la haie, à laquelle était suspendue une lampe. Gregory, tu m'as dit que Patience Ramsey était trop gentille pour être ma dame de compagnie, mais je n'ai jamais pensé cela d'elle. Je n'ai pas cru ce parvenu de sir Harold lorsqu'il a prétendu être fiancé avec elle. Ma Patience, mariée à un baronnet !

L'air renfrogné, la comtesse se tourna vers son fils qui l'accompagnait.

— Pourquoi n'es-tu pas marié ? Dois-je mourir avant d'avoir des petits-enfants ?

Lady Lilith étouffa un sanglot et courut vers le carrosse. À la grande surprise d'Yvette, M. Villers s'empressa de la suivre.

Le comte hâta le pas, mais il dut se rendre compte que sa mère ne pouvait pas suivre le rythme et ralentit.

— Ce n'est ni le moment ni l'endroit pour discuter de ce sujet, Mère, dit-il, sa mâchoire virile serrée.

— Ce n'est jamais le moment, dit-elle en reniflant. Tu aurais dû courtiser Charlotte Worthington. Son frère t'y a encouragé.

Pourquoi Yvette avait-elle une envie soudaine d'arracher les cheveux sans aucun doute soyeux de Mlle Worthington ? Elle ne connaissait même pas cette femme !

— Je l'ai courtisée, Mère. Elle a décidé que nous n'étions pas faits l'un pour l'autre.

Le comte aida sa mère à monter dans le carrosse pendant que le cocher stabilisait les chevaux.

Ainsi, la femme à qui il avait fait la cour l'avait rejeté. Que savait-elle qui avait échappé à Yvette ?

*
* *

Yvette continuait d'observer le comte avec méfiance, comme si elle s'attendait à ce qu'il saute du carrosse et coure à côté. Gregory avait beau réfléchir, il ne comprenait pas ce qu'il avait pu faire pour qu'elle le déteste. Mais le comportement de certaines femmes le déconcertait.

Il avait fallu que sa mère évoque Charlotte Worthington. Sœur d'un bon ami, cette femme était grande et gracieuse, avec des cheveux auburn et des yeux gris sages. Suffisamment sages pour lire en lui.

« Vous ne m'aimez pas, Gregory, avait-elle dit en lui tapotant la main après qu'il avait eu le courage de suggérer que leur amitié pourrait devenir plus. Et je ne peux pas supporter l'idée d'être une jolie décoration de plus dans votre maison. »

Il n'avait certainement pas eu l'intention qu'elle soit une décoration, quand bien même elle était ravissante. Là aussi, que savait-il des rôles qu'une épouse pouvait jouer ? Sa mère était une recluse depuis aussi longtemps qu'il s'en souvenait. La mère de Worth était décédée, tout comme celle de Harry, et personne ne ressemblait à Gussie, la tante de Harry, qui l'avait élevé. Parmi les amis proches de Gregory, seul Wey avait une mère très impliquée dans sa vie. La duchesse douairière de Wey pleurait toujours la mort de son mari, mais elle était connue pour s'intéresser à la politique et défendre les moins fortunés. Les autres épouses en faisaient-elles autant ?

Non pas qu'il ait beaucoup de chances de le découvrir, au rythme où allaient les choses.

Gregory s'assura que sa mère était bien installée dans le carrosse, puis se tourna pour aider Yvette. Ce faisant, un mouvement attira son attention. Un inconnu les observait à l'angle de la haie, là où commençait le cimetière. L'individu bougea et la lumière du soleil embrasa les boucles blond vénitien qui s'échappaient de sa casquette.

Gregory attrapa Yvette par la taille et la poussa brusquement dans la voiture.

— Gregory ! le sermonna sa mère, tandis qu'Yvette le dévisageait.

— Restez ici, leur ordonna-t-il, et éloignez-vous des vitres.

Les yeux de sa mère s'écarquillèrent, mais Yvette hocha la tête et plaqua la comtesse contre le siège.

Évidemment, cet homme était parti au moment où Gregory arriva. L'herbe semblait avoir été piétinée, mais il aurait pu dire la même chose d'une grande partie de la zone autour de l'église après la messe. De même, un type avec une casquette en tweed passait parfaitement inaperçu parmi les villageois.

— C'est ici que vous l'avez vu ? l'interrogea Yvette.

Il se tourna et la trouva juste derrière lui.

— Que faites-vous ? Je vous ai dit d'attendre dans le carrosse !

— Je ne suis pas douée pour obéir aux ordres, se justifia-t-elle en promenant son regard autour d'elle. D'ailleurs, il est évident qu'il s'est enfui.

Gregory inspira.

— Si tant est que c'était votre cousin. Je ne peux pas connaître tous les hommes de la région, même si j'en ai rencontré un grand nombre. Quelle est la couleur de ses cheveux ?

— Comme moi, dit-elle en touchant une boucle qui s'échappait de la coiffe que la comtesse lui avait achetée. Je ne pense pas qu'il se soit rendu compte à quel point je lui ressemblerais quand il a insisté pour qu'on me rase la tête.

Yvette haussa les épaules.

Gregory ne pouvait pas être aussi désinvolte qu'elle. Cet homme avait été là, à moins de cinq mètres d'elle. Il aurait pu tirer et la tuer sans que personne l'aperçoive. Et Villers, qui était censé aider Gregory à protéger Yvette, était...

Debout de l'autre côté du carrosse, la tête penchée vers Lilith !

Gregory attrapa la main d'Yvette.

— Remontez dans la voiture. Immédiatement !

Elle ne résista pas, mais elle n'aimait pas cela. Sa main était raide dans la sienne.

— Je ne suis pas votre prisonnière, monsieur.

— Tant que je ne sais pas si vous êtes en sécurité, autant que vous le soyez.

Elle enfonça ses talons dans le sol mou.

— Je peux vous aider.

— Pas maintenant.

Gregory souleva Yvette et la déposa dans le carrosse. En se retournant, il découvrit son cocher et les autres paroissiens qui le regardaient fixement.

— Les domestiques..., dit-il avant de contourner la voiture.

Villers et Lilith semblaient ne se rendre compte de rien alors qu'il approchait d'eux. Elle avait le teint rosé ; il lui parlait à voix basse. Le mécréant était-il allé jusqu'à embrasser sa sœur ? Gregory l'attrapa par le col.

— Vous vous dérobez à votre devoir, monsieur Villers, dit-il en soulevant l'homme à tel point qu'il se retrouva sur la pointe de ses souliers vernis. J'aurais bien envie de vous laisser rentrer à pied, mais je me retrouverais seul.

— Gregory ! cria Lilith. Lâche-le !

Villers faisait des bruits de haut-le-cœur peu convaincants. Gregory le poussa en direction de la portière, l'ouvrit et le fit monter à bord.

— Je n'ai pas besoin de ton aide, lâcha Lilith, qui souleva ses jupes pour grimper derrière Villers.

Celui-ci s'affala sur le siège dos à la marche et refusa de soutenir le regard de Gregory.

Au moment où Gregory monta, sa sœur avait pris place à côté de Villers et s'excusait. Gregory se serra à côté de sa mère, dont les yeux se promenaient sur les passagers comme si elle cherchait à déterminer lequel était le plus intéressant. Yvette était la pire : elle regardait droit devant elle, comme si elle ne voyait rien ni personne.

— Je vous assure, je ne sais pas quelle mouche a piqué mon frère, déclara Lilith à son soupirant alors que la voiture se mettait en route.

Villers tentait de resserrer sa cravate, que la poigne de Gregory semblait avoir abîmée.

— Il est inutile de vous excuser, lady Lilith. Le comte a raison. Un gentleman a un devoir envers toutes les dames qu'il accompagne. Je dirai seulement que mon admiration pour vous m'a fait oublier tout le reste.

Elle se rapprocha de lui, la lèvre inférieure tremblante.

— Vous êtes un vrai gentleman, monsieur Villers, contrairement à d'autres.

Le regard qu'elle lança à Gregory n'était que venin.

— Hélas, se lamenta Yvette dans le silence, il est facile pour un tyran de prendre des airs affables.

Coincé entre sa mère et la paroi, Gregory grimaça. Tyran, fanfaron, colosse – ces surnoms lui avaient été facilement affublés par ceux qui ne voyaient que sa taille et non l'homme qu'il était. Parfois, il se sentait comme un lion en cage : les choses mêmes qui composaient sa personnalité étaient considérées comme des dangers par son entourage.

Même, semblait-il, par la femme qu'il avait juré de protéger.

11

Yvette avait espéré que le comte serait différent de tant des hommes qu'elle avait connus. Son père était le seul bon exemple qu'elle avait. Il avait été dévoué à sa femme et à ses enfants, sa mort étant un acte insensé, aussi tragique que l'incendie des tableaux qu'il affectionnait. Lord Carrolton avait semblé gentil, mais que devait-elle penser de son comportement à l'église ? Quelle force brutale ! Quelle autorité ! Le changement en lui était aussi majeur que si Fortune s'était transformée en puma.

Il ne dit pas grand-chose sur le chemin du retour, assis les bras croisés sur sa poitrine, les lèvres pincées. Lady Lilith et lady Carrolton gardaient la tête baissée et leurs pensées pour elles. Seul M. Villers semblait rendu perplexe par ce climat tendu ; il passa son regard de la sœur du comte à ce dernier, ouvrit la bouche puis la referma. Il se tourna finalement vers Yvette, à la recherche d'aide. Elle ne put que hausser les épaules.

Dès qu'ils entrèrent dans la maison et que Marbury s'avança pour débarrasser les femmes, le comte se tourna vers Yvette.

— Mademoiselle French, j'aimerais vous parler.

Lady Carrolton soupira et se dirigea d'un pas traînant aux côtés d'Yvette comme si elle allait se joindre à leur conversation.

— Seul à seule, précisa le comte.

La comtesse leva les yeux vers son fils, et sa lèvre inférieure tremblota.

— Tu ne vas pas la renvoyer, n'est-ce pas ?

Alors qu'il était en train de poser la pelisse de la comtesse sur son bras, Marbury se figea.

La réaction de lady Lilith fut bien plus vive. Elle eut le souffle coupé et se jeta sur son frère.

— Gregory, non ! Quoi qu'elle ait fait, ce n'était pas de sa faute. C'était la mienne.

La comtesse se redressa.

— N'importe quoi. C'était la mienne. Si tu dois punir quelqu'un, que ce soit moi.

Yvette regarda les deux femmes. Elles craignaient ce que pourrait faire le comte, mais elles étaient prêtes à assumer toute responsabilité. Personne n'avait jamais fait autant pour elle depuis la mort de sa famille.

Le comte les regardait également.

— Je n'ai pas l'intention de punir qui que ce soit. Je souhaite simplement parler à Mlle French d'un incident survenu à l'église. Je promets de ne pas la mettre aux fers, ni de lui donner à manger du pain sec et de l'eau.

Marbury se détendit.

Lady Lilith relâcha ses épaules, puis releva le menton avec sa hauteur habituelle.

— Eh bien, si j'apprends le contraire, je serai très fâchée contre toi, Gregory. Venez, Mère. Il semble que nous allons devoir nous débrouiller toutes seules.

Lady Carrolton se pencha à l'oreille d'Yvette.

— Vous me raconterez tout ce qu'il vous dit.

Son murmure résonna dans le hall d'entrée.

— Dois-je participer à cette conversation ? s'enquit M. Villers alors que lady Lilith et la comtesse montaient l'escalier, Marbury sur leurs talons.

— Non, lui répondit le comte. Je m'entretiendrai avec vous plus tard.

Villers pâlit, mais il inclina la tête et se retira.

Le comte fit signe à Yvette de le suivre dans le couloir jusqu'au salon doré, dont il ouvrit la porte pour la laisser entrer. Pour une fois, le décor d'or et de bronze n'égaya pas le moral d'Yvette. Lord Carrolton ferma la porte et se tourna pour faire face à la jeune femme.

— Je vous ai demandé d'attendre dans le carrosse.

Ces mots furent prononcés sèchement. Il était toujours très en colère. Yvette ne combattrait pas le mal par le mal. Elle se dirigea vers la cheminée en marbre et passa sa main sur le manteau lisse.

— Vous m'avez ordonné de me cacher. C'était contraire au plan. Si mon cousin ne me voit pas, nous ne le verrons pas.

— Il vous a parfaitement vue, affirma le comte, avant de s'avancer vers la fenêtre et de fermer les rideaux d'un coup sec comme s'il essayait encore en cet instant de la protéger. Et je l'ai vu.

— Vous auriez pu l'attraper si vous ne vous étiez pas entêté à me protéger, rétorqua Yvette alors que la pièce devenait sombre. Je sais que vous, les Britanniques, affectionnez la chevalerie et le romantisme, mais dans ce jeu, monsieur, vous devez penser avec votre tête, et non avec votre cœur.

— Mon cœur est bien tout le problème.

Il revint vers elle. Seigneur, qu'il était grand. Elle dut pencher la tête en arrière pour soutenir son regard. Sa vue se brouillait et son esprit aussi, pensa-t-elle.

— Ce n'est pas un jeu pour moi, Yvette, murmura-t-il. Je ne peux pas penser comme Julian Mayes. Je sais que le but est d'empêcher votre cousin de blesser d'autres personnes, mais l'idée que quelqu'un vous fasse du mal est tout aussi haïssable.

C'était là la différence entre Claude et le comte. Son cousin ne se souciait pas du carnage qu'il laissait dans son sillage. Parfois, elle pensait même qu'il s'en délectait. Cet homme en revanche se faisait trop de souci. Pourtant, elle était capable de se protéger. Il était peut-être temps de le lui montrer.

Elle s'éloigna de lui tout en restant près de la cheminée.

— Vous êtes grand et fort. Rares sont ceux qui peuvent vous égaler. Vous vous reposez sur cet avantage.

Il secoua la tête.

— J'aime penser que je suis plus qu'une force brutale.

— Oui, vous incarnez aussi l'honneur, le courage. Vous me regardez et vous voyez une frêle créature qui a besoin de votre protection, un jeune plant au pied de votre chêne.

Il ne le réfuta pas.

Yvette poursuivit en conservant un ton doux.

— Mais je ne suis pas sans défense, mon cher comte. J'ai survécu à la Terreur, à la trahison de la cour de Napoléon. Je sais quand me battre et quand déposer les armes.

Elle se rapprocha et posa sa tête contre son torse. Elle pensa qu'il était davantage surpris qu'elle quand les bras du comte l'enserrèrent.

En un éclair, elle se dégagea, et la lame jaillit de la gaine à son poignet.

— Vous voyez ? Je ne suis pas née de la dernière pluie. Vous n'êtes pas obligé de me traiter comme une enfant.

Il regarda fixement le poignard, dont la lame étincelait tout autant que les dorures de son salon.

— Où avez-vous…

— Je le porte toujours sur moi. La nuit, il est sous mon oreiller. Je ne suis pas novice en matière de danger, monsieur.

Le comte secoua la tête.

— Alors vous n'avez pas besoin de moi. Et moi qui pensais que le ministère de la Guerre allait enfin me permettre de participer. Je ne suis rien d'autre que la toile de fond de cette pièce de théâtre.

Yvette baissa le poignard en fronçant les sourcils.

— Vous souhaitez être en danger ?

— Non. Je souhaite être utile. Notre nation est confrontée à une menace qui pourrait bien nous anéantir. Quel genre d'homme reste les bras croisés ? Mais j'ai une responsabilité envers ce domaine, envers les gens qui en dépendent. Je ne peux pas partir faire la guerre comme ça.

Sans doute que non, même s'il possédait le physique d'un guerrier. Les Carrolton descendaient-ils des hordes du Nord qui avaient autrefois conquis ces terres et même mis à sac Paris ? Yvette imaginait le comte debout à la proue d'un navire, l'épée brandie, toutes griffes dehors. Mais elle avait le sentiment que, tandis que ses camarades se précipitaient dans la mêlée, il serait resté pour protéger la veuve et l'orphelin du village.

Elle replaça le poignard dans son fourreau.

— Tous les deux, nous ne sommes pas à notre place. Mes parents voulaient que j'épouse un comte et que je sois une épouse n'ayant rien d'autre à faire que de cultiver ses rosiers et d'organiser des banquets.

— Auriez-vous été heureuse ?

— Peut-être. C'était tout ce que nous connaissions à l'époque. Mais aujourd'hui ? J'en ai trop vu, trop fait, pour reprendre cette vie comme si de rien n'était.

— Et moi, je suis limité à la vie que j'ai, soupira Gregory. Que voulez-vous que je fasse, Yvette ? Je ne peux pas rester les bras croisés alors que vous êtes en danger.

— Je ne vous le demande pas. Nous devons travailler ensemble, vous et moi. Mon cousin a désormais l'assurance, s'il ne l'avait pas encore, que je me trouve chez vous. Il vous a peut-être même laissé le voir pour que vous sachiez qu'il venait. Il veut nous faire vivre dans la peur. Mais, au lieu de cela, nous l'attendons de pied ferme. Comme la royauté française, nous mangerons, boirons et nous réjouirons alors que la foule s'approche de la Bastille.

Il grimaça.

— Ce n'est pas la meilleure analogie. Louis XVI et sa reine ont été exécutés.

— Nous ne connaîtrons pas le même sort. Le roi et la reine n'ont pas réussi à comprendre les frustrations du peuple. Je sais comment Claude raisonne.

Elle s'éloigna de la cheminée, puis revint, en se mordillant la lèvre inférieure.

— L'agent qu'il a envoyé chez Harry a essayé de me tuer deux fois : la première avec un tir à couvert, la seconde avec du poison.

Le comte parut pâle par rapport à l'or des revêtements muraux.

— Si nous restons à l'intérieur et n'engageons pas de nouveaux domestiques, vous devriez être en sécurité ici.

Yvette secoua la tête.

— Vous ne pensez qu'à me protéger. Nous devons le faire venir si nous souhaitons le capturer. Il doit penser pouvoir frapper et s'échapper ensuite. Vous avez des hommes dans les bois, pas vrai ?

— Mon garde-chassé.

— Et des palefreniers pour vous accompagner.

Le comte confirma d'un hochement de tête.

— Alors je dois aller dans la forêt. Demain, j'irai cueillir des jacinthes pour la comtesse. Vous enverrez des hommes au préalable pour encercler la zone. Lorsque Claude se montrera, nous l'attraperons et mettrons fin à cette folie une fois pour toutes.

*

* *

Yvette était si fervente. Ses yeux étincelaient, sa peau brillait. Gregory imaginait des hommes marcher dans ses pas, à l'assaut des portes du palais. Il aurait été l'un d'entre eux.

Pourtant, il doutait qu'il soit aussi facile de faire sortir son cousin de sa cachette. Cet homme était doué pour s'échapper.

— Et si votre plan ne fonctionne pas ? demanda-t-il.

Elle remua les lèvres comme si elle ruminait une pensée.

— Si nous ne parvenons pas à l'attirer ici, il pourrait passer à l'action pendant le mariage. Nous pourrions envoyer vos hommes en amont, pour qu'ils surveillent la route et que l'un d'eux se fasse passer pour un domestique durant la noce. Mon cousin doit croire que je suis une cible facile.

Gregory n'appréciait toujours pas qu'Yvette soit une cible, mais ce poignard prouvait qu'elle était prête à affronter quiconque d'assez téméraire pour s'en prendre à elle.

Ils élaborèrent une stratégie pendant un moment encore, puis elle fit rouler ses fines épaules comme pour s'étirer.

— Je devrais y aller. La comtesse et votre sœur vont être inquiètes.

Il sourit.

— Je pensais plus ou moins qu'elles arriveraient en trombe dans la pièce.

Yvette regarda la porte comme si elle s'attendait à la même chose.

— Elles voulaient me protéger. Je suis surprise.

Les mots sortirent de la bouche de Gregory avant qu'il puisse les arrêter :

— Vous inspirez des actes de bravoure.

Les fossettes d'Yvette apparurent près de ses lèvres.

— Eh bien, monsieur, vous êtes un vrai romantique.

Si seulement ses joues ne le trahissaient pas. Il pouvait les sentir s'échauffer.

— Pas du tout. Si vous croisez Marbury, dites-lui que je suis prêt à recevoir M. Villers.

Yvette avança vers la porte, avant de se retourner.

— Allez-vous lui raconter notre plan ?

Gregory sourit.

— *Certainement*, répondit-il en français.

Elle lui sourit en retour et s'en alla.

Le sourire du comte s'effaça. Sa mère et sa sœur semblaient convaincues qu'il allait frapper Yvette ou la renvoyer, alors qu'il avait tendance à être un employeur très indulgent. Il ne savait toujours pas ce qu'Yvette pensait de lui.

Et Villers le voyait comme un idiot qui le laisserait badiner avec sa sœur.

L'agent du renseignement arriva peu de temps après, d'une démarche prudente, comme si la moquette d'or et de rubis était aussi brûlante que des braises.

— Vous souhaitiez me voir, monsieur ?

Gregory lui fit signe de s'asseoir. Villers se jucha sur le bord du fauteuil comme pour être prêt à s'enfuir.

Gregory soupira.

— Pourquoi êtes-vous chez moi ?

Villers cligna des yeux.

— Vous le savez bien. J'ai été envoyé pour protéger Yvette de Maupassant.

Gregory se pencha en avant.

— Alors pourquoi, lorsque nous étions en public, là où n'importe qui pouvait l'approcher, l'avez-vous laissée ?

Villers leva les mains en l'air.

— Nous étions dans un lieu saint ! Personne n'oserait l'importuner en cet endroit.

— Vous accordez plus de probité aux vauriens que moi, répliqua Gregory en se penchant en arrière. En fait, je suis pratiquement convaincu que Claude de Maupassant surveillait chacun de nos mouvements.

Villers secoua la tête.

— Vous devez apprendre à vous détendre, monsieur. Nous étions parfaitement en sécurité, je vous l'assure. S'il y avait eu quelque chose de fâcheux, je l'aurais remarqué. Je suis formé pour ce genre de choses, vous savez.

— En effet, déclara Gregory en croisant les bras sur sa poitrine. Et quel genre de formation lord Hastings propose-t-il à ses agents ces temps-ci ?

Villers retira une peluche de son pantalon.

— J'ai bien peur qu'il ne s'agisse d'informations confidentielles, monsieur.

Quel freluquet ! Compte tenu des commentaires de Julian sur ses capacités, Gregory commença à penser que cet homme n'avait aucune expérience.

— Alors permettez-moi de partager avec vous des informations tout aussi confidentielles. Claude de Maupassant était à l'église. Je l'ai vu.

— Quoi ? s'exclama Villers en se levant d'un bond. Où ? Pourquoi ne l'avez-vous pas attrapé ?

— Parce que j'étais trop occupé à protéger Yvette. Tout seul.

Villers se laissa retomber sur le fauteuil.

— Oh. Je vois. Il s'est donc enfui.

— Pour l'instant. Yvette a l'intention d'être plus visible ces prochains jours, afin de pousser son cousin à sortir de sa cachette.

La pâleur de Villers laissait entendre que cette idée lui plaisait aussi peu qu'à Gregory, mais il acquiesça.

— Je ferai mon devoir, monsieur.

— Bien. Maintenant, voulez-vous m'expliquer pourquoi vous êtes allé voir ma sœur après la messe au lieu de *faire votre devoir* ?

Villers poussa un soupir.

— Je n'ai jamais pu ignorer les larmes d'une femme.

— Les larmes ? demanda Gregory, les sourcils froncés. Pourquoi Lilith pleurait-elle ?

— À cause des bans, répondit Villers en secouant la tête. Vous imaginez ? Une femme à la sensibilité délicate comme votre sœur, qui apprend que la dame de compagnie de sa mère va épouser un baronnet, alors qu'elle est elle-même célibataire. C'est insupportable.

Gregory ne s'était pas rendu compte que Lilith déplorait son célibat. Il ne l'avait jamais vue faire d'efforts pour se trouver un mari, si tel était son objectif.

— J'espère que ma sœur sera assez magnanime pour être heureuse pour cette femme. C'est une excellente occasion pour Patience Ramsey, et je suppose que Harry est aux anges.

— Il est totalement entiché, affirma Villers avec une moue qui fit comprendre à Gregory ses sentiments sur le sujet.

Il pensait savoir, du moins en partie, pourquoi Villers était aussi amer que Lilith à propos du mariage de Harry. Gregory serra un des genoux de Villers avec ses mains.

— Désolé, mon vieux. Je sais que vous espériez que Harry épouse votre sœur.

Villers haussa les épaules.

— Lydia a fait son choix, même si je le trouve indigne d'elle. Jouer avec des produits chimiques dans un laboratoire…, dit-il en frémissant. Ah, les sœurs !

Gregory compatissait. Lui aussi aurait aimé voir la sienne bien installée. Parfois, il pensait que les frustrations de Lilith provenaient du manque d'occasions de mettre à profit ses compétences. Une maison à elle, une occupation stimulante ou une noble cause pourraient aider.

— Je souhaite aussi le meilleur pour ma sœur. C'est pourquoi je dois vous demander vos intentions.

Villers se raidit.

— Mes intentions ?

— Allons. Vous promener seuls tous les deux, vos têtes proches l'une de l'autre devant l'église…

— Je vous l'ai dit, je la réconfortais, protesta Villers. Comme n'importe quel gentleman l'aurait fait.

— Alors, vous n'avez aucun sentiment pour ma sœur.

Villers ajusta sa cravate comme si elle était soudain trop serrée.

— Je n'ai jamais dit une telle chose.

— Vous ne semblez rien dire du tout.

Villers s'agita sur son fauteuil.

— Lady Lilith est l'un des plus beaux spécimens de la gent féminine que j'ai eu le plaisir de rencontrer. Je chéris son amitié. Mais j'avais l'impression que vous n'accepteriez jamais une union entre nous.

Intéressant. Lilith avait assurément montré ses préférences pour cet homme. Si les sentiments étaient réciproques, une union pourrait être bénéfique pour tout le monde.

Gregory étudia ses doigts.

— Cela dépend. En tant que frère et chef de famille, je dois veiller aux intérêts de ma sœur. Que lui proposez-vous ?

Villers s'enfonça dans son siège.

— Que considéreriez-vous ? Je n'ai ni titre, ni domaine, et ma fortune suffit à peine à subvenir à mes besoins.

— Une telle honnêteté, dit Gregory en regardant son interlocuteur dans les yeux, est un commencement.

Villers releva la tête.

— Vraiment ?

— Vraiment.

L'agent de Hastings se redressa.

— Parfait. Alors laissez-moi vous avouer que, dans mon dévouement, je me suis battu en duel l'année dernière pour l'honneur de votre sœur.

Gregory sursauta.

— Quoi ?

Villers se figea.

— Peu de gens étaient au courant. Je n'aurais pas évoqué le sujet si vous n'aviez pas parlé d'honnêteté...

— D'accord, d'accord. Mais pourquoi avez-vous dû défendre l'honneur de ma sœur ?

Villers releva le menton.

— Il faudrait que vous en discutiez avec elle. Je n'en dirai pas plus à ce sujet. Parole de gentleman.

Gregory se leva, et Villers se protégea le visage avec ses poings.

— Je ne vais pas vous frapper ! tonna Gregory.

Villers regarda par-dessus ses mains.

— Pardonnez-moi si je ne vous crois pas.

Gregory recula.

— Croyez-moi ou non. Je n'ai jamais frappé quelqu'un parce que j'étais en colère.

— À votre place, je n'avouerais pas une telle chose en public, mon vieux, lui conseilla Villers en baissant les mains. Nous sommes censés protéger Mlle de Maupassant. Nous ne voudrions pas que l'ennemi pense que vous êtes trop indulgent.

D'abord il était un tyran, et voilà que maintenant il était lâche. C'était peine perdue. Il fit un signe de tête à Villers.

— Je vais réfléchir à la question pour ma sœur et vous, mais je ne vous fais aucune promesse. Cela dépendra en grande partie de ce que ressent Lilith et de votre capacité à l'entretenir.

Villers se leva.

— Je comprends. Vous voulez pour votre sœur un gentleman au caractère remarquable, avec un grand savoir-faire et un statut social élevé. Je suis certain que mes qualités parlent d'elles-mêmes.

Bien plus qu'il ne le pensait. Gregory espérait seulement que sa sœur le verrait également.

12

Lady Carrolton et lady Lilith attendaient Yvette dans le salon de la comtesse.

— Vous a-t-il tancée ? l'interrogea la première.

— Vous a-t-il demandé de quitter la maison ? s'alarma la seconde.

Yvette leva les mains en l'air.

— Du calme. Tout va bien. Il s'inquiétait seulement parce que je lui ai paru distraite aujourd'hui dans mes fonctions.

— C'est à cause de Beau, argua lady Lilith en se tortillant les mains. Gregory n'approuve pas.

— Il n'a rien dit de tel, la rassura Yvette. Continuez comme vous l'avez fait et voyez comment M. Villers réagit.

La sœur du comte hocha lentement la tête. Yvette ne doutait pas que lady Lilith ait déjà réussi à attirer l'attention de cet homme. Elle se demandait cependant si elle avait réussi à faire valoir son point de vue auprès de lord Carrolton. L'important était d'attraper Claude. Il ne devait pas l'oublier.

En conséquence, le lendemain matin, elle s'assura d'autant plus que son poignard était en place avant de quitter sa chambre au son de la cloche de la comtesse. Comme s'il l'attendait, le comte était dans le couloir, vêtu de son habituel manteau de tweed et de son pantalon beige ; il grimaçait à chaque tintement.

— Ne répondez pas tout de suite, lui conseilla Yvette. Elle aime ce bruit.

— Elle aime le pouvoir, la corrigea-t-il avec un sourire, qui s'estompa aussi vite qu'il était apparu. Envoyez quelqu'un me chercher quand vous comptez aller dans les bois.

Yvette posa les mains sur ses hanches.

— Le comte n'accompagnerait pas une dame de compagnie.

— Mais la dame de compagnie pourrait croiser le comte parti en promenade.

Yvette laissa tomber ses mains et rit.

— Très ingénieux. Vous vous améliorez.

Malheureusement, la comtesse non. Ce matin-là, elle faisait des histoires pour tout, au point qu'Yvette commença à penser qu'elle était réellement coincée dans son rôle de dame de compagnie. Ce ne fut que lorsque lady Lilith et M. Villers vinrent lui rendre visite qu'Yvette put s'excuser suffisamment longtemps pour mettre son plan à exécution.

Le temps était couvert quand elle quitta la maison par la porte d'entrée. Les nuages pesaient lourdement, effleurant la cime des arbres, et la brise sentait l'humidité, chargée de promesses de pluie. M. Marbury lui avait prêté un panier en osier, dont elle passa l'anse à son bras tandis qu'elle relevait ses jupes bleu marine pour descendre le perron. Elle n'aperçut aucun domestique pendant qu'elle traversait la grande étendue de pelouse, mais une famille de cerfs bondit se réfugier dans la forêt à sa vue.

Ils considéraient les arbres comme un abri, néanmoins un frisson parcourut Yvette lorsqu'elle s'approcha de l'ombre de ces derniers. Elle espérait que les hommes du comte étaient présents, comme elle l'avait suggéré.

Telle une douce marée, des jacinthes des bois léchaient le bas de sa robe quand elle s'enfonça plus profondément sous les arbres. Leurs têtes arrondies ondoyaient sous la brise tandis que les oiseaux chantaient au-dessus de la jeune femme. Ce n'était guère étonnant que la comtesse vienne cueillir des fleurs ici quand elle était plus jeune. Yvette se pencha et tira sur une tige verte.

— Belle journée pour une promenade.

Cette voix grave et familière fit glisser la tension de ses épaules. Elle se redressa pour sourire au comte. Ma foi, s'était-il caché ? Elle ne pouvait pas croire que les arbres étaient suffisamment larges pour dissimuler un homme de sa carrure. Pourtant, son manteau était froissé et une feuille était accrochée dans ses cheveux bruns. Yvette leva la main pour la retirer sans réfléchir, puis elle se ravisa.

Elle était dame de compagnie. Elle devait se comporter comme telle.

— C'est une belle journée en effet, se força-t-elle à dire en baissant humblement les yeux sur le tapis violet à ses pieds. La comtesse m'a demandé de cueillir des fleurs pour sa chambre.

— Permettez-moi de vous aider.

Bien que ces mains soient capables de cueillir suffisamment de fleurs d'un seul coup pour remplir son panier, il se pencha et sélectionna soigneusement une fleur avant de se redresser et de la lui tendre.

— Le garde-chasse et deux palefreniers montent la garde, murmura-t-il alors qu'elle déposait la fleur à côté de l'autre dans le panier.

— Je vous remercie, Monsieur, dit-elle à voix haute. Je ne voudrais pas vous retenir.

Il y avait une lueur résolument déterminée dans ses yeux sombres.

— Ce n'est nullement une contrainte. Je ferais n'importe quoi pour ma mère.

Il sélectionna une autre fleur et la remit à Yvette. Ses doigts effleurèrent les siens, et un frisson parcourut la jeune femme.

— Vous allez l'effrayer, chuchota-t-elle en déposant soigneusement la fleur dans le panier.

Le comte secoua la tête, puis il scruta les environs.

— Je crois qu'il y a plus de fleurs là-bas. Veuillez m'excuser.

Il passa devant elle.

Elle inspira et s'efforça de se concentrer sur les fleurs. Avec tant de jacinthes à proximité, elle pouvait percevoir leur parfum frais. Dommage qu'elle ne puisse pas simplement s'arrêter et en profiter. Une partie d'elle devait rester attentive au moindre bruit provenant des arbres, au moindre mouvement dans les ombres. Elle se pencha et cueillit plusieurs fleurs, qu'elle déposa dans le panier.

Les oiseaux se turent.

Elle ne devait pas laisser transparaître qu'elle l'avait remarqué. Claude ne devait pas se rendre compte de son effroi. Il devait la croire allègrement insouciante. Elle balança le panier comme si rien ne la préoccupait.

Un craquement résonna dans la forêt derrière elle.

Et tout explosa. Un homme grisonnant sortit de sa cachette sur la gauche et courut vers le son ; un homme blond plus jeune venu de la droite vint le percuter. Ils tombèrent au sol dans un enchevêtrement de bras et de jambes, aplatissant les jacinthes et faisant s'envoler les oiseaux. Un troisième individu apparut devant Yvette et sauta par-dessus ses camarades pour disparaître dans la forêt. Et, tel un minotaure surpris hors de son antre, le comte émergea de la forêt et passa devant elle en trombe pour suivre le seul de ses hommes encore debout.

Yvette secoua la tête, posa le panier et tenta d'aider ses aspirants sauveteurs à se relever. Quand le comte revint, elle assurait au garde-chasse qu'elle allait bien.

— Potter suit la piste, rapporta-t-il. Thurston, James, faites le tour des serres au cas où il ferait demi-tour.

Après avoir adressé un signe de tête respectueux au comte et à Yvette, les hommes partirent.

— Ils vont capturer votre cousin, lui promit lord Carrolton.

Le soulagement était plus fort que le parfum des fleurs.

— L'avez-vous vu ?

— Non. Mais si c'est lui qui a provoqué ce bruit, il ne nous échappera pas. Permettez-moi de vous raccompagner jusqu'à la maison, suggéra-t-il après s'être penché pour ramasser le panier.

Comment pourrait-elle protester ? Si les hommes du comte étaient à la poursuite de son cousin, Claude courrait pour sauver sa peau. S'il avait observé la scène de loin, il savait qu'il n'avait aucune chance de la capturer tant que le comte restait à proximité d'elle. Aussi, autant capituler pour le moment.

*
* *

Gregory raccompagna Yvette jusqu'à la maison, en prenant soin de rester entre les arbres et elle. Ses hommes étaient intelligents et loyaux, bien qu'un peu trop enthousiastes. Il aurait dû penser que son garde-chasse Thurston et le jeune palefrenier James pourraient passer à l'action trop tôt. Cependant, personne n'avait été blessé. Si Claude de Maupassant s'était aventuré dans les parages, il serait bientôt arrêté. Et Yvette serait libre.

Il lui jeta un coup d'œil tandis qu'ils montaient les marches menant au portique. Elle n'avait pas daigné mettre un chapeau ou une coiffe, et ses boucles brillaient dans la grisaille du jour. Il n'y avait aucune tension dans ses fines épaules, seulement de l'assurance dans sa démarche.

— Comment faites-vous ? l'interrogea-t-il.

Elle rit alors qu'ils pénétraient dans la cour dallée.

— Votre sœur m'a posé une question similaire. Suis-je un tel mystère pour vous ?

— Parfois. Votre persévérance dans l'adversité me surprend.

— Ai-je d'autre choix ? Persévérer ou mourir. Et je ne suis pas encore prête à mourir.

— Je m'en réjouis.

Gregory stoppa Yvette près des portes, réticent à regagner un lieu où il ne devrait lui prêter aucune attention afin de respecter le rôle auquel elle avait été assignée.

— Quand tout sera fini, Yvette, vous aurez besoin d'un endroit où rester. Je veux que vous sachiez que les portes de Carrolton Park vous seront toujours ouvertes.

Le sourire de la Française s'égaya, tout comme ses yeux.

— *Merci beaucoup, monsieur*. Mais je pense que votre mère et votre sœur ne sauront pas davantage comment se comporter avec Mlle de Maupassant, l'aristocrate française, qu'avec Mlle French, la dame de compagnie.

— Elles se font du souci pour vous. Je le vois dans leur attitude à votre égard.

Yvette regarda le comte à travers ses cils.

— Et vous, Gregory ? Vous faites-vous du souci ?

Bien plus qu'il ne l'aurait dû, d'autant plus que l'emploi de son prénom lui faisait très plaisir.

— Bien sûr. Vous êtes ici sous ma protection.

— *Ah oui*. Pour le bien de la nation.

— Oui, exactement.

Il se demanda pourquoi il se sentait aussi déçu par cette affirmation qu'Yvette semblait l'être.

Les portes s'ouvrirent et Marbury jeta un coup d'œil dehors.

— Monsieur ? Je crois que la comtesse aimerait l'attention de Mlle French.

Le bruit de la clochette résonna dans la maison.

— J'y vais, déclara Yvette à personne en particulier, et elle se pressa de passer devant le majordome pour entrer dans la maison.

Marbury resta sur place.

— Avez-vous besoin de quelque chose, Monsieur ?

Gregory soupira.

— Non. Mais j'attends un rapport de Thurston. Transmettez-le-moi dès qu'il revient.

— Naturellement.

Marbury ne bougea pas, et Gregory se rendit compte tardivement qu'il avait encore dans les mains le panier de jacinthes. Il le tendit au majordome avec un sourire penaud.

Gregory dut attendre une longue heure avant que Marbury vienne dans son cabinet. De toutes les pièces de la maison, celle-ci était la sienne. Le mobilier, depuis le bureau en noyer jusqu'aux étagères blanches avec leurs frontons classiques, était massif et solide ; tout était bien organisé, simple et élégant. Dans cette pièce, il pouvait, ne serait-ce que l'espace d'un instant, se convaincre qu'il était le maître de tout. Il s'appuya contre le dossier de la bergère en cuir derrière le bureau pendant que Marbury lui rapportait le récit de Thurston.

— Ils n'ont trouvé personne dans le bois, Monsieur. M. Thurston aimerait savoir si vous voulez faire appel à des hommes supplémentaires pour patrouiller.

Étant donné la taille du domaine, même la population entière de Chessington ne pouvait pas couvrir chaque are.

— Non, mais dites-lui de garder l'œil ouvert.

Marbury sortit et Gregory alla trouver Yvette.

Elle était avec sa mère, sa sœur et Villers dans le salon de musique. Il resta un moment sur le seuil pour admirer la scène. Vêtue d'une robe bleu marine en soie fine avec une collerette crème, Lilith était derrière le piano doré, chantant d'une voix douce une ballade tragique au sujet d'un amour perdu. Villers et la mère de Gregory étaient assis dans les petites chaises blanches à barreaux qui ornaient la pièce ; l'agent du renseignement avait l'air particulièrement fasciné.

Yvette était assise sur la banquette du piano aux côtés de Lilith, le regard fixé sur la partition devant elle, et ses doigts dansaient infailliblement alors qu'elle accompagnait la sœur du comte. Même avec sa robe unie et son apparence studieuse, elle éclipsait toutes les femmes de la pièce, un soleil flamboyant comparé à leurs douces bougies. Il avait envie de se rapprocher et de profiter de cette chaleur.

Lilith termina sa chanson et fit la révérence sous les applaudissements enthousiastes de Villers. Gregory applaudit également en entrant dans la pièce. Yvette leva les yeux avec ardeur et il secoua très légèrement la tête. Elle s'affaissa sur la banquette et il s'en voulut d'avoir terni son éclat.

— La voix d'un ange n'a jamais été aussi douce, dit Villers à Lilith alors que Gregory s'approchait.

— Vous êtes trop gentil, monsieur Villers, murmura Lilith, les cils papillonnant. Je pourrais me laisser persuader d'en chanter une autre si vous le souhaitiez.

— Ah, quel dilemme, déclara son soupirant en penchant la tête comme pour voir sous les cils de lady Lilith. Si vous chantez, j'aurai le plaisir de vous écouter, mais si vous restez pour converser, j'aurai la joie de vous avoir à mes côtés.

Étaient-ce ces balivernes que les femmes attendaient des hommes pour les courtiser ? Il n'était guère étonnant que Charlotte ait repoussé Gregory. Il devait paraître aussi dégoûté qu'il l'était, car Yvette se leva du piano et secoua les mains comme pour attirer l'attention sur elle, et non sur lui.

— *Fini*, annonça-t-elle. Monsieur est évidemment venu avec d'autres desseins.

Mal à l'aise, tous les regards tournés vers lui, Gregory s'efforça de sourire.

— Cela n'avait rien d'important. Quand tu auras un moment, Lilith, j'aimerais te dire un mot.

Villers s'éloigna d'elle.

— J'ai suffisamment longtemps accaparé lady Lilith. À ce soir, ma chère.

Il lui fit un baisemain. Lilith serra sa main contre elle alors qu'il quittait la pièce.

Sa mère se mit debout à l'aide de sa canne.

— Qu'a fait Lilith pour te déplaire, Gregory ?

Pensaient-ils tous donc qu'il ne savait faire que des reproches ?

— Rien qui doive vous inquiéter, Mère. Nous nous absenterons un court instant, pas plus.

Lilith recula comme si elle s'attendait à un sermon, mais sa mère ne montra aucune intention de quitter la pièce.

Yvette s'interposa entre sa mère et lui.

— Venez, comtesse. Nous devons retourner dans votre chambre et vous changer pour le dîner.

Sa mère se redressa, sans doute pour protester.

— Nous allons devoir sonner Ada pour qu'elle vienne nous aider, ajouta Yvette.

Sa mère fit un grand sourire, avant de reprendre un air austère.

— Eh bien, ne me faites pas attendre, French.

— Certainement pas.

Yvette tourna la tête pour que ni la mère du comte ni sa sœur ne puissent voir le clin d'œil qu'elle fit à Gregory. Il ne put que sourire au dos d'Yvette qui s'éloignait.

Lilith redressa les épaules.

— Pourquoi as-tu besoin de moi, Gregory ?

Il se retourna et lui indiqua la chaise la plus proche, puis il tira une banquette plus solide face à elle pour y prendre place.

— Je souhaite te parler de M. Villers.

Les narines de Lilith se dilatèrent et sa respiration s'accéléra.

— Je ne renoncerai pas à lui. Pas une seconde fois.

Gregory fronça les sourcils.

— Une seconde fois ? T'avait-il déjà courtisée ?

— Comme si tu ne le savais pas.

Le visage de Lilith était inflexible, un masque d'indignation légitime.

— Non, je ne sais pas. Pour autant que je m'en souvienne, Père était encore en vie la dernière fois que tu as mis les pieds à Londres, et M. Villers n'était jamais venu dans la région.

Les yeux de sa sœur se plissèrent au point de devenir deux fentes de glace.

— Père ne t'a jamais rien dit ?

Un pressentiment envahit Gregory.

— Non. Aurait-il dû ?

Lilith se détendit soudain et il l'entendit prendre une inspiration.

— Non. Il n'avait aucune raison de le faire, je suppose. J'ai rencontré M. Villers à Londres. Il a montré un certain intérêt pour moi ; c'était à l'époque de ton tour d'Europe. Il n'en est rien sorti. C'est avec plaisir que je renoue cette relation aujourd'hui.

Gregory aurait aimé pouvoir croire que la question s'arrêtait là, mais il savait reconnaître les signes de dérobade. Le regard de Lilith était fuyant et elle tortillait ses doigts sur ses genoux. Gregory prit une profonde inspiration avant de se lancer.

— Et ce duel où il a défendu ton honneur l'année dernière ?

Lilith eut le souffle coupé, joignit les mains sur son corsage sombre et regarda son frère dans les yeux.

— Il s'est battu en duel ? Comme c'est romantique !

— Peut-être... Mais comme il a refusé de m'expliquer les raisons de ce duel, je ne peux pas l'affirmer.

Sa sœur reposa ses mains sur ses genoux.

— Je t'interdis de le brusquer ! Il défendait mon honneur. Tu l'as dit toi-même.

Gregory se pencha en avant.

— Pourquoi ton honneur avait-il besoin d'être défendu ?

— Sans doute à cause de rumeurs, cracha-t-elle comme si elle était prête à mordre les gens qui avaient répandu les commérages. Pourquoi, à ton avis, ai-je quitté Londres ? M. Villers n'a fait que me témoigner les attentions les plus courtoises, mais certains étaient si jaloux qu'ils ont colporté la rumeur qu'il avait provoqué ma perte. C'était absurde. Cette histoire doit encore circuler. D'où la nécessité pour lui de me défendre.

Lilith poussa un soupir joyeux. Gregory ne pouvait pas être aussi ravi qu'elle.

— Qui propagerait de telles rumeurs à ton sujet, à moins d'être prêt à se battre pour elles ?

Lilith renifla.

— Nous avons beaucoup d'ennemis.

— Ça, j'en doute fort. On dirait que tout ce gâchis est la faute de Villers. Il a fait preuve d'une attention excessive, il ne t'a pas honorée avec une demande en mariage, il t'a mis dans une position qui a encouragé les ragots.

— Non, protesta sa sœur en se levant. Tu te méprends à son sujet. Il a toujours fait passer mes intérêts avant tout.

Gregory secoua la tête et Lilith releva le menton.

— Je le savais ! Tu ne l'accepteras jamais. Tu es exactement comme Père, à nous dominer, à nous emprisonner dans cette maison.

Elle se retourna et sortit de la pièce en courant. Gregory ne put que la suivre du regard.

Les dominer ? Cela n'avait jamais été son intention, même s'il était le plus grand. Il avait essayé de ne pas être le moins du monde autoritaire. Et les emprisonner ? C'est lui qui les incitait à sortir ! Il avait l'impression que le monde basculait et qu'il perdait l'équilibre.

Pourtant, une chose n'avait pas changé. Il avait une mission à accomplir : protéger Yvette et sa famille. Il continuerait à l'assumer du mieux possible, peu importe ce qu'en penseraient sa sœur et Beau Villers.

13

Même si Yvette s'aventura de nouveau dehors le mardi, personne ne tenta de s'en prendre à elle et aucun étranger ne fut aperçu dans les bois. Elle passa le reste de la journée à travailler avec Ada afin de préparer lady Carrolton et lady Lilith pour le voyage au domaine du duc de Wey, à l'occasion de son mariage. Même si elles ne passaient pas la nuit là-bas, les deux femmes exigeaient que leurs cheveux soient lavés, coupés et coiffés. Lady Carrolton insista pour recevoir des soins de beauté. Yvette s'assura que le comte avait examiné tous les produits avant de laisser sa mère les avaler ou les appliquer sur sa peau. L'incident du cyanure d'hydrogène ne devait pas se reproduire.

Lady Lilith semblait plus agitée qu'Yvette ne l'avait imaginé à propos du mariage. M. Villers avait passé beaucoup de temps en sa compagnie : à faire du cheval, à prendre le thé, à jouer à des jeux de plein air. Pourtant, il y avait une certaine défaite dans son attitude, en particulier en présence du comte.

— Comment vous êtes-vous attiré les foudres de votre sœur ? lui demanda Yvette alors qu'ils se promenaient tous à l'arrière de la maison avant le dîner du mardi.

Il avait plu plus tôt dans la journée, mais le soleil avait depuis consenti à briller. Une lumière dorée se répandait sur le vert, faisant scintiller la pelouse, les bois et même les serres au fond du jardin.

Le comte observait Villers déambuler, le bras de lady Lilith coincé sous le sien.

— Je ne suis pas entièrement sûr.

Cette réalité attristait Gregory. Ses yeux se baissèrent aux coins, au point de faire penser à Yvette à un chiot réprimandé. Le mieux était de changer de sujet. Elle se tourna vers le panorama face à eux.

— Que cultivez-vous dans vos serres ?

Il se déplaça et lui bloqua la vue des bâtiments.

— Des légumes, des fruits, les choses habituelles.

— Ce qui explique pourquoi vous aviez des fraises avant tout le monde, déduisit-elle en souriant. Votre jardinier doit être très talentueux.

Il se mit à rougir de plus belle, et cette fois Yvette ne comprit pas pourquoi.

— Il fait ce qu'il peut, en fonction des autres priorités. Voudriez-vous jouer au volant, Yvette ?

Sa façon d'employer son prénom avait quelque chose de doux, d'attachant. Il n'avait pas protesté lorsqu'elle l'avait appelé Gregory récemment. Peut-être permettrait-il cette familiarité en privé.

Ils se mirent en route tôt le mercredi matin pour le mariage. Yvette ressentit à nouveau ce frisson en s'approchant de l'escalier. Qui savait ce que Claude pourrait faire et quand ? Elle aurait presque souhaité porter quelque chose de plus commode que la robe mauve que lady Carrolton lui avait offerte. Le petit corsage comprimait ses courbes, et la jupe élégante recouverte de dentelle ne permettait pas de courir facilement. Toutefois, la façon dont Gregory la regardait pendant qu'elle descendait les marches lui donna l'impression que cette tenue était parfaite.

Sa mère et sa sœur étaient également très belles, même si lady Carrolton portait une pelisse noire pour protéger sa robe améthyste pendant le voyage. On l'avait convaincue de laisser sa canne et sa cloche à la maison. Lilith portait également une pelisse, mais Yvette lui avait fait draper sur ses épaules un châle crème à motifs cachemire rouge et bleu. Les yeux de M. Villers s'illuminèrent quand elle descendit le perron, avec sa nouvelle coiffe sur ses cheveux bruns.

Gregory permit à l'homme de s'asseoir à côté de sa mère et de sa sœur. Ainsi, Yvette se retrouva à côté du comte. Cette disposition redonna le sourire à lady Lilith, mais Yvette n'était pas dupe : il n'avait pas agi de la sorte par bonté d'âme. Il était inquiet et pensait toujours qu'il pourrait la protéger mieux qu'elle ne pouvait le faire elle-même.

Une idée traversa l'esprit d'Yvette alors que le carrosse se mettait en branle. Peut-être Claude attendait-il en chemin. Peut-être aujourd'hui serait-il le jour où ils l'attraperaient et mettraient fin à la tyrannie qu'il exerçait sur elle. Peut-être pourrait-elle enfin vivre sa vie.

Et quelle serait cette vie ?

Elle ne ressentait aucun besoin d'entrer dans la haute société, de se donner des airs comme lady Lilith afin d'attirer l'attention d'un homme, mais qu'y avait-il d'autre pour elle en Angleterre à part un mariage ? Elle ne connaissait aucun métier en dehors de l'espionnage. Malgré son succès inattendu auprès de lady Carrolton, elle n'avait aucune envie de continuer à être domestique. Après ce qu'elle avait fait pour l'Angleterre, lord Hastings serait probablement heureux de lui trouver une maison. Elle pouvait venir en aide aux autres émigrés, mener la vie de raffinement que ses parents auraient souhaité pour elle-même.

Elle n'était tout simplement pas certaine de ce qu'elle souhaitait pour elle-même.

Elle fut déçue que rien n'advienne pendant l'heure de trajet à travers la campagne au nord de la Tamise. Les champs verts, les bois sombres défilèrent, jusqu'à ce qu'elle aperçoive le ruban gris au loin, parsemé de bateaux. La demeure du duc de Wey avait été construite sur une colline qui surplombait l'île sur laquelle elle se situait. Les pierres brillaient au soleil comme si l'édifice lui-même était en fête.

— Terriblement plébéien, murmura lady Lilith à M. Villers tandis que le carrosse roulait dans les rues bondées du village en contrebas de la maison, en direction de l'église. Regardez tous ces gens. Ne devraient-ils pas travailler ?

— J'ai cru comprendre que Wey avait accordé un jour de congé à tout le monde dans la région, expliqua Gregory. Il s'est engagé à compenser toute perte de revenus.

— Quelles dépenses frivoles, commenta lady Lilith en secouant la tête, de sorte que les plumes d'autruche s'agitèrent sur sa coiffe.

— Une utilisation judicieuse de sa richesse, répliqua Yvette. Son épouse était la gouvernante. D'un rang inférieur donc. S'ils se marient discrètement, certains diront qu'il a honte d'elle. Quelle meilleure façon de proclamer qu'il la considère comme son égale que de l'épouser au vu et au su de tous ?

Le comte hocha la tête pensivement.

Et en effet, c'était au vu de tous. La petite église en pierre était tellement bondée que certains habitants furent relégués dans la cour. Yvette regarda autour d'elle pendant que Gregory les conduisait sur le chemin de galets, la gardant près de lui, mais elle n'aperçut pas Claude parmi les dizaines d'inconnus enthousiastes. Pas de signe de lui non plus dans la chapelle aux arches délicates, où lady Lilith et M. Villers avaient salué d'un signe de tête un certain nombre de personnes. Plusieurs messieurs ôtèrent leur monocle pour étudier la sœur du comte à son passage. Yvette sourit.

En tant qu'ami proche de la famille, Gregory s'était vu réserver des places devant. Lady Carrolton était assise bien droite sur le banc sombre, la tête haute, le visage royal. Yvette s'assit entre Gregory et elle, puis se leva lorsque le marié et ses témoins entrèrent. Le duc était grand, avec des cheveux noirs et un visage en forme de cœur. Il était superbe dans son costume gris, avec un gilet rehaussé d'argent. Julian Mayes se tenait à côté de lui, également vêtu d'un costume gris, mais son gilet était en satin bleu à rayures. Son regard balaya les convives, puis se fixa et sa bouche esquissa un sourire. Yvette n'eut pas besoin de se retourner pour savoir qu'il avait dû repérer Meredith. Elle devrait chercher son amie à la fin de la cérémonie.

L'église se tut et tout le monde pivota pour regarder la mariée s'avancer dans l'allée centrale. Parée d'une robe grise qui chatoyait de reflets argentés au gré de ses mouvements, la bien-aimée du duc était une femme robuste avec des cheveux bruns et un sourire avenant. Ses demoiselles d'honneur étaient trois fillettes, dont une qui devait tout juste être en âge de commencer l'école. Vêtues de robes dc satin rose, elles portaient des bouquets de roses noués par des rubans de satin blanc assortis aux rubans de leurs cheveux. Plusieurs invités sourirent tendrement à leur passage. Le duc avait l'air complètement épris lorsqu'il prit la main de la mariée et lui promit son amour.

— Moi, Alaric, duc de Wey, je vous prends, Jane Kimball, pour épouse légitime.

Curieusement, Yvette jeta un coup d'œil à Gregory. Était-ce du désir sur son visage ? Souhaitait-il qu'une épouse aimante gère sa maison, flatte ses amis, le regarde avec autant de confiance ? Pourrait-elle assumer ce rôle ? Le désirait-elle ?

Une acclamation s'éleva lorsque le pasteur déclara le duc et Jane Kimball mari et femme. Certains membres de l'aristocratie semblaient choqués par ce spectacle, mais Yvette ne pouvait que sourire. Le duc et sa duchesse paraissaient très appréciés de leurs domestiques et de leurs métayers.

— Mais quelqu'un les recevra-t-il ? murmura lady Lilith à M. Villers au moment de sortir de l'église.

Un groupe restreint, dont Gregory et sa famille, avait ensuite été invité à assister au banquet chez le duc.

— Nous les recevrons, affirma Gregory, et personne ne le contredit.

Yvette resta derrière lady Carrolton et lady Lilith lorsqu'elles pénétrèrent dans le vaste hall d'entrée de la maison. Cet espace dallé s'élevait sur trois étages jusqu'au plafond orné d'une fresque. Gregory avait l'air dans son élément avec, au-dessus de sa tête, l'armée du ciel parée au combat.

Même si de nombreux invités lorgnaient la nouvelle duchesse comme si elle était un oiseau rare, cette dernière leur souriait. Plusieurs personnes froncèrent les sourcils ou levèrent les yeux au ciel après lui avoir été présentées et, alors qu'Yvette et Gregory s'approchaient du couple, la jeune Française commença à comprendre pourquoi.

— Je ne vais pas me souvenir de vos noms, disait la nouvelle duchesse à un vicomte et à son épouse. Mais votre présence me ravit.

La petite fille à côté d'elle, aux boucles dorées et aux yeux vifs, tira sur sa jupe et pointa du doigt la comtesse.

— Regardez, madame Kimball, c'est lady J'en-fais-des-tonnes.

Lady Carrolton se redressa et lady Lilith afficha le même air outré, tandis qu'Yvette dissimulait son sourire face à ce surnom approprié.

— N'oubliez pas de dire Mère maintenant, Belle, murmura le duc à sa fille issue, de son premier mariage, avant de se tourner vers la comtesse. Lady Carrolton, lady Lilith, monsieur Villers, merci de vous joindre à nous.

— Oui, eh bien, la vérité sur la qualité finira par éclater au grand jour, déclara M. Villers en jetant un regard à lady Lilith.

Le duc sourit à son épouse.

— Ce sera effectivement le cas.

La nouvelle duchesse rougit sous le regard de son mari, puis se tourna vers Yvette tandis que Gregory conversait aimablement avec le duc.

— Vous devez être celle qui a succédé à Patience Ramsey comme dame de compagnie. Avez-vous déjà songé à la ciguë ?

Lady Carrolton renifla.

— Ce n'était pas de la ciguë. C'était du cyanure d'hydrogène.

— Inventif, plaisanta la duchesse.

Yvette gloussa. Devant l'air renfrogné de lady Carrolton, elle adopta un air plus servile.

— Je suis honorée de servir deux si belles dames.

— Vous pouvez, déclara lady Carrolton. Laissons la place aux autres. Tout le monde veut contempler la merveille d'un jour.

M. Villers lui prit le bras et tendit l'autre à lady Lilith, et ils poursuivirent leur chemin.

— J'ai hâte de vous voir à notre thé hebdomadaire, lança la mariée à Yvette avec un clin d'œil. Et je ne vous demanderai pas de vous asseoir contre le mur.

— Quelle impertinence, fulminait lady Carrolton tandis qu'ils montaient l'escalier pour rejoindre les autres invités dans une longue galerie.

— Quel culot, reconnut M. Villers.

— C'est une honte, déplora lady Lilith.

— Je l'aime bien, observa Yvette.

Ils trouvèrent un endroit où attendre que les jeunes mariés les conduisent dans la salle à manger. Pendant que lady Carrolton, sa fille et M. Villers discutaient avec des amis, Meredith émergea de la foule et vint se placer à côté d'Yvette.

— Vous avez l'air d'aller bien.

— Pas vous, lui répondit Yvette, qui avait remarqué les cernes sous ses yeux. Que se passe-t-il ?

Meredith passa ses mains sur sa jupe lavande.

— Rien. Pouvez-vous en dire autant ?

Donc, elle aussi était inquiète.

— J'ai cru comprendre que mon cousin avait été aperçu, mais il ne m'a pas approchée.

Meredith saisit le bras d'Yvette et la fit venir plus près d'elle.

— Ils s'entêtent avec ce plan ridicule de vous exhiber devant tout le monde.

— J'ai accepté, lui rappela Yvette. C'est mieux ainsi.

Dépassant d'une tête tout le monde dans la pièce, Gregory s'avançait vers elles. Il salua Meredith d'un signe de tête, puis baissa le regard et la voix pour les mettre toutes les deux dans la confidence.

— J'ai discuté avec Wey, leur murmura-t-il. Il n'a entendu parler d'aucun étranger dans la région récemment.

Yvette parcourut l'assemblée du regard. Elle ne pouvait pas voir au-delà des gens près d'eux, mais il y avait des dizaines de convives, les soies et les satins des dames contrastant avec les manteaux de laine plus sombres des messieurs.

— Comment savoir ? Ses métayers et ses domestiques ne peuvent pas reconnaître tous les invités venus pour le mariage, encore moins leur propre personnel.

— C'est vrai, admit le comte, mais je me sens plus à l'aise du fait que Wey soit au courant de la situation.

Meredith ne parut pas rassurée. Pauvre duc, voir son mariage être interrompu par des intrigues ! Yvette avait espéré que l'infamie de son cousin prendrait fin le plus rapidement possible, mais peut-être vaudrait-il mieux qu'il n'essaie pas de s'en prendre à elle ce jour-là.

*

* *

Gregory balaya du regard l'assemblée. Les visages joyeux des invités se superposaient aux airs solennels des portraits exposés aux murs. Bien que beaucoup moins de personnes aient été invitées au banquet qu'à la cérémonie, au moins une centaine de convives étaient présents, sans compter les valets qui se faufilaient entre eux avec des verres en cristal sur des plateaux. Il connaissait la plupart des participants. Worth et sa sœur Charlotte, le duc d'Emerson et sa fille aînée, des lords et des ladies de la région.

Gregory ne put retenir son sourire devant le groupe qui s'approchait rapidement.

— Harry !

Il tendit la main, et le baronnet la serra joyeusement. Sir Harold Orwell ressemblait toujours à ses ancêtres pirates : hâlé, confiant et agile.

— Et Mlle Ramsey, ajouta Gregory en s'inclinant devant la femme au bras de son ami.

L'ancienne dame de compagnie de sa mère sourit gentiment. Gregory avait toujours estimé que son prénom lui seyait à merveille : rien ne semblait perturber cette blonde aux yeux noirs. Elle s'était assurément épanouie depuis qu'elle avait quitté Carrolton Park. Il ne se souvenait pas d'elle portant quelque chose d'aussi élégant que cette robe rose avec des roses brodées à l'encolure et au bas. Ou était-ce sa mère qui avait décrété qu'elle ne devait se vêtir qu'en bleu marine et en gris ?

— Lord Carrolton, lui répondit Patience avec une révérence, puis ses yeux s'illuminèrent. Meredith, Yvette ! Quel plaisir de vous voir !

La mère et la sœur de Gregory se tournèrent à cette exclamation.

— Ramsey ! s'écria sa mère.

— Madame, la salua-t-elle alors que les deux femmes et Villers s'approchaient. Lady Lilith, monsieur Villers.

Même si les subtilités mondaines échappaient parfois à Gregory, la froideur du ton de Mlle Ramsey ne faisait aucun doute.

— Comment connaissez-vous Mlle French ? demanda Lilith.

— Eh bien, je…

Patience se tourna vers Harry pour qu'il vienne à son secours. Celui-ci passa son bras autour de sa taille.

— Carrolton a demandé conseil à Patience pour savoir si Mlle French ferait l'affaire. Je constate qu'elle se débrouille bien à ce poste. Vous êtes toutes superbes.

Yvette et Meredith semblaient ravies de ces compliments. Villers hocha la tête d'un air approbateur, la mère de Gregory se rengorgea, et Lilith sourit avec complaisance. Gregory ne pouvait que s'émerveiller de la facilité avec laquelle les mensonges sortaient de la bouche de son ami. Patience avait rencontré Yvette lorsque Harry et Julian avaient permis l'évasion de la Française d'une prison sur le continent. Afin d'éviter les questionnements sur les activités de Harry, Patience, qui avait intégré la maison afin d'aider la tante de Harry dans ses expériences d'apothicaire, avait prétendu être fiancée au baronnet pour justifier ses absences. Leurs fausses fiançailles avaient donné naissance à un véritable amour.

— Vous vous souvenez de ma tante, continua Harry en faisant signe à quelqu'un de l'autre côté de la pièce. La sœur de M. Villers vit chez nous, c'est son élève.

Gregory s'inclina devant la grande et maigre femme en bleu marine qui s'approchait d'eux d'un pas décidé, accompagnée d'une jeune fille blonde vêtue d'une robe blanche à frous-frous.

— Gussie. Mademoiselle Villers.

Augusta Orwell, « Gussie » pour ses proches, n'avait jamais été du genre à faire des manières. Elle serra la main de tout le monde, ce qui fit hausser les sourcils de la sœur de Gregory et froncer ceux de sa mère. Le salut de Villers à sa sœur fut étonnamment froid, mais Lydia Villers ne sembla pas s'en offusquer, car son sourire radieux ne quitta pas son joli visage. Derrière ses grands yeux verts se cachait une intelligence remarquable.

— Je dois me vanter de Lydia, les informa Gussie. Elle a récemment fait une découverte très prometteuse pour ma formule. De l'huile de foie de morue !

Toutes les femmes, sauf Mlle Villers, firent une grimace. Gussie rit.

— Attendez de voir ! Lorsque vous constaterez les miracles de ce produit sur votre peau, l'odeur ne vous dérangera pas.

Quelque part, une clochette au timbre argentin retentit.

— La mienne est bien mieux, murmura la mère de Gregory.

— Mesdames, messieurs, commença Julian. Nous allons bientôt passer à table. Je voulais profiter de cette occasion pour trinquer en l'honneur des mariés.

Autour d'eux, l'assistance se tut, les yeux rivés sur l'heureux couple qui se tenait à côté de Julian au fond de la pièce, bras dessus bras dessous.

— Wey, reprit Julian. Je te connais depuis que nous sommes enfants. Je t'ai vu sourire en faisant sauter ton cheval, devant les pitreries de tes filles. Mais je ne t'ai jamais vu aussi heureux que lorsque tu as épousé ta bien-aimée Jane.

Le regard du duc était entièrement tourné vers sa femme.

— Jane, poursuivit Julian, je peux affirmer sans me tromper que je n'ai jamais rencontré une femme plus directe et attentionnée, capable d'assumer à la fois le rôle d'épouse, de mère et de duchesse.

Jane rougit et Julian brandit son verre.

— Au duc et à la duchesse de Wey ! Puissent-ils être heureux ainsi toute leur vie !

— Au duc et à la duchesse de Wey ! répétèrent les invités en brandissant leur verre.

Yvette attrapa le bras de Gregory avant qu'il puisse boire une gorgée.

— Là-bas, chuchota-t-elle. Derrière le duc.

Il comprit immédiatement de qui elle parlait. Un valet se tenait légèrement derrière Julian et les mariés, comme s'il était prêt à faire entrer les invités pour le dîner. Son cousin avait dû se teindre les cheveux, car les boucles autrefois rousses étaient désormais châtains. Pourtant, Gregory était certain qu'il s'agissait de l'homme qu'il avait aperçu près de l'église.

Les invités commencèrent à s'avancer vers la salle à manger. Gregory refusait d'attendre.

— Gardez un œil sur les dames, ordonna-t-il à Harry avant de s'éloigner.

Sa taille lui permit de se frayer un chemin facilement. Une main sur son manteau lui indiqua qu'Yvette le suivait. Il croisa le regard de Julian et fit un signe de tête vers leur cible.

Julian était plus calme que Gregory ne pouvait l'être. Il tendit son verre dans la direction de l'homme.

— Vous, là ! Remplissez mon verre, et vite !

Le cousin d'Yvette accourut, une bouteille à la main. Il venait de finir de le servir quand Gregory arriva à leurs côtés.

Le sourire de Julian était triomphant.

— Je vous tiens !

Ce qui se produisit ensuite fut confus. Le Français frappa le pied du verre de Julian, qui le prit en pleine figure. Après avoir lâché la bouteille, il pivota autour de Gregory et saisit Yvette. Gregory bloqua la sortie alors que les autres invités passaient, sans se rendre compte de la situation.

Le sourire du Français était répugnant.

— Qu'allez-vous faire ? Je tiens sa vie entre mes mains.

— *Non*, fit Yvette qui frappa le pied de l'homme avec son talon.

Elle profita de sa réaction pour se libérer et se jeter dans les bras de Gregory. Ce dernier l'attrapa, se retourna et la protégea de son corps de tout ce qui pourrait survenir.

— Arrêtez-le !

La voix de Julian transperça toutes les conversations. Soudain conscientes du danger, les femmes poussèrent des cris, les hommes des exclamations. Les pieds martelaient la moquette. Gregory refusait de bouger, refusait de réfléchir. Tout ce qu'il savait, c'était qu'il devait assurer la sécurité d'Yvette.

— Monsieur, chuchota-t-elle, ses boucles chatouillant le menton du comte. Gregory. Vous pouvez me lâcher. Il s'est enfui.

Gregory se ressaisit et se dégagea.

Yvette lui offrit un sourire tremblant.

— Vous faites un très bon refuge, *mon cher*. Voyons maintenant si M. Mayes est un tout aussi bon étalon.

14

Ils n'attrapèrent pas Claude. D'une manière ou d'une autre, Yvette savait qu'ils n'y arriveraient pas. Son cousin s'était échappé de la maison et avait disparu parmi les villageois, devenant impossible à repérer. Peut-être que si elle avait été plus proche…

Elle serait peut-être morte. En réalité, elle n'avait même pas eu le temps de sortir son poignard. Et elle ne pouvait pas oublier comment Gregory l'avait entourée de son corps, l'enveloppant pour la protéger. Il avait été prêt à prendre une balle ou une lame pour elle. Quel honneur ! Quel courage !

— Nous leur avons fourni un sujet de discussion, dit fièrement lady Carrolton alors qu'ils étaient en chemin pour Carrolton Park plus tard dans la journée.

— Il faut croire, répondit lady Lilith en remontant son châle sur ses épaules. Courir après un valet parce qu'il a essayé de faire les poches de M. Mayes… Quel genre de domestiques le duc engage-t-il ?

— Le genre qu'il épouse, plaisanta M. Villers, et les dames gloussèrent.

Quel soulagement qu'ils aient cru à l'histoire inventée par Julian Mayes pour expliquer pourquoi M. Villers, plusieurs hommes et lui-même s'étaient lancés à la poursuite d'un valet juste avant que le banquet soit servi. La plupart des autres invités avaient également semblé croire cette histoire, malgré les bleus qui se formaient sur le beau visage de M. Mayes. Yvette avait eu envie de s'excuser auprès de la nouvelle duchesse de Wey, mais celle-ci avait ri de cette affaire.

« Au moins, ils ont arrêté de parler de moi un instant », s'était-elle réjouie.

— Cependant, Gregory, commença lady Lilith en regardant son frère assis sur l'autre banquette du carrosse à côté d'Yvette, je n'ai pas compris pourquoi tu devais te coller autant à French.

Les joues de Gregory devinrent rouges et sa bouche se tortilla, comme s'il avait du mal à trouver une réponse.

Yvette vint à son secours.

— J'ai vu ce qui s'est passé, Madame. Ma première intention a été de poursuivre ce vaurien. Le comte m'a empêchée de faire quelque chose d'aussi stupide.

Il s'éclaircit la gorge.

— Oui. C'est vrai.

Yvette était soulagée qu'il n'ait pas développé. Quiconque observait le comte de près pouvait lire en lui comme dans un livre ouvert. Il n'aimait pas le fait qu'ils doivent mentir à sa famille. Il était contrarié de ne pas avoir imaginé une histoire plus convaincante. En outre, il s'inquiétait toujours pour elle.

Cela aurait été utile s'ils avaient pu avoir plus qu'une brève conversation avec M. Mayes et M. Villers quand ils s'étaient retrouvés avant le banquet.

« Pouvons-nous cesser ces bêtises et assurer la sécurité de Mlle de Maupassant ? » s'était indigné Gregory.

« Non, lui avait répondu M. Mayes, d'un air entêté. Le plan fonctionne. Nous avons failli l'attraper. »

« *Failli* est le mot juste. »

« Cela nous aurait été utile si certains s'étaient fait passer pour des domestiques », avait répondu M. Mayes en regardant ostensiblement M. Villers.

Ce dernier avait levé les mains en l'air.

« À quoi vous attendiez-vous ? Cet homme pouvait frapper n'importe où, n'importe quand. Comment justifier que je doive rester aux côtés de la dame de compagnie ? »

M. Mayes avait froncé les sourcils.

« Vous avez raison. »

« Vous faites la cour à lady Lilith, non ? » l'avait interrogé Yvette.

Villers avait jeté un coup d'œil à Gregory, qui s'était renfrogné.

« J'y songeais, oui. »

« Bien. Vous êtes dévoué à cette jeune femme. Et moi, je suis votre chaperon. »

M. Mayes avait approuvé d'un signe de tête, et son front s'était déridé.

« Parfait. Soyez sur vos gardes, messieurs. Je signalerai l'incident à lord Hastings et transmettrai toutes les instructions. Attendez-moi à Carrolton Park ces prochains jours. »

« Et Meredith aussi ? » avait demandé Yvette.

Il avait jeté un coup d'œil vers l'endroit où son amie discutait avec la nouvelle duchesse.

« Je vais voir ce que je peux faire. »

*

* *

Oh, si seulement Meredith s'était sentie à l'aise d'emmener Fortune avec elle. Elle força ses mains tremblantes à se calmer. Le cruel cousin d'Yvette se trouvait dans cette pièce même – une menace pour son amie. Pourtant, la première pensée de Meredith avait été d'aider Julian.

Il se dirigea vers elle, des ecchymoses sur son joli visage. Elle eut envie de le toucher, de le serrer dans ses bras, mais la bienséance exigeait qu'elle garde ses distances.

— Ce fut mouvementé, se força-t-elle à dire.

Le sourire de Julian était crispé.

— Pas assez mouvementé. Il s'est enfui. Et ma cravate est fichue, constata-t-il en regardant son torse.

C'était le cas, en effet. Froissée de manière irréversible et tachée de violet à cause du vin renversé.

— Mieux vaut votre cravate que votre visage. Si le cristal s'était brisé...

Meredith ne parvint pas à terminer sa phrase. Il lui prit la main.

— Tout ira bien, Meredith. La plus grande blessure est celle infligée à mon orgueil. Nous étions si proches du but.

Beaucoup trop proches, mais elle préféra ne pas s'attarder sur le sujet.

— Et maintenant ?

— Carrolton ramène Yvette à Carrolton Park. Villers restera en poste, pour ce que ça vaut. Je vais m'entretenir avec Hastings et les recontacterai. Yvette se demandait si vous seriez prête à m'accompagner.

— Naturellement.

Le sourire de Julian s'élargit devant la réponse rapide de Meredith.

— Je dois aller me changer, mais je peux vous accompagner au banquet si vous le désirez.

Quelques convives flânaient encore dans la galerie au lieu de s'approcher du buffet. Parmi eux, une femme s'avança vers eux, les yeux bleus brillants et les cheveux bruns finement bouclés autour de son visage étroit. La panique saisit Meredith. Elle attrapa le bras de Julian et tenta de le diriger vers la salle du banquet.

La petite femme, de quelques années sa cadette, fit un détour pour venir à leur rencontre.

— Pardonnez mon intrusion, s'excusa-t-elle d'une voix douce et haut perchée, mais j'ai le sentiment de vous connaître. N'êtes-vous pas mademoiselle Rose, la dame de compagnie de lady Winhaven ?

De pire en pire ! Les jambes de Meredith flageolèrent. Pourtant, il ne servait à rien de le nier. Julian connaissait son vrai nom. Il regarda Meredith en fronçant les sourcils comme si c'était la première fois qu'il la voyait.

— Autrefois, admit Meredith. C'est gentil de votre part de vous en souvenir. Mademoiselle Pankhurst, n'est-ce pas ?

— C'est exact.

Tels des oiseaux effarouchés, ses doigts s'agitaient devant sa robe bleu ciel, mais Meredith savait que c'étaient des commérages plutôt qu'un perchoir que cette femme espérait trouver. Parente éloignée de son ancienne maîtresse, Mlle Pankhurst courait les dîners pour colporter tout ce qu'elle savait.

— Que devenez-vous ? demanda Meredith, en espérant lui couper l'herbe sous le pied. Vous viviez avec votre frère lors de notre dernière rencontre.

Ses lèvres prirent une courbure triste, ce qui fit paraître son nez tordu plus long.

— Oui. Le pauvre Georgie est décédé et, depuis, j'aide Mlle Worthington. Et vous ? Quelles aventures vous avez vécues ! J'ai été surprise par le scandale.

Elle ne s'arrêterait pas.

— Il y en a toujours pour profiter du malheur, commenta Meredith.

Elle se tourna vers Julian, qui observait l'échange. Elle ne parvint pas à déchiffrer son expression.

— Monsieur Mayes, nous ne voulons pas vous retenir.

Mlle Pankhurst fit claquer sa langue.

— Certainement, monsieur. Vos efforts ont été admirables, mais votre cravate en a pâti. Vous devez vous en occuper.

— Pourtant, comment pourrais-je utiliser une excuse aussi peu convaincante et futile pour me priver d'une compagnie aussi agréable ? répliqua Julian avec un sourire charmeur. Vous parliez d'un scandale, je crois ?

— Sûrement pas à un mariage, tenta Meredith, mais son ennemie jurée se dérida et s'approcha de Julian.

— Vous n'êtes pas au courant ? demanda-t-elle en remettant en place une boucle de cheveux. Oh, cela a fait sensation. Je suis une parente de lady Winhaven, vous savez. Je suis apparentée à la moitié des plus grandes familles d'Angleterre.

Mlle Pankhurst gloussa, et ce son fit l'effet, pour les nerfs de Meredith, d'ongles sur un tableau noir.

— Lady Winhaven, réfléchit Julian. La vieille héritière qui est décédée l'an passé ?

— Celle-là même. Mlle Rose était sa dame de compagnie.

Meredith n'arrivait pas à respirer.

— C'est Mlle Thorn maintenant, et je dois vraiment insister pour que nous allions manger. Nous ne voulons pas décevoir la mariée.

Mlle Pankhurst s'empressa de lui barrer la route.

— Je voulais simplement vous présenter mes condoléances. Comme cela a dû être difficile pour vous, dit-elle d'un ton compatissant avant de se tourner vers Julian. Lady Winhaven a laissé des questions mineures la surmener, je le crains. J'ai cru comprendre qu'elle essayait de persuader Mlle Rose de la bonne conduite à tenir lorsqu'une crise d'apoplexie l'a terrassée.

Le souvenir ressurgit, stoppant toute autre pensée avec plus de vigueur que le rire de Mlle Pankhurst. Sa maîtresse lui criait dessus, avec son visage habituellement rougeaud, et, l'instant d'après, elle s'étouffait et s'effondrait, les yeux rivés au plafond. Une fois le choc passé, la joie était revenue ; Meredith était enfin libre. Ce sentiment avait fait disparaître la culpabilité.

— Je ne préfère pas en parler, déclara Meredith à son bourreau. Si vous voulez bien m'excuser, je vais me trouver une place.

— Permettez-moi, se proposa Julian en lui prenant le bras.

Mlle Pankhurst tenta une dernière fois de les retenir, mais Julian passa devant elle comme si ses apostrophes n'étaient que des murmures au vent.

Il accompagna Meredith à un siège non loin de la table d'honneur, où elle savait qu'une chaise attendait Julian. En faisant une révérence, il murmura :

— Vous ne pouvez pas laisser de telles bêtises vous troubler. Est-ce que tout ira pour vous si je m'absente pour me changer ?

Elle acquiesça. S'il restait, elle devrait répondre aux questions qui devaient le tourmenter. Aussi, elle s'assit, sourit et conversa avec les convives qui l'entouraient mais elle ne goûta pas une seule bouchée du merveilleux banquet.

Julian couperait les ponts avec elle. Mlle Pankhurst n'avait sans doute pas fait le rapprochement et compris que Meredith avait reçu un legs de sa défunte maîtresse, mais Julian se souviendrait de l'affaire maintenant que cette horrible femme l'avait portée à son attention. L'avocat de Meredith avait fait tout son possible pour taire son identité, et elle avait changé de nom afin d'empêcher tout lien. Mais certains murmuraient encore que Mary Rose avait tué sa maîtresse et profité de sa mort.

Il ne pouvait pas l'abandonner immédiatement. Il l'avait accompagnée à ce mariage, aussi devait-il la reconduire à Londres. Lorsqu'il la rejoignit au moment où elle faisait ses adieux à Jane, elle était si tendue qu'elle pensa qu'elle pourrait se briser en deux. Elle tressaillit lorsqu'il l'aida à monter dans son cabriolet.

Il ne s'exprima pas avant d'avoir dirigé les chevaux vers l'est.

— Pourquoi ne m'avez-vous rien dit ?

— Pourquoi n'avez-vous rien demandé ? répliqua Meredith, d'une voix plus aiguë qu'elle ne le souhaitait. Vous étiez content d'oublier la rupture temporaire de notre relation : cette période entre le moment où vous êtes parti faire fortune et le moment où vous m'avez retrouvée. Je vous ai expliqué que j'avais été dame de compagnie.

— Mais pas les circonstances, protesta Julian. Je commence à comprendre pourquoi. Alexander m'a parlé de cette affaire.

Bien sûr qu'il l'avait fait. Alexander Prentice avait été le mentor de Julian, l'avocat qui l'avait mis sur la voie du succès. Il avait représenté l'héritier de lady Winhaven, qui avait tenté de faire annuler le testament, car celui-ci léguait à Meredith un héritage important qu'elle ne méritait pas selon lui.

« Cette femme a fait preuve d'une négligence manifeste, avait soutenu l'avocat plus âgé devant le magistrat. Et son incompétence pourrait bien avoir provoqué le décès de sa maîtresse. Elle devrait être jugée pour meurtre, et non récompensée. »

Meredith frémit à ce souvenir.

— Ce fut une période très sombre, Julian. Je n'aime pas en parler. Cela n'a aucune incidence sur la personne que je suis aujourd'hui.

Une main sur les rênes, il couvrit de son autre main celle de Meredith, posée sur ses genoux.

— Mais si, Meredith. Vous avez vécu un calvaire : les mauvais traitements, le procès. Cela change une personne, la rend plus forte.

C'était effectivement le cas. Elle ne laisserait plus l'injustice l'accabler.

— Votre mentor pensait différemment.

— Alex défendait une cause. Je ne suis pas obligé d'être d'accord avec ses méthodes ou son opinion.

Meredith jeta un coup d'œil à Julian. Son sourire lui redonnait espoir.

— Alors vous n'allez pas prendre vos distances maintenant que vous connaissez la vérité ?

— Jamais, promit-il. Je ne vous en veux pas pour ce qui s'est passé. J'admire votre courage. J'aurais seulement aimé être là pour vous aider.

— Moi aussi.

Ces mots sortirent beaucoup trop doucement. Comme s'il le pensait également, Julian guida les chevaux vers l'herbe sur le rebord de la route, immobilisa la voiture et se tourna pour prendre Meredith dans ses bras.

— Pardonnez-moi, ma douce Mary, murmura-t-il. J'ai raté tellement de choses, je vous ai laissée lorsque vous aviez besoin d'aide. Alex ne m'a jamais dit le nom de la dame de compagnie de lady Winhaven. Sinon, je vous aurais retrouvée plus tôt.

Elle avait envie de le croire. Tant de choses avaient joué contre eux. Un avenir ensemble était-il encore possible ?

15

M. Villers ne put pas dès leur retour à Carrolton Park mettre en place le plan selon lequel Yvette serait le chaperon de lady Lilith et lui-même. Lady Lilith et sa mère se rendirent dans les appartements de la comtesse, où elles commencèrent à critiquer tous les invités du mariage pendant qu'elles ôtaient leurs beaux atours. Yvette prit un instant pour se changer également et, quand elle revint, les deux femmes poursuivaient leurs médisances.

— Et le duc d'Emerson, se plaignit lady Carrolton alors qu'Ada l'aidait à enfiler sa robe pour le dîner. Sa fille aînée était passable, mais j'ai cru comprendre que la plus jeune songe à devenir peintre. Il doit davantage serrer la vis.

— Ce n'est rien comparé à sir Trevor, argua lady Lilith tout en tapotant ses cheveux pour les remettre en place après son changement de tenue. J'ai entendu dire qu'il avait épousé la fille de l'homme qui s'occupait du domaine dont il a hérité.

— N'y a-t-il donc aucun homme qui souhaite épouser une femme de son rang ? se lamenta sa mère.

Lady Lilith leva le nez en l'air.

— Apparemment non. Vous vous souviendrez que le duc avait le choix entre trois dames éminemment convenables...

— Dont vous, approuva sa mère.

— ... et pourtant il a épousé sa gouvernante. Je suis également déçue par M. Villers. Toutes ces discussions sur le mariage, et il n'a jamais daigné demander à me tenir la main.

— Mais comment serait-ce possible ? rétorqua Yvette en toute innocence. Le comte m'a chargée d'être votre chaperon pendant que M. Villers vous courtise.

Lady Lilith eut le souffle coupé. Les rides cruelles autour de sa bouche disparurent et la lumière se mit à étinceler dans ses yeux clairs.

— Vraiment ?

— *Mais oui.* Si vous en doutez, interrogez votre frère.

— Je vais le faire.

Elle sortit avec empressement.

Yvette ne revit ni lady Lilith ni Gregory jusqu'à ce qu'ils se retrouvent tous pour le dîner. Quand elle entra dans la salle à manger, la comtesse appuyée à son bras, M. Villers discutait avec une lady Lilith écarlate. Gregory s'avança vers elle et M. Villers leva la tête, pâlit et baissa les yeux vers la table drapée de damas. Il fit de son mieux pour garder ses distances avec lady Lilith le restant de la soirée et se retira tôt dans sa chambre. Le comte le regarda partir.

— Gregory le déteste, gémit lady Lilith alors qu'Yvette se préparait à souhaiter une bonne nuit à la comtesse ; la jeune femme faisait les cent pas dans la chambre, ses jupes sombres tourbillonnant. Beau ne se déclarera jamais avec une telle animosité.

— Votre frère veut sûrement ce qu'il y a de mieux pour vous, argua Yvette.

Lady Lilith croisa le regard de sa mère.

— C'est ce que disait Père, et je suis seule.

La pièce parut plus froide, comme si le fantôme de l'ancien comte l'avait traversée. Yvette agita la main pour chasser cette pensée.

— Je vais parler au comte, lui expliquer ce que vous ressentez.

Lilith se dérida.

— Vous feriez cela ?

Lady Carrolton leva une main comme pour la bénir.

— Excellente idée. Il risque moins de passer sa colère sur les domestiques. Soyez prudente, cependant, French.

Être prudente ? Comme si elle ne l'était pas déjà ! En réalité, elle s'attendait plus ou moins à voir son cousin l'observer de derrière une statue dans l'élégant hall d'entrée lorsqu'elle descendrait l'escalier, bondir sur elle caché derrière un grand vase oriental dans le couloir, ou se cacher dans un recoin du salon raffiné. Claude n'était à aucun de ces endroits. Gregory non plus, d'ailleurs.

Elle alla finalement trouver M. Marbury. Le majordome était dans la cuisine, et discutait des projets du lendemain avec la cuisinière. Comme toutes les autres pièces de Carrolton Park, celle-ci portait l'empreinte de son maître. Les murs étaient d'une couleur crème chaude, les placards d'un jaune ensoleillé qui se reflétait dans les casseroles et poêles en cuivre astiquées. Des feuilles de palmier et des ananas en cuivre oxydé surmontaient les hautes colonnes en métal qui soutenaient le plafond. La massive table de travail au centre de la pièce était parée d'un plateau en marbre et, dans la cheminée en brique, se dessinait la porte ronde en fonte noire d'une rôtissoire. Napoléon aurait été jaloux.

— Pardonnez-moi, monsieur Marbury, s'excusa Yvette avec une révérence. Je dois transmettre un message de lady Lilith au comte. Pouvez-vous m'indiquer où il se trouve ?

Le majordome tendit sa grande main en soupirant.

— Je vais m'en charger.

Yvette grimaça.

— Je regrette, le message n'est pas sur papier. Je l'ai mémorisé.

— Alors récitez-le-moi.

Elle baissa le regard.

— Il est de nature personnelle. J'ai promis de n'en parler qu'au comte.

Marbury poussa un nouveau soupir et abaissa le bras.

— Quelles façons de faire, madame Clarke.

— De mon temps, les domestiques restaient à leur place, déclara la cuisinière plus âgée et corpulente, tout en tapotant ses boucles argentées.

— Ah, fit M. Marbury, mais vous n'êtes pas une domestique, n'est-ce pas, mademoiselle French ?

Yvette se figea. S'était-elle trahie ? Était-il au courant ? Elle leva la tête pour scruter son visage. Son sourire était gentil, son regard paternel. Elle prit une inspiration.

— Non, c'est vrai, admit-elle en souriant. Je suis la dame de compagnie de la comtesse.

Il opina du chef.

— Très bien. Monsieur le comte est dans la serre. Il n'apprécie pas d'être interrompu dans son travail. Je vais vous accompagner et lui expliquer la situation.

La déception s'accrochait à Yvette quand ils quittèrent la cuisine pour sortir dans la cour. Il lui fallut peu de temps pour comprendre pourquoi elle se sentait soudain triste. Elle avait espéré passer du temps seule avec Gregory. Elle ne voulait le partager avec personne, pas même avec Marbury.

Toutefois, pendant qu'ils traversaient la pelouse, elle se réjouit d'avoir la force du majordome à ses côtés.

Les serres étaient situées un peu à l'écart de la maison, très probablement pour éviter l'ombre des bâtiments. L'unique lumière provenait de l'intérieur des bâtiments de verre, le faible clair de lune s'enchevêtrant dans les arbres. Dans l'obscurité, Yvette n'aurait jamais vu son cousin approcher. Toutefois, lui non plus ne l'aurait pas vue facilement s'il surveillait la maison.

Ils atteignirent la serre la plus proche et le majordome ouvrit la porte. De l'air chaud et humide s'en échappa, accompagné des senteurs de la terre et de la vie. En entrant, Yvette promena son regard sur les lieux.

La serre était une structure longue et basse avec un toit pointu, la structure métallique soutenant le verre tel le squelette d'une créature gigantesque. Les pots de chaque côté contenaient de la terre sombre, des cendres argentées, des galets provenant du lit d'une rivière et de l'eau dans laquelle se reflétaient les lampes suspendues au plafond par des chaînes. Ici et là, des pots plus grands accueillaient de grands arbres d'un vert vif, chargés d'oranges. Au centre, les tables grinçaient sous le poids des lys roses, des asters violets et des soucis à frous-frous, le tout sous le noir scintillant du ciel nocturne.

Il fut aisé cependant de repérer le grand homme au manteau de tweed.

Il était près de la table la plus proche, les manches retroussées et le regard concentré. Ses mains étaient noires de terre ; la transpiration perlait sur son front, sans doute à cause de la chaleur de la serre. Devant lui se trouvaient des dizaines de petits pots, des fleurs parfumées agitant leur tête pendant qu'il allait chercher un récipient. Avec quelle douceur ces grandes mains tenaient la plante, avec quelle tendresse il la plaça dans un pot plus grand !

Marbury attendit que son maître ait fini avant de s'éclaircir la gorge. Gregory leva la tête et cligna des yeux comme s'il revenait de loin.

— Marbury ? Mademoiselle French ?

Yvette fit une révérence.

— Mlle French a un message de votre sœur, annonça Marbury. Il est de nature personnelle et plutôt urgente, d'après ce que j'ai compris. Puis-je la laisser vous expliquer ?

Gregory hocha la tête et Marbury se retira.

Le comte secoua ses mains pour les débarrasser de la terre et s'avança à grands pas vers Yvette.

— Que se passe-t-il ? Votre cousin a-t-il été aperçu ?

— Non, non. C'est bel et bien au sujet de votre sœur. Elle s'inquiète beaucoup pour M. Villers. Elle pense qu'il vous demanderait sa main si vous l'y encouragiez.

Le visage du comte se crispa.

— J'ai bien peur de ne pas pouvoir faire une telle chose.

Elle le regarda en fronçant les sourcils.

— Mais pourquoi ? Ce n'est pas un homme des plus admirables, j'en conviens, mais votre sœur l'aime beaucoup.

— Il n'a rien fait pour se montrer digne d'elle, et je n'accepterai pas une alliance tant qu'il ne l'aura pas fait.

Une fois de plus, il n'était que conviction, autorité. Néanmoins, Yvette pouvait ressentir son inquiétude, pour sa sœur, pour elle. Elle désirait apaiser la tension.

— Alors, racontez-moi, dit-elle avec son plus beau sourire. Que faites-vous ici la nuit ?

— Rien d'important.

Elle ne le croyait pas et elle n'était pas prête à quitter sa compagnie de sitôt. Elle flâna jusqu'à la table, puis se retourna vers lui.

— Je pense que c'est plus important que vous ne le prétendez. Vous avez une passion secrète. Vous devez me le dire.

*

* *

Une passion secrète. Alors qu'elle le regardait à travers ses cils dorés par la lumière d'une lampe, Gregory aurait facilement pu lui avouer qu'il commençait à tenir à elle. Penser que son cousin l'avait approchée non pas une mais deux fois lui glaçait le sang. Et il ne parvenait pas à faire comprendre à Julian ou à Villers que cette technique qui consistait à faire d'Yvette un appât était une folie.

Gregory s'était donc réfugié dans le seul endroit qu'il connaissait, le seul endroit où il se sentait utile. Le seul endroit où sa taille et sa force étaient sans importance. Même ses amis auraient pu rire de lui s'ils avaient su. Le puissant Carrolton, qui jouait dans la terre.

— Ce n'est qu'un passe-temps, répliqua-t-il.

Elle toucha une fleur du bout du doigt, et il eut l'impression qu'elle lui avait caressé la joue.

— Mais vous faites cela avec tant de soin. Et vous ne gardez pas ces merveilles pour vous. J'ai déjà vu ces fleurs – sur la coiffeuse de votre mère.

— Ce sont ses préférées, acquiesça-t-il.

Le sourire d'Yvette était tendre.

— Comme c'est attentionné. La comtesse a affirmé que c'était Marbury qui remplissait son vase. Mais en fait, c'est vous.

— Elle ne sortait pas beaucoup, voyez-vous, se sentit-il obligé d'expliquer. Ou du moins, pas jusqu'à votre arrivée. J'ai pensé que ces fleurs pourraient lui remonter le moral.

— Et celle-ci ? demanda Yvette devant l'*Hemerocallis*.

Il sourit face à la fleur éclatante à trois pétales.

— Des lys. Pour Lilith.

— Et vous commencez un nouveau projet, à ce que je vois, dit-elle en regardant la rangée de pots où les bulbes venaient tout juste de germer.

Il eut la gorge nouée.

— Je les ai plantés l'automne dernier, mais j'ai essayé de les forcer à fleurir en avance. *Iris pseudacorus*. L'iris des marais, ou comme certains l'appellent, « fleur de lys ».

Yvette se figea.

— L'emblème de la France.

Il fut incapable de répondre.

Yvette se tourna vers lui, les lèvres douces.

— Vous voulez qu'ils s'ouvrent pour moi ?

Pourquoi se sentait-il comme un enfant qu'on aurait surpris les doigts dans le pot de confiture ?

— Je pensais qu'ils vous rappelleraient votre pays.

Elle se jeta sur lui et le serra entre ses bras autant qu'elle put.

— Oh, Gregory, comme vous m'honorez.

Elle tremblait contre lui. Il passa ses bras autour d'elle, baissa la tête jusqu'à ce que son menton effleure les boucles de son crâne. Soyeuses. Et elle sentait la rose – *Rosa*. Même s'il était émerveillé, il entendit un son qui lui fendit le cœur. Il s'écarta.

— Vous pleurez ? Ce n'était pas mon intention, au contraire j'espérais que…

Elle rit à travers les larmes qui luisaient sur ses joues.

— *Non, non, mon cher,* vous vous méprenez. Ce sont des larmes de joie. Personne n'a jamais été aussi attentionné avec moi. *Merci beaucoup.*

Il poussa un soupir de soulagement.

— Oh, tant mieux. Eh bien, je vous en prie. Maintenant, je devrais vous raccompagner à la maison avant que Mère et Lilith se demandent où vous êtes passée.

Elle prit le bras qu'il lui offrait, mais le força à rester sur place.

— Avant, *mon cœur,* vous devez m'expliquer. Pourquoi êtes-vous aussi hostile à M. Villers ?

Il s'affaissa.

— Suis-je réellement obligé ?

— Oui, car je dois avoir quelque chose à dire à votre sœur. J'ai vu cet homme sous un mauvais jour chez Harry, je peux donc comprendre votre réticence.

— C'est un bon à rien. Il est censé être sur ses gardes, mais il n'a rien fait d'autre que séduire Lilith.

— C'est vrai. Il pense avant tout à ses intérêts. Lorsqu'il a menacé de faire chanter Harry, j'étais également en colère contre lui.

Gregory recula brusquement.

— Quoi ! Il a menacé Harry ?

Yvette lui tapota le bras.

— N'ayez crainte. Harry et moi l'en avons dissuadé. Je pensais qu'il avait retenu la leçon. Après tout, il a accepté d'aider lord Hastings.

— Très probablement pour éviter les poursuites, s'il a tenté de faire chanter des gens.

— Peut-être. Mais il semble admirer votre sœur. L'amour ne pourrait-il pas faire de lui un homme fort ?

Le comte secoua la tête.

— Vous avez traversé tellement d'épreuves, et pourtant vous croyez toujours au pouvoir de l'amour ?

Le sourire d'Yvette était triste.

— Il faut bien s'accrocher à quelque chose.

Accrochez-vous à moi. Ces mots faillirent sortir avant que Gregory serre les dents. Il avait déjà offert son cœur, dans le calme d'un salon anglais, et avait été éconduit. Il n'avait pas le droit de l'offrir à Yvette, pas tant qu'elle ne savait pas de quoi serait fait son avenir.

— Voulez-vous bien réfléchir à la question ? insista-t-elle. Votre sœur est vraiment heureuse avec lui. C'est tellement bon de la voir sourire. N'est-ce pas à cela que vous œuvrez ici ? demanda-t-elle en désignant les plantes d'un geste de la main. Créer quelque chose qui apportera de la joie à votre mère et à votre sœur ?

C'était vrai. Ces gestes simples procuraient à Gregory un sentiment de paix et lui rappelaient l'homme qu'il souhaitait être. Un homme qui prenait soin de sa famille et se souciait des besoins des autres.

Mais pour le moment, son besoin de serrer cette femme dans ses bras pouvait causer sa perte.

— Très bien, conclut-il. Je vais essayer de tolérer Beau Villers. Mais s'il fait du mal à Lilith de quelque manière que ce soit, je ne répondrai pas de mes actes.

Toute jovialité disparut du visage d'Yvette et il regretta ses paroles. Le mieux qu'il pouvait faire était de lui proposer de nouveau son bras et de l'accompagner jusqu'à la maison, laissant sa sérénité derrière lui dans la serre.

16

Que devait penser Yvette de lui ? Elle observa Gregory au cours des jours suivants. Il tint parole, traitant Villers avec cordialité, même si parfois son visage montrait des sentiments contradictoires. Comme s'il ne l'avait pas remarqué, l'aspirant agent du renseignement ne tarit pas d'éloges sur lady Lilith, dont il s'éloignait rarement du petit déjeuner au dîner. Lilith s'épanouissait sous ses attentions, son rire était chaleureux, son sourire éclatant. Et cela ne fit qu'accroître la détermination de son prétendant à lui plaire.

Il n'y eut pas d'autre signe de Claude. Yvette mettait un point d'honneur à demander chaque jour à Gregory ou à M. Villers quand elle pourrait échapper à ses fonctions.

« Il n'osera pas se montrer, s'était vanté M. Villers. Nous lui avons fait peur au point qu'il est rentré en France. »

Yvette lui avait souri.

« J'en doute. Ce ne sera pas son visage que vous verrez, monsieur. Mais l'éclat de sa lame avant qu'elle transperce quelqu'un. »

Cette remarque avait fait disparaître le rictus de Villers.

Mais avec lady Lilith au centre de l'attention, lady Carrolton se montra de plus en plus exigeante, et il devint difficile pour Yvette de chaperonner Lilith ou de quitter la maison. La comtesse insistait pour qu'Yvette lui tienne compagnie et recommença à réclamer les remèdes de sa mallette rouge.

— Vous devez lui dire qu'elle n'en a pas besoin, glissa-t-elle à Gregory lorsqu'il vint rendre visite à sa mère le surlendemain de leur retour du mariage.

Il s'assit obligeamment sur la chaise et posa la mallette sur ses genoux. Si la comtesse pensait qu'il protégerait ses précieuses pilules, elle allait être déçue.

— Purgatif, lut-il sur un flacon de liquide. Pourquoi auriez-vous besoin de vous purger, Mère ? La cuisinière est très compétente.

De même, il écarta les pilules pour l'endormir et la réveiller.

— L'exercice et le plein air vous feront bien plus de bien.

Il lui laissa sa fiole de sels et ses mouchoirs.

— Méchant, marmonna sa mère comme il emportait le reste.

— Je vais voir ce que je peux faire, la rassura Yvette.

Elle suivit le comte d'un pas hâtif et le rattrapa dans le couloir.

— Certes votre mère compte trop sur ses médicaments, mais êtes-vous sûr qu'il soit sage de lui en retirer autant ?

Les bras chargés d'un assortiment de pilules, de potions et de produits, il secoua la tête.

— Je ne peux avoir de garanties sur aucun de ces médicaments, Yvette. Tant que je ne sais pas s'ils sont sans danger pour elle, je les garde hors de sa portée, expliqua-t-il, avant de lui offrir un sourire contrit. Je suis désolé. Je sais que cela risque de compliquer votre tâche. Je passerai vous voir plus souvent.

Ce qu'il fit. Deux fois tous les matins, pour le thé l'après-midi et après le dîner, il faisait la lecture à sa mère, partageait des informations du *London Times* et lui rappelait des souvenirs de sa jeunesse. Dernier point qu'Yvette trouvait particulièrement intéressant.

— Tu te rappelles quand nous allions à la maison de Clarendon Square avec ton père pour l'ouverture du Parlement ? demanda-t-elle un jour alors qu'ils étaient rassemblés autour de la desserte à thé.

Lilith et Villers étaient partis faire du cheval, accompagnés d'un palefrenier armé. Si Lilith s'interrogeait sur cette précaution, elle ne s'en était pas étonnée auprès d'Yvette.

Le comte s'adossa au dossier de sa chaise, qui grinça en signe de protestation. Il se redressa précipitamment, équilibrant la délicate tasse en porcelaine dans sa grande main.

— Je me souviens lorsque Père m'a emmené voir le roi passer les troupes en revue. C'était très émouvant.

Sa mère soupira et jeta un coup d'œil à sa tasse de thé.

— Oui, ton père a toujours pensé que tu ne devrais pas être trop influencé par les femmes de cette maison. J'avais Lilith, bien entendu, mais j'aurais aimé passer plus de temps avec toi.

Il reposa son thé.

— Je suis là maintenant, Mère. Que voudriez-vous savoir ?

Les yeux de la comtesse devinrent humides.

— Pourquoi ne te maries-tu pas ? Tu ne voudrais pas que le domaine revienne à un cousin éloigné.

La chaise grinça de nouveau sous l'agitation du comte, et son regard passa rapidement sur Yvette, avant de revenir sur sa mère.

— Non, Mère. Mais j'ai été occupé à remettre les choses en ordre après le décès de Père.

Elle fronça les sourcils.

— Pendant cinq ans ? Il ne peut pas avoir laissé le domaine dans un si piètre état.

— Votre fils a également été dévoué à vos soins, fit remarquer Yvette.

— Pff, souffla la comtesse. Il est grand temps que tu te maries. Une gentille Anglaise de bonne famille avec une fortune. Tu devrais pouvoir en trouver une.

Aucune de ces caractéristiques ne s'appliquait à Yvette. Son moral chuta nettement.

Non pas qu'elle ait l'intention d'épouser Gregory. Mais comment pouvait-elle concilier les deux images de cet homme : celle qu'elle avait de lui et celle qu'avait sa famille ?

Il y avait la brute que sa mère et sa sœur craignaient de courroucer.

Le jardinier tranquille qui leur faisait pousser des fleurs en secret, sans jamais chercher leur approbation ni leurs remerciements.

Le lord imposant qui refusait de laisser sa sœur épouser l'homme qu'elle aimait.

Le vaillant protecteur qui risquait sa vie pour assurer la sécurité d'Yvette.

Qui était cet homme ?

Malgré toutes ses interrogations, Yvette ne pouvait pas contester la raison pour laquelle elle craignait la vérité. Cela faisait des années qu'elle cachait son cœur. Elle ne pouvait pas se sentir en sécurité de le dévoiler maintenant.

Sa tension augmenta alors qu'ils se préparaient pour l'église ce dimanche-là. Claude devait savoir qu'elle serait présente. Trouverait-il un moyen de l'attaquer ? Gregory devait le craindre tout autant, car il restait à ses côtés tandis que Villers se collait à elle de l'autre.

— Qui donc escortez-vous, monsieur ? geignit lady Lilith quand ils atteignirent la porte de l'église.

— Vous, chère demoiselle, comme toujours, lui assura M. Villers, puis il jeta un coup d'œil à Gregory. Mais…

— Mais il veut s'assurer que je vous fais honneur, compléta Yvette. Je suis tellement peu habituée à une aussi belle compagnie.

— Exactement, confirma Villers, qui se redressa et regarda Yvette en fronçant les sourcils. Je ne veux pas que la réputation de ma bien-aimée soit entachée par un comportement inapproprié.

Lady Lilith lui tapota la main.

— C'est très gentil de votre part, Beau, mais j'ai la plus grande confiance en French. Elle s'occupe à merveille de Mère et m'a aussi aidée. Maintenant, venez.

Gregory parut surpris. Yvette ne put que sourire.

Bien encadrée par ses protecteurs sur le banc, la tête de ses voisins dépassant largement la sienne, elle put se détendre et profiter de ce moment de recueillement. Elle était toujours en vie. Lady Lilith l'avait complimentée. Des amis l'entouraient. Elle avait de nombreuses raisons d'être reconnaissante.

Elle jeta un coup d'œil à Gregory. Son regard était rivé sur le pasteur, mais, de temps en temps, ses lèvres bougeaient, comme s'il parlait à quelqu'un en privé.

Priait-il ? Yvette n'avait pas réussi à prier depuis sa dernière venue dans cette église. Dieu l'écouterait-il ? Elle avait enfreint tant de ses commandements.

— Pensez-vous que Dieu comprend la guerre ? demanda-t-elle à Gregory alors qu'ils retournaient à la voiture après la messe en cette belle journée de printemps.

Villers était juste devant, lady Carrolton à un bras et lady Lilith à l'autre. Yvette espérait qu'il ouvrait la marche en éclaireur, mais elle en doutait.

Ce n'était guère nécessaire d'ailleurs. Gregory scrutait le cimetière comme s'il tentait de voir derrière chaque pierre tombale, chaque arbre. Son froncement de sourcils empêchait quiconque de venir discuter avec eux.

— Dieu sait tout, répondit-il. Donc oui.

Une foi si simple. Dommage qu'Yvette ait perdu la sienne en même temps que sa famille. Elle jeta un coup d'œil à l'église abritée, entourée de sa haie verte, aux villageois si confiants et polis. À l'homme à côté d'elle, si fort, si ouvert. Si elle pouvait trouver la paix quelque part, ce serait ici.

La comtesse se sentait assez en forme pour qu'ils passent l'après-midi tous ensemble. Yvette pensa que Gregory pourrait les autoriser à s'aventurer à l'extérieur, comme l'avait suggéré Villers, mais il insista pour les installer plutôt dans le salon sud, baigné par la lumière du soleil. Entouré de tapisseries pourpres et bleues et de meubles sculptés, Villers proposa de divertir ces dames avec des histoires de la bonne société. Des commérages en réalité. Yvette en avait trop souvent entendu à Paris. La réaction de Gregory l'intéressait davantage. Plutôt que de les rejoindre près de la cheminée, il s'était dirigé vers la fenêtre et ne cessait de regarder dehors. Elle se leva de son siège pour s'approcher de lui.

— Avez-vous repéré un danger dans les jacinthes ? le taquina-t-elle en désignant le tapis de fleurs sous les arbres. Ou vous demandez-vous si ce sont les prochaines fleurs que vous planterez ?

Il se tourna vers elle en souriant.

— Je n'ai pas besoin de les cultiver. Elles poussent à profusion tous les ans. Mais j'aimerais que cette histoire soit terminée, poursuivit-il en baissant la voix.

— Moi aussi. Pourtant, vous avez raté l'occasion de m'exhiber sur la pelouse.

— Et je recommencerai. Julian devrait être là à l'heure qu'il est. Tant que je ne sais pas pourquoi il est en retard, vous restez là où je peux assurer votre sécurité.

Yvette ne savait pas si elle devait le remercier ou protester une fois de plus.

À cet instant, lady Lilith rit à un propos de Villers, et Gregory la regarda en fronçant les sourcils.

— Elle est heureuse, murmura Yvette. Réjouissez-vous-en.

— Je m'inquiète davantage pour son bonheur sur le long terme.

Le comte adressa un signe de tête à Yvette et il retourna vers le groupe.

— Monsieur Villers, j'aimerais vous parler.

Ce n'était pas une requête. Villers se leva précipitamment et suivit le comte hors de la pièce.

Lilith s'effondra contre le dossier du divan. Yvette revint près d'elle.

— Vous voyez. Gregory lui en veut toujours.

— Et pourquoi cela ? demanda Yvette, dans l'espoir d'apaiser ses craintes. Le comte est un homme raisonnable.

— Parfois, marmonna sa sœur avant de se mordre la lèvre.

— Tu ne peux pas blâmer Gregory cette fois, déclara sa mère. M. Villers a de l'éloquence et de l'esprit. Mais il n'a aucun revenu et une famille douteuse. Je pourrais presque penser que c'est un coureur de dot.

Lilith fondit en larmes, se leva brusquement et quitta la pièce en courant.

Lady Carrolton fit claquer sa langue.

— Je n'ai pas dit que je ne l'aimais pas, mais il faut se rendre à l'évidence. D'ailleurs, il pourrait être intéressant d'avoir un coureur de dot dans la famille.

— Vous êtes incorrigible, lâcha Yvette.

La comtesse sourit en se redressant sur la bergère.

— C'est vrai, je le reconnais. Eh bien, French, tout le monde est parti. À vous de me divertir. Que pouvez-vous faire ?

Si seulement elle savait.

Yvette écarta les mains.

— Comme vous l'avez vu, je sais bien écouter.

Lady Carrolton hésita un instant.

— C'est toujours ça. Mais je suis lasse de parler.

— C'est nouveau ?

La comtesse fronça les sourcils, comme si elle ne savait pas si Yvette la taquinait ou non.

— Pourquoi ne pas jouer du piano pour moi ?

— Mes doigts sont fatigués, répondit Yvette.

— Vous chantez, peut-être ?

— Je chante faux.

— Vous connaissez des poèmes ?

— Seulement de sombres prophéties.

Lady Carrolton frappa dans ses mains.

— Excellent. Je vous écoute.

— Vous avez envie de commérages, l'accusa Yvette.

— Cela ferait aussi l'affaire.

Yvette rit.

— Très bien. Je connais peu votre aristocratie, mais je me souviens d'une ou deux anecdotes de la France.

Elle lui relata quelques histoires de son séjour à la Cour. La comtesse haleta de plaisir ou fustigea sa vanité, en fonction de l'anecdote.

Ni Gregory ni Villers ne revinrent avant le dîner, et Marbury vint annoncer que lady Lilith resterait dans sa chambre. La comtesse décida de prendre également un plateau dans sa chambre plutôt que de souper avec les autres. Yvette s'était résignée à une soirée tranquille lorsque Lilith entra dans la chambre de sa mère. Elle portait une robe en laine sobre qu'Yvette pensait avoir offerte au personnel, et ses cheveux étaient de nouveau plaqués en arrière. Pâle, les yeux troubles et larmoyants, elle se dirigea droit vers le lit, se pencha au-dessus de la comtesse et l'embrassa sur le front.

— Bonne nuit, Mère. N'oubliez jamais que je vous aime.

Yvette eut un pressentiment, aussi se planta-t-elle entre la jeune femme et la porte.

— Que faites-vous ?

Lady Lilith se redressa avec sa hauteur habituelle.

— Cela ne vous regarde pas.

— Peut-être pas, concéda Yvette. Mais cela concerne votre frère, non ?

Ses yeux s'écarquillèrent.

— Non ! Ne dites rien, sinon je…

— Sinon quoi ? Vous allez me frapper ? Faites attention, Mademoiselle. Je riposterai.

Lilith s'éloigna d'Yvette d'un pas.

— Mère, dites à votre dame de compagnie qu'elle ne doit rien dire à Gregory.

— Je n'en ferai rien, répondit sa mère. Elle a raison. Tu agis bizarrement et je veux savoir pourquoi.

Lady Lilith retourna précipitamment vers le lit. Sa voix était basse et haletante.

— Gregory ne donnera jamais à Beau la permission de m'épouser. Nous nous enfuyons pour nous marier à Gretna Green[1], ce soir.

— Quoi ? s'écria Yvette alors que la comtesse fixait sa fille.

Lady Lilith hocha la tête.

— Vous devriez être contente, French. Vous m'avez encouragée à prendre les choses en main. Voilà, c'est ce que je fais.

*

* *

Gregory ne parvenait pas à trouver le repos ce soir-là. Un espion français rôdait dans son domaine, une dame française aux cheveux blond vénitien soyeux rôdait dans ses pensées. Et Beau Villers était une fouine et un lâche.

— D'accord, d'accord, avait-il dit lorsque Gregory l'avait emmené dans le salon nord pour lui redemander ses intentions. Vous avez raison de m'interroger. Chaque jour qui passe, je tombe un peu plus amoureux de Lilith. Elle est tout ce que je peux souhaiter chez une femme. Cependant, même si j'admire votre sœur, je ne peux pas me résoudre à la demander en mariage. J'aurais du mal à lui offrir le style de vie

---

1. Première ville située du côté nord de la frontière anglo-écossaise, où se rendaient de nombreux jeunes Anglais qui n'avaient pas l'autorisation (nécessaire dans le droit anglais) de leur famille pour se marier. *(N.d.T.)*

auquel elle est habituée, expliqua-t-il, puis son expression était devenue malicieuse. À moins, bien sûr, que vous ne soyez enclin à être conciliant.

Gregory avait dû mal comprendre, ce n'était pas possible.

— Conciliant ? demanda Gregory, qui perçut le grognement dans sa propre voix.

Pour une fois, Villers ne se laissa pas décourager. Il se pencha en avant.

— Oui. Elle a un petit héritage de votre père, d'après ce que j'ai compris. Une somme dérisoire, vraiment. En tant que frère bien-aimé, vous voudriez être plus généreux.

Le froid et la chaleur envahirent tour à tour Gregory.

— Vous voulez un pot-de-vin pour épouser ma sœur ?

Villers leva les mains en l'air et se redressa.

— Non ! Jamais. Je souhaite simplement garantir son bonheur. Je serais ravi d'accepter en son nom un petit domaine près de Londres, une maison de ville par exemple, avec ses propres écuries bien entendu.

Le sourire de Villers écœurait Gregory.

— Vous n'obtiendrez rien de moi, cracha-t-il. Je veux que vous quittiez ma maison demain matin.

Villers blêmit.

— Mais ma mission ? La sécurité d'Yvette ?

— Je vais m'occuper d'Yvette et de l'avenir de ma sœur. Au revoir, monsieur Villers.

Il se leva.

— Êtes-vous égoïste au point de refuser le bonheur des autres ?

Gregory se mit debout d'un bond.

— Dehors !

Villers détala.

Gregory ne s'était pas rassis depuis.

Égoïste. Il n'avait jamais pensé que ce terme pouvait lui être appliqué. Était-ce égoïste de vouloir pour sa sœur mieux qu'une fourbe canaille pour époux ? Elle serait anéantie par le départ de Villers, mais mieux valait cela que passer sa vie avec un tel homme. Ou aurait-il dû laisser Lilith prendre cette décision ?

Était-ce égoïste de garder Yvette enfermée, de la protéger de son cousin ? C'était son devoir, mais c'était aussi son besoin. L'idée qu'elle puisse être blessée rendait sa respiration difficile. Mais Yvette pouvait prendre soin d'elle-même. L'étouffait-il ? Faisait-il durer le danger en lui refusant d'y faire face ?

Il fit les cent pas dans le salon, jusqu'à ce que les bougies agonisent dans le bougeoir. Il les moucha et s'en alla. Dommage qu'il ne puisse pas éteindre le son de ses pensées tout aussi facilement.

Il arrivait dans le hall d'entrée lorsqu'il entendit un bruit dans l'escalier. Étrange. Il aurait dû être le seul debout à cette heure de la nuit. Il avait envoyé Marbury se coucher des heures plus tôt. Le bruit revint, un pas furtif. Ses muscles se contractèrent, prêts au combat.

Quelqu'un était chez lui.

Gregory avança en plaquant son dos contre le mur, puis se cacha derrière la statue d'Apollon. Une ombre courut sur les dalles en direction de la porte d'entrée. Elle s'en allait ? Gregory arrivait-il trop tard ? Claude de Maupassant était-il entré dans la maison et avait-il blessé Yvette ?

En poussant un cri, Gregory bondit et saisit l'individu, qu'il souleva du sol.

— Gregory !

Dans sa rage, il entendit à peine la voix de sa sœur. Quelqu'un alluma une lampe, et Gregory aperçut le visage de Beau Villers, qui prenait une horrible teinte violette, tandis qu'une des mains de Gregory serrait sa trachée.

Il relâcha Villers, qui tomba sur les dalles et toussa. Les chaussures de Lilith claquèrent sur la pierre bleu-violet alors qu'elle se précipitait à ses côtés.

— Beau, chéri, allez-vous bien ?

Villers se frotta la gorge.

— Oui, mais pas grâce à lui. Je devrais vous accuser d'agression, monsieur.

Cette menace était une forme d'agression en soi, à laquelle s'ajoutait le regard de sa sœur.

— Que faites-vous ? leur demanda Gregory, qui se sentit soudain lourd.

— Ils s'enfuient, déclara sa mère.

Gregory se retourna et il l'aperçut au pied de l'escalier, appuyée au bras d'Yvette. Cette dernière grimaçait, comme si elle seule savait ce que cette trahison signifiait pour lui.

Lilith se releva, la tête haute.

— Oui, je m'enfuis. Pour épouser l'homme que j'aime. L'homme que tu as refusé d'accepter.

— Parce que seul l'argent l'intéresse ! protesta Gregory.

Lilith campa sur ses positions.

— Elle sait qu'il en veut à sa fortune, intervint la comtesse. Elle s'en fiche.

— Non, protesta Lilith. Je ne m'en fiche pas. Beau me traite avec respect. Il m'écoute.

— Combien de temps t'écoutera-t-il lorsqu'il ne restera plus rien de ta dot ? la défia Gregory.

— Plus longtemps que toi ! Tu es une brute et un tyran, et je ne sais pas pourquoi je t'ai supporté aussi longtemps.

Elle inspira, les yeux écarquillés, et tendit la main vers son frère.

— Oh, Gregory, je suis sincèrement navrée. Je ne le pensais pas. Oh, je ne vaux pas mieux que Père !

Leur mère avança d'un pas chancelant, Yvette à ses côtés.

— Si. Vous valez tous les deux mieux que lui. Vous le devez.

Étaient-ils tous devenus fous ?

— De quoi parlez-vous ? demanda Gregory.

Lilith retint un sanglot et elle se pencha pour aider Villers à se relever.

— Arrête de faire comme si tu ne savais pas.

— Ne pas savoir quoi ? insista Gregory, sa voix résonnant contre les statues.

Ailleurs dans la maison, des portes claquèrent et des pas retentirent. Il avait réussi à réveiller les domestiques.

Personne autour de Gregory ne semblait se soucier qu'ils aient bientôt un public. Sa mère évitait son regard. Lilith gardait la tête baissée. Villers dévisagea tour à tour Lilith et le comte, visiblement perplexe.

— Je vais vous le dire, se lança Yvette, brisant le silence. Votre père était cruel avec votre mère et votre sœur et elles craignent que vous ne soyez comme lui.

17

Gregory dévisagea Yvette, les yeux écarquillés, le corps raide, et elle sut la vérité. Il ne les aurait jamais traitées aussi mal. Il n'en était pas capable.

— Ce n'est pas possible, protesta-t-il. Père était un homme bon. Il n'aurait jamais fait de mal à Mère ni à Lilith.

— Il l'a fait, rétorqua Lilith, d'une voix basse et maîtrisée. Davantage à Mère qu'à moi, surtout à partir du moment où j'ai été capable de le regarder dans les yeux. Il disait que c'était pour notre bien, que notre caractère s'en trouverait renforcé si nos failles étaient mises en évidence. Nous avions des défauts, voyez-vous, et nous avions besoin qu'il nous corrige et nous guide.

Yvette se sentit mal. Un dégoût similaire était visible sur le visage de Gregory.

— Je ne l'ai jamais su, je ne m'en suis jamais douté.

Il frottait ses mains sur son pantalon comme pour les essuyer.

— Eh non, fit Lilith. Ou peut-être es-tu d'accord avec lui. Les hommes aiment qu'une femme soit affaiblie.

— Non, insista Gregory en secouant la tête comme pour clarifier ses pensées.

— Il n'y avait pas que nous, ajouta lady Carrolton. Je sais qu'il te critiquait aussi, Gregory. Je l'ai entendu.

— Rarement, et j'étais en général d'accord avec son jugement.

C'était vrai. Gregory était trop humble, et Yvette se fit la réflexion que telle était sa nature, quelle que soit l'attitude de son père.

Lilith frémit.

— Pas moi. Ou du moins, je ne voulais pas être d'accord avec lui. Mais quand on est rabaissé un certain nombre de fois, on commence à se poser des questions.

— Nous pouvons apprendre de la douleur, murmura Yvette, mais j'ai toujours pensé que l'amour était un meilleur professeur.

Villers passa son bras autour de la taille de Lilith.

— Je suis vraiment désolé que vous ayez vécu de tels affronts, ma chérie. Rassurez-vous, je ne révélerai jamais votre honte.

Il jeta un coup d'œil au comte.

Gregory respirait fort, comme s'il venait de courir. Yvette ne pouvait pas supporter qu'il pâtisse davantage, surtout si Beau Villers se livrait à ses manigances habituelles.

— Non, vous ne ferez rien de tel, monsieur Villers, affirma-t-elle. Vous savez à quel point je suis bouleversée lorsque mes amis sont menacés. Vous et moi en avons déjà discuté. De façon tranchante.

Il se frotta la gorge de sa main libre. Lorsqu'il avait tenté de faire chanter Harry pour avoir aidé Yvette, elle avait pointé son poignard sur lui.

— Oui, bien sûr, convint-il. Je ne ferai jamais rien qui puisse bouleverser l'un d'entre vous.

— Alors, tu es déterminée à te marier ? demanda Gregory en regardant sa sœur. Malgré mes appréhensions ?

Villers leva le menton. Lilith aussi.

— Oui, répondit-elle, et sa voix résonna dans le hall d'entrée.

Gregory hocha la tête.

— Très bien. Villers, partez pour Londres pour demander une dérogation. Vous pouvez vous marier ici. Inutile d'imposer à Lilith le scandale d'un mariage à Gretna Green.

Avec un cri de joie, Lilith se tourna et enfouit sa tête dans l'épaule de Villers. Celui-ci fit un signe de tête à Gregory.

— Nous commencerons les préparatifs demain, annonça la comtesse. Venez, French. Il est temps que j'aille me coucher.

Yvette faillit ne pas la suivre. Le comte avait l'air perdu, si seul dans son magnifique hall d'entrée. Elle avait envie de le serrer contre elle, de lui dire qu'elle croyait en lui, qu'elle connaissait la vérité même si sa sœur et sa mère pouvaient en douter.

Mais elle devait jouer son rôle. Une dame de compagnie ne passerait jamais ses bras autour de son employeur pour l'étreindre en murmurant des mots de réconfort contre son torse. Si des dizaines de personnes devaient bientôt arriver pour un mariage, lady Carrolton et lady Lilith ne devaient pas avoir de doutes sur la véritable identité d'Yvette.

Pourtant, elle ne pouvait pas laisser Gregory ainsi.

— Je vous remercie, monsieur. Vous êtes un homme bon.

Le regard qu'il lui lança lui fit comprendre qu'il ne le croyait plus.

*
* *

Yvette ne vit pas Gregory le lendemain matin. Il n'était pas au petit déjeuner lorsque la comtesse descendit avec Yvette. En revanche, Lilith et Villers étaient présents ; ils roucoulaient comme s'ils profitaient de chaque instant avant que Villers parte pour Londres afin de demander une dérogation. Gregory ne vint pas rendre visite à sa mère ce matin-là, ni pour le thé dans l'après-midi. Son absence rendit la comtesse plus irritable.

— Montrez-moi ce papier, exigea-t-elle à plusieurs reprises, afin de barrer des noms qu'elle avait demandé à Yvette d'ajouter à la liste croissante d'invités pour le mariage.

Un instant plus tard, elle ordonnait à Yvette de réinscrire ces noms.

— Stop, déclara Yvette en mettant de côté le papier hachuré. Nous retravaillerons sur cette liste demain.

La comtesse fit la moue.

— Ce n'est pas à vous de décider.

— Comme c'est moi qui écris, je pense que si. Et vous n'êtes pas attentive. Admettez-le, comtesse : votre fils vous manque.

La vieille dame se redressa sur son fauteuil près du feu.

— Bien sûr que mon fils me manque. Il m'a toujours manqué quand il était au pensionnat ou en voyage.

— Sauf que, là, il n'est pas parti. Je pourrais le trouver pour vous.

La comtesse se dérida.

— J'ai une meilleure idée.

Elle s'empara de sa cloche sur la table à côté d'elle et la fit sonner. Le bruit retentissant emplit la pièce.

Yvette se couvrit les oreilles de ses mains.

— Je suis là ! Arrêtez !

— Pas avant d'avoir vu Gregory, insista la comtesse.

Ada apparut la première. Elle entra dans la pièce en trombe, tremblante.

— Avez-vous besoin de moi, Madame ?

— Non. Je veux mon fils.

Après une révérence, Ada décampa.

Elle ne devait pas avoir réussi à trouver Gregory, car la personne qui réagit ensuite au vacarme de la comtesse fut M. Marbury. Il s'arrêta net lorsqu'il vit Yvette assise à côté d'elle. Yvette écarta les mains en signe d'impuissance.

— Trouvez-moi mon fils, dit la comtesse.

— Immédiatement, Madame.

Le majordome s'inclina et quitta la pièce.

Au moment où la comtesse soulevait la cloche pour la refaire tinter, Yvette l'attrapa et la lui prit des mains.

— C'est à moi, protesta lady Carrolton. J'en ai besoin.

— Que va penser votre fils si vous le sonnez comme un domestique ? argua Yvette, qui se leva pour poser la cloche sur la coiffeuse de l'autre côté de la pièce.

— Il saura qu'il doit venir plus tôt la prochaine fois.

Yvette secoua la tête en rangeant la cloche dans un tiroir.

— Sonniez-vous aussi votre mari ? demanda-t-elle à lady Carrolton en revenant à ses côtés.

La comtesse leva le nez en l'air, et Yvette eut l'impression de voir lady Lilith.

— Certainement pas. Il n'aurait jamais répondu, et je n'avais pas de cloche à l'époque.

Yvette réussit à faire parler la comtesse des fleurs pour le mariage, mais elle fut soulagée lorsque M. Marbury revint peu de temps après. Malheureusement, ses paroles n'apaisèrent pas la comtesse.

— Je regrette, Madame, monsieur le comte est occupé avec des questions concernant le domaine. Il souhaite que je vous assure de ses pensées les plus affectueuses à votre égard.

Les domestiques étaient-ils au courant des événements de la nuit ? Ils s'étaient produits tard et ils dormaient dans les derniers étages, à l'arrière de la maison. Yvette avait cru entendre des pas approcher, mais elle était partie avec la comtesse avant de croiser qui que ce soit. Marbury était-il conscient du message qu'il transmettait ?

Ses pensées les plus affectueuses...

« Je ne vous ferai jamais de mal, Mère, mais je ne suis pas sûr de pouvoir me contrôler pour le moment. »

Yvette se leva.

— Je vais lui parler, Madame. Veuillez m'excuser.

Elle pensait que la comtesse ou le majordome essaieraient de l'en dissuader, mais ni l'un ni l'autre n'intervint. Marbury l'accompagna hors de la pièce. Ada attendait dans le couloir et Marbury lui fit signe d'entrer et de rester avec la comtesse en l'absence d'Yvette.

— Je vous remercie, mademoiselle French, dit-il alors qu'ils s'avançaient dans le couloir. Je n'ai jamais vu le comte aussi troublé.

— Avez-vous connu son père ?

— Oui. J'étais premier valet avant que le comte actuel me promeuve à ce poste.

— Et que pensiez-vous du précédent lord Carrolton ? continua Yvette au moment où ils arrivèrent dans le hall d'entrée.

— Puis-je seulement dire que la mort du précédent comte n'a pas suscité beaucoup de chagrin ?

Le visage du majordome resta impassible, mais son ton était lourd de jugement. Peut-être aucun des domestiques n'avait-il approuvé leur maître. Si Marbury avait été au courant des tendances de son employeur, qu'aurait-il pu faire ? S'il avait protesté, l'ancien lord Carrolton l'aurait simplement renvoyé. Et si Marbury avait démissionné, il aurait risqué de ne jamais trouver d'autre poste, faute de recommandation. Dans un sens, les domestiques étaient tout aussi piégés que la comtesse et sa fille.

Yvette pensait que Marbury la conduirait à un cabinet ou à l'un des salons, mais il la fit sortir par la porte arrière et lui désigna les serres, qui étincelaient au soleil.

— Monsieur le comte a demandé à ne pas être dérangé. Mais je suis sûr qu'il ne faisait pas allusion à vous.

Yvette jeta un coup d'œil au majordome en fronçant les sourcils. Son visage ne trahit rien, mais elle crut apercevoir une lueur dans ces yeux sombres.

— Que savez-vous, monsieur Marbury ?

— Seulement ce que j'observe, mademoiselle French. Bonne chance.

*
* *

Gregory souleva le bulbe de *Tulipa* endommagé et le déposa dans la terre qu'il avait préparée. Son jardinier avait bêché une partie du terrain et avait accidentellement abîmé quelques bulbes. Gregory essayait de les sauver. Leurs fleurs d'un rose clair s'accordaient bien à la chambre de Lilith.

Mais ce ne serait bientôt plus la chambre de Lilith, n'est-ce pas ?

Gregory inspira et tâcha de se concentrer. Le travail le calmait en général, faisait temporairement disparaître les soucis. Cependant, des images ne cessaient de l'obséder.

Sa mère qui avait peur de lui.

Le regard provocateur de Lilith.

Le sourire narquois de Villers.

Yvette qui le dévisageait comme si elle le voyait pour la première fois.

Ses mains étaient couvertes de terre, mais c'était son âme qui lui paraissait sale.

Son père avait traité sa mère et sa sœur de manière abominable. Combien de fois avait-il martelé à Gregory qu'il devait être un gentleman ? Il devait protéger et soutenir les personnes qui étaient sous sa responsabilité : sa famille, ses amis, ses métayers et même les citoyens de la nation par le biais de son œuvre au Parlement. Comment son père avait-il pu renoncer à ce devoir en maltraitant sa propre famille ?

Avait-il la même attitude ?

Gregory entendit la porte s'ouvrir et se refermer, puis le bruissement du tissu sur le carrelage.

— Pas maintenant, Lilith, dit-il en se concentrant sur le bulbe endommagé dont il essuya la terre.

— Mais c'est important, déclara Yvette.

Avaient-ils envoyé cette femme parce qu'ils savaient d'une manière ou d'une autre qu'elle était la seule personne à qui il ne s'en prendrait jamais ? Il poursuivit sa tâche.

— Est-ce que ma mère va bien ?

— Oui. Et moi aussi. C'est vous qui nous préoccupez tous.

Le bulbe était sauvé, planté pour pousser. Gregory aurait aimé ressentir la même chose.

— Pas besoin de vous inquiéter. J'ai bientôt terminé.

— Peut-être.

Yvette se rapprocha à tel point qu'il distingua le bleu marine de sa manche, ses doigts effleurer la table.

— Mais je pense que ce qui vous perturbe n'est pas aussi simple que de rempoter une plante.

Il soupira, et laissa retomber ses mains.

— Vous avez porté une accusation hier, et elle se révèle vraie. L'homme que j'admirais en tant que père profitait de la faiblesse des autres.

— Je dirais que c'est lui qui était faible, murmura Yvette. Et il a affaibli votre mère et votre sœur par ses actions.

Le ventre de Gregory se noua lorsqu'il essaya d'imaginer les faits. Il leva la tête.

— Si j'avais su...

— Vous seriez intervenu. Je sais que vous l'auriez fait.

Elle était juste à côté de lui, le regard droit, la lumière se reflétant dans ses boucles.

— J'aimerais le croire, dit-il, baissant les yeux sur ses mains recouvertes de terre noire. Mais suis-je si différent de lui ? La cruauté pourrait-elle apparaître en moi si on me provoquait ?

Elle prit l'une des mains du comte dans les siennes.

— Il existe une part d'ombre en chacun de nous. Quand mes parents ont été tués, j'ai voulu me venger. De cet homme qui a abaissé la lame sans plus d'émotion que s'il coupait des carottes. De cette foule qui en réclamait davantage. Je voulais leur mort à tous. Je voulais que les meneurs souffrent. Il m'a fallu beaucoup de temps avant de pouvoir pardonner, de transformer ma colère en détermination à aider mon pays. À me battre pour que l'honneur et la justice soient restaurés.

Il inspira.

— Je n'ai pas le temps. Ma mère et ma sœur, mes métayers, le Premier ministre et le prince attendent de moi que je prenne des décisions, que j'agisse. Je dois maîtriser ces émotions.

— Ou les transformer en bonnes actions. Vous n'êtes pas votre père. Je le jure sur ma vie, déclara-t-elle, avant de lui sourire. D'ailleurs, vous avez ma vie entre vos mains. Je me suis placée sous votre protection et vous n'avez jamais failli.

Cette vérité submergea Gregory et le soulagea.

— C'est mon devoir.

— Et vous prenez votre devoir plus au sérieux que votre père ne l'a jamais fait, semble-t-il. Vous avez choisi un chemin différent. Ne vous en détournez pas, *mon cœur*.

C'était la deuxième fois qu'elle employait cette expression. Gregory sentit un sourire se dessiner sur ses lèvres.

— « *Mon cœur* ». Je n'ai jamais été bon en français, mais si je me souviens correctement du sens, vous me faites honneur.

— Et vous, vous me faites l'honneur de votre amitié.

Yvette leva la tête, le regard chaleureux. Avec cette femme si près de lui, l'amitié semblait aussi inerte que les bulbes qu'il avait plantés. Comme eux, pourrait-elle se transformer en quelque chose d'autre ?

L'espoir égaya sa tête, son cœur. Mais une fois de plus, les doutes s'installèrent. Et si Yvette avait tort ? Et s'il lui faisait du mal comme son père avait fait du mal à sa mère, non pas avec un geste imprudent comme il l'avait craint autrefois mais avec une parole calculée ? Il avait ce pouvoir. Comment pouvait-il s'assurer de ne jamais l'exercer ?

Il s'éloigna d'elle de quelques pas.

— Je vous remercie d'être venue prendre de mes nouvelles. Je vous promets de rentrer à la maison à temps pour le dîner.

— D'accord, dit-elle et elle recula également. Mais si vous vous cachez de nouveau ici après le dîner, je reviendrai vous chercher.

C'était tout ce qu'il espérait.

18

Lilith était avec sa mère lorsque Yvette revint. Elle était de si bonne humeur qu'elle ne réprimanda même pas la dame de compagnie de ne pas avoir assumé ses fonctions. Bien sûr, ce n'était pas comme si la comtesse avait été seule. Yvette aperçut Ada qui observait la chambre, réfugiée dans le cabinet de toilette.

— Qu'en pensez-vous, French ? demanda Lilith en tendant un magazine de mode à Yvette qui s'approchait de la comtesse, assise près du feu, sa fille à côté d'elle. Des manches bouffantes ou longues pour ma robe de mariée ?

Yvette jeta un coup d'œil aux images colorées à la main.

— Avec votre taille, des manches longues.

Lilith hocha la tête et ramena la revue vers elle.

— Oui, naturellement. Mère, je veux aller à Londres pour acheter du tissu et m'assurer que la robe soit ajustée à ma taille. Le choix et les couturières sont vraiment médiocres à Chessington.

La chapellerie avait semblé excellente à Yvette, mais peut-être les autres établissements étaient-ils de moindre qualité.

La comtesse s'éventa d'une main.

— Londres, pff ! Trop de monde. Pas assez d'attention de la part des commerçants. Nous demanderons à la duchesse qui a confectionné la robe de la gouvernante.

Lilith dévisagea sa mère.

— Je ne ferai pas appel à une couturière qui coud pour les gouvernantes.

— Pourquoi cela ? demanda Yvette. C'est sans doute la meilleure. Je doute qu'un duc aurait laissé une couturière de moindre compétence s'occuper de la femme qu'il aime.

Lady Lilith pencha la tête comme si elle n'y avait pas songé.

Sa mère se tourna vers Yvette.

— Vous étiez censée ramener Gregory avec vous. Où est-il ?

— Occupé, hélas. Mais il a promis de vous voir au dîner.

Lilith se redressa pour toiser Yvette.

— Vous avez laissé ma mère toute seule pour aller parler au comte ?

— Ainsi que votre mère me l'a demandé, répondit Yvette en adressant un sourire respectueux à la comtesse.

Lady Carrolton ne lui rendit pas son sourire.

— Où est ma cloche ?

— Rangée en lieu sûr, lui assura Yvette. Vous n'en avez plus besoin maintenant. Votre fille dévouée est à vos côtés, et moi aussi. Ada est dans le cabinet de toilette si vous avez besoin d'elle.

— Et Gregory est apparemment là où vous seule pouvez le trouver, répliqua la comtesse en reniflant. Je sais ce que vous manigancez, mais je refuse.

Yvette ne se départit pas de son sourire. La comtesse avait un comportement étrange, mais elle ne pouvait pas connaître la véritable raison de la présence d'Yvette dans cette maison.

— Je ne vis que pour servir, Madame. Comme je vous l'ai déjà prouvé.

— Elle est parfois dévouée, admit Lilith.

Lady Carrolton secoua la tête.

— Je n'accepterai pas, je vous dis. Lilith épouse peut-être un coureur de dot...

— Mère ! protesta Lilith.

— ... mais je ne laisserai pas mon fils épouser une étrangère, et une dame de compagnie qui plus est. Vous ne devez pas oublier votre place, French.

Une vague de chaleur parcourut Yvette. Oh, la comtesse ne savait pas qui elle provoquait. Yvette avait parlé à Gregory de part d'ombre. Celle-ci l'envahissait en cet instant.

— Votre fils ne se mariera pas du tout si vous continuez ainsi. Quelle femme aurait envie d'une telle belle-mère ?

Lady Carrolton s'effondra contre le dossier de son fauteuil et porta sa main à la poitrine.

Lilith eut le souffle coupé.

— Comment osez-vous ?

— Comment, vous, osez-vous ? riposta Yvette en foudroyant lady Lilith du regard. Votre frère gère vos propriétés, dirige le gouvernement, et vous ? Comment l'aidez-vous ? Vous l'importunez avec vos jérémiades, faites fi de ses conseils bien intentionnés. Vous critiquez ses amis, dénigrez ses choix et le rabaissez petit à petit au point qu'il remette en question ce qu'il vaut.

Lilith bascula contre le dossier de son fauteuil.

— Je suis sûre de ne jamais avoir...

Yvette n'attendit pas qu'elle termine sa phrase. Elle se tourna vers la comtesse.

— Et vous. Vous invoquez la maladie, la faiblesse, n'importe quoi pour le forcer à rester à vos côtés. Pensez-vous parfois à ses besoins avant les vôtres ?

— Vous ne pouvez pas nous parler sur ce ton, s'offusqua la comtesse, les lèvres tremblantes. Marbury va vous renvoyer.

— Non, il ne le fera pas. Je démissionne. Je me lave les mains de vous deux.

Yvette épousseta ses paumes l'une contre l'autre, tourna les talons et quitta la pièce d'un pas ferme.

*

* *

Gregory rentra à la maison, plus sûr de lui. Cela pouvait être dû à son travail avec les bulbes, tous mis en pot avec de la farine d'os et du calcaire pour les nourrir. Mais il soupçonnait qu'Yvette en soit davantage la cause. Elle avait une logique, une sagesse difficiles à réfuter. Et son sourire ne manquait jamais de le réchauffer.

Dès qu'il entra dans le couloir à l'arrière de la maison, le bruit fit disparaître ses pensées agréables. Le tintement de la cloche de sa mère résonnait encore et encore, au point qu'il eut l'impression que même les statues du hall d'entrée frémissaient. Pourquoi personne ne répondait-il ?

Était-il arrivé quelque chose à Yvette ?

Il monta l'escalier quatre à quatre, courut dans le couloir de l'aile nord et entra chez sa mère sans frapper.

Dans son fauteuil près du feu, elle s'arrêta, la cloche dans la main.

— Gregory. Qu'est-ce qui ne va pas ?

Il se redressa.

— Je me pose exactement la même question. Où est Yvette ?

Sa mère abaissa la cloche en reniflant.

— Elle a démissionné.

Il cligna des yeux.

— Elle a *quoi* ?

Elle reposa la cloche sur la table à côté d'elle et lui fit signe d'approcher. Perplexe, il s'exécuta.

— Lilith était désagréable, murmura sa mère comme si elle craignait que sa sœur ne l'entende d'où qu'elle soit dans la maison. Mlle French a refusé de se laisser abattre. J'aime cette facette de sa personnalité. Elle assume ses positions.

Plus que sa mère ne le pensait.

— Où est-elle maintenant ?

— Dans sa chambre, j'imagine, sans doute en train de faire ses bagages.

La comtesse attrapa la main de son fils, comme si elle savait qu'il avait l'intention d'aller aussitôt la voir.

— Ne la laisse pas partir, Gregory. Je suis dépitée chaque fois qu'une de ces femmes m'abandonne. D'abord Ramsey, et maintenant Mlle French. Je ne sais pas si je pourrais supporter encore un changement.

Gregory n'y avait pas pensé lorsqu'il avait accepté à contrecœur de laisser Yvette se faire passer pour la dame de compagnie de sa mère. Celle-ci s'était rendue chez Harry dans l'Essex pour supplier Mlle Ramsey de revenir, mais il avait cru que son comportement était davantage motivé par la fierté que par le désespoir. Comment réagirait-elle si Yvette partait définitivement ?

Comment lui réagirait-il ?

Il repoussa cette pensée, porta la main de sa mère à ses lèvres et en embrassa le dos.

— Mlle French ne restera sans doute pas aussi longtemps que vous le souhaiteriez, Mère, même si je vais lui parler. Mais si Lilith et vous ne parvenez pas à vous montrer plus gentilles avec vos dames de compagnie, je crains que vous n'en gardiez jamais une qui vaille la peine.

Elle hocha la tête et il lui lâcha la main pour aller trouver Yvette.

La jeune femme répondit rapidement quand il frappa à sa porte et il put de nouveau respirer. Le sourire d'Yvette était triste lorsqu'elle lui ouvrit.

— Je me suis mal comportée. Je n'ai pas la patience de Patience Ramsey. Quand votre mère et votre sœur disent des bêtises, je les corrige.

— Et c'est ce que vous devez faire, répliqua-t-il, en prenant soin de rester dans le couloir et de ne pas entrer dans sa chambre. Mais peut-être pourriez-vous mettre de l'eau dans votre vin ?

— Je ne bois pas, dit-elle en fronçant le nez, mais cela a tout l'air d'un sacrilège.

Il sourit.

— Mais c'est dans vos capacités, je pense. Vous avez amadoué un empereur et sa femme, ainsi que les flagorneurs de leur cour. Faire plaisir à ma mère doit être un jeu d'enfant pour vous.

Elle soupira.

— J'imagine. Mais je commence à me lasser des subterfuges. Depuis dix ans, je dois me faire passer pour quelqu'un d'autre. J'aimerais être moi-même. Nous savons que mon cousin est proche et au courant que je suis sous votre protection. Devons-nous continuer à faire semblant ?

Il écarta les mains.

— Je n'ai jamais voulu faire semblant.

Elle se mordit la lèvre inférieure un instant, puis secoua la tête.

— Non, nous devons poursuivre la comédie un peu plus longtemps, jusqu'à ce que nous sachions ce que recommande lord Hastings. M. Mayes va revenir d'un jour à l'autre. Au pire, M. Villers nous en informera quand il reviendra de Londres avec la dérogation pour le mariage. D'ailleurs, Yvette la dame de compagnie a encore une ou deux tâches à accomplir.

Gregory n'était pas sûr de savoir à quoi elle faisait allusion, mais de l'autre côté du couloir retentit une cloche.

— Vous ne lui en avez jamais trouvé une petite en argent.

— Elle insiste pour garder celle-là, rétorqua Gregory, qui s'écarta pour laisser la jeune femme sortir de sa chambre.

— Évidemment !

Yvette sortit dans le couloir, puis s'arrêta et jeta un coup d'œil au comte.

— Souhaite-t-elle que je reste ?

— Énormément !

Et moi aussi. Il se réjouit que ces derniers mots ne soient pas sortis de sa bouche.

— D'accord, dit Yvette en se dirigeant vers la porte de la chambre de la mère de Gregory. Venez avec moi.

Il lui emboîta le pas.

Sa mère s'illumina lorsqu'ils entrèrent, puis reprit immédiatement un air sévère, les doigts agrippés à la cloche.

— Je suis heureuse de constater que vous avez retrouvé la raison, French.

Yvette fit une révérence.

— Oh, oui, Madame. Je vais rester pour des excuses, expliqua-t-elle, avant de jeter un coup d'œil à Gregory. Auprès de votre fils.

— De mon fils ? s'étonna la comtesse en fronçant les sourcils. Pourquoi devez-vous vous excuser auprès de mon fils ?

Yvette sourit.

— Vous vous méprenez, lady Carrolton. C'est vous qui devez vous excuser. Vous n'êtes pas malade. Vous ne l'avez jamais été. Vous faites semblant pour attirer son attention.

Gregory dévisagea sa mère. Il lui avait retiré les ustensiles médicaux alambiqués et les pilules, mais dans son esprit, il ne faisait aucun doute qu'elle souffrait d'une maladie. Les médecins le lui avaient assuré. Elle avait toujours paru fragile. Tout cela n'avait-il été qu'une comédie ?

Ses mains se mirent à trembler et la cloche tomba dans un bruit sourd.

— Comment pouvez-vous dire une chose pareille à une vieille femme ? s'offusqua-t-elle d'une voix chevrotante.

Yvette fit une grimace triste.

— Ah, j'oubliais. Vous approchez de vos quatre-vingts ans, non ?

La comtesse se raidit, le regard noir, la voix sûre et aiguë.

— Sachez que j'ai soixante et un ans.

— Oh, tant que ça, rétorqua Yvette avec un claquement de langue. Et vous êtes atteinte de tant de maladies. Lèpre, choléra, dysenterie... Nous devons éloigner les domestiques et la famille pour les protéger.

— Je vais parfaitement bien et vous le savez ! riposta lady Carrolton, qui se mit à cligner des yeux. Espèce de petite coquine !

Le sourire d'Yvette s'élargit, mais Gregory secoua la tête, davantage pour clarifier son esprit que pour exprimer son désaccord.

— Alors, vous faites semblant depuis tout ce temps, Mère ?

La comtesse poussa un soupir et baissa les yeux sur les draps, qu'elle pinça.

— *Semblant* est un grand mot. Parfois, je me demandais si j'étais malade, mais je suppose que cela a commencé avec ton père. Si j'étais forte, il devait l'être encore plus, pour me prouver que je lui étais inférieure. Mais si j'étais faible ou malade, il n'était que sollicitude. Alors il était plus facile d'être malade.

Un autre péché imputé à son père.

— Et que dites-vous à votre fils ? dit Yvette.

La comtesse hocha la tête et inspira comme pour rassembler ses forces.

— Pardonne-moi, Gregory, si mon comportement t'a troublé. Je vais m'améliorer.

— Moi aussi, Mère, lui promit le comte, qui s'approcha pour lui prendre la main.

Elle releva la tête et lui sourit.

— Parfait, décréta Yvette. Nous allons appeler Ada pour qu'elle vous habille. Je suis sûre que vous vous sentez en forme pour descendre dîner.

Le sourire de sa mère s'effaça, mais elle inclina la tête.

— Oui, bien sûr.

Gregory et Yvette la laissèrent aux bons soins d'Ada et sortirent dans le couloir.

— Et maintenant, au tour de votre sœur, annonça Yvette en se dirigeant vers les appartements de Lilith.

Gregory était trop intéressé par le résultat pour protester.

Mais Lilith n'était pas dans sa chambre. Ils la trouvèrent dans le salon sud, étendue sur le divan pourpre avec une compresse sur le front, une servante et un valet près d'elle.

— Non, gronda Yvette en avançant à grands pas. Vous n'emprunterez pas cette voie !

Lilith se redressa, et la compresse tomba sur ses genoux.

— Vous ! Je croyais que vous partiez.

Gregory les rejoignit.

— Mlle French a accepté de rester. Mère et elle se sont réconciliées. Je te suggère de faire de même, Lilith.

Le menton de Lilith se durcit.

Yvette prit la parole avant que la jeune femme n'en ait l'occasion.

— Hélas, Monsieur, ce n'est pas si simple. Votre sœur m'a accusée à plusieurs reprises de négliger votre mère. Elle calomnie ma réputation. J'exige réparation.

Gregory la dévisagea. Lilith aussi.

— Réparation ? s'étrangla-t-elle en regardant tour à tour Gregory et Yvette. Est-ce qu'elle me défie en duel ?

— Non, répondit Gregory avant qu'Yvette ait le temps de dire oui. Les duels sont illégaux en Angleterre et ce n'est pas pour les femmes.

— Dommage, se lamenta Yvette en regardant Lilith. Alors j'accepterai vos excuses auprès de votre frère.

— De mon frère ?

Lilith soutint le regard de Gregory, puis baissa la tête. L'humidité de la compresse se répandait sur ses genoux. Elle s'en saisit et la tendit à sa bonne qui se précipita pour la prendre.

Lilith redressa les épaules.

— Oui, Gregory, je suppose que je te dois des excuses. Je pensais que tu serais aussi mauvais que Père, mais tu as été plus gentil et d'un plus grand soutien que ce à quoi j'étais en droit de m'attendre. Je ferai de mon mieux pour te rendre la pareille.

— Je te remercie, Lilith. Et je dois m'excuser d'avoir refusé tes choix. Je vais faire plus d'efforts de mon côté aussi.

Le sourire de Lilith était plein d'espoir.

Yvette recula.

— Bien. Je dois retourner à mes fonctions. Continuez.

Après un geste de la main, elle quitta la pièce.

— Gregory, attends, l'interpella sa sœur avant qu'il ne suive Yvette. Je n'ai pas été la seule à être désagréable avec elle. Tu as dit que Mère et elle s'étaient réconciliées. Mère s'est-elle excusée de l'avoir accusée d'essayer de te piéger ?

Les surprises étaient-elles sans fin cet après-midi-là ?

— Mère l'a accusée de quoi ?

— De chercher à t'épouser. Tu n'envisages pas de l'épouser, n'est-ce pas, Gregory ? Je ne pense pas que la famille survivrait à ce scandale.

Lui, marié à Yvette. Cette image n'était que trop facile à imaginer. Ils discuteraient de politique, parleraient de leurs projets. Ils travailleraient côte à côte dans la serre. Ils se promèneraient dans les bois. Il la prendrait dans ses bras et...

— Tu as ton mariage à préparer, lâcha Gregory, les joues brûlantes. Concentrons-nous là-dessus pour l'instant.

Il s'excusa et courut à la poursuite d'Yvette, qu'il rattrapa au pied du grand escalier.

— Je voulais vous remercier pour ce que vous venez de faire. Je ne sais pas comment vous avez réussi à les convaincre toutes les deux de s'excuser.

Les yeux bleus de la Française pétillaient sous l'effet du rire.

— Elles souhaitaient s'excuser. Elles avaient seulement besoin d'un prétexte. Il faut désormais les encourager à continuer leurs efforts pour s'améliorer.

— Comment ? J'essaie depuis des années.

Yvette fit la moue.

— Je vais y réfléchir. Allez-vous travailler dans la serre plus tard ?

— Une fois que tout le monde se sera retiré dans sa chambre, oui.

— D'accord. Je vous retrouverai là-bas et nous élaborerons une stratégie.

19

Yvette était satisfaite d'elle lorsqu'elle se faufila hors de la maison ce soir-là. La comtesse était descendue dîner et était ensuite restée jouer au whist dans le salon. Lilith avait été agréable toute la soirée, quand bien même son amour était parti à Londres. Il y avait eu des rires, de la camaraderie. Et Gregory avait souvent lancé des regards à Yvette, comme s'il ne parvenait pas à croire aux changements qu'elle avait provoqués. Qu'il était agréable de faire à nouveau partie d'une famille.

Yvette s'arrêta au milieu de la pelouse ; le clair de lune éclairait le chemin menant à la serre et une fraîche brise printanière lui effleura les joues. Une famille ? Lady Carrolton, Lilith et Gregory n'étaient pas sa famille. Elle ne jouait qu'un rôle, et plus pour très longtemps. Une fois Claude capturé, elle quitterait Carrolton Park et sa comtesse exigeante, changeante et amusante ; l'inquiétante et mélancolique Lilith ; ainsi que le gentil et doux mais gigantesque comte, un homme qui s'occupait de ses plantes avec autant d'amour que le père d'Yvette s'était occupé de ses peintures. C'est lui qui lui manquerait le plus.

Curieux. Avant de venir à Carrolton Park, elle avait été assaillie par des crises de mélancolie. Ici, elles étaient rares, voire nulles. Ici, elle avait un but, un rôle. Ici, elle se sentait en sécurité.

Mais pas en cet instant. Elle entendit le crissement du gravier derrière elle, sentit une présence importune. Elle se jeta sur le côté juste au moment où quelque chose passa en sifflant, un éclair dans le clair de lune avant de tomber au sol. Un poignard, semblable à celui qu'elle portait à son poignet.

Yvette se releva et courut, ses jupes serrées dans ses poings. Des pas résonnaient derrière elle. Si elle criait, Marbury et le valet accourraient, et son cousin leur échapperait une fois de plus. Son meilleur espoir était de fuir vers la serre et Gregory, en espérant que Claude la suivrait. Gregory ne le laisserait sûrement pas lui filer entre les doigts.

Elle laissa la porte claquer derrière elle, puis s'élança parmi les orangers et s'accroupit pour guetter son agresseur. Les lampes au plafond permettaient aisément de voir la table avec ses petits pots, les plus grands étant posés contre les parois. Où était Gregory ?

La porte s'ouvrit doucement et Claude entra. Il portait des vêtements grossiers, comme s'il n'était qu'un travailleur itinérant à la recherche de son prochain emploi. Ses cheveux étaient toujours bruns comme lors du mariage. Il ne devait pas s'être arrêté pour récupérer le poignard, car une lame plus longue brillait dans sa main.

— Vous ne pouvez pas m'échapper, Yvette, cria-t-il en français. Joséphine et ses amis ne peuvent plus vous protéger. Vous avez trahi la France.

Elle ne dit rien et se recroquevilla davantage. Où était Gregory ? Il n'avait pas pu laisser les lampes allumées, ou était-ce ainsi que fonctionnait la serre ? Yvette n'avait jamais pris la peine de vérifier s'il y avait de la lumière même quand il n'y était pas. La chaleur faisait couler la sueur dans son dos.

— Sortez de votre cachette, ma petite, chantonna Claude en s'avançant dans le bâtiment. Je vous promets de ne pas vous tuer. Vous allez rentrer à la maison avec moi, pour être jugée. Tout le monde doit connaître votre honte.

Être jugée, comme ses parents et ses frères. Elle serait condamnée tout aussi facilement. Elle savait quel sort l'attendait à la fin. Malgré sa détermination, elle tremblait.

Elle ne vit pas Gregory s'approcher. Claude non plus. Un instant, son cousin longeait la table. Et le suivant, il se débattait dans les bras d'un homme bien plus grand et plus musclé que lui. La lame claqua quand elle heurta le sol. Gregory grogna ; le cousin d'Yvette avait dû se défendre, mais il ne le lâcha pas.

— Renoncez, dit-il les dents serrées. Vous ne vous échapperez pas cette fois.

Claude relâcha ses efforts et, l'espace d'un instant, Yvette crut qu'ils avaient gagné. Mais grâce à sa souplesse, son cousin se laissa glisser au sol, se redressa et courut vers la porte. Gregory se lança à sa poursuite. Yvette sortit de sa cachette, dégaina sa lame et les suivit.

Elle trouva Gregory au bord de la cour, au clair de lune, scrutant le mur d'obscurité que formaient les bois.

— Allez chercher Marbury, lui enjoignit-il. Dites-lui de rassembler les valets, les palefreniers et les jardiniers.

Il se lança en avant et la peur assaillit Yvette. Elle le rattrapa par le bras.

— Gregory, attendez ! Vous ne pouvez pas y aller. Il a peut-être caché une arme à feu. Il a pu tendre des pièges. Je ne veux pas que vous soyez blessé.

— Il a menacé de vous renvoyer en France. Mon français est peut-être rouillé, mais j'ai compris cela. Je ne le permettrai pas. Cette histoire doit prendre fin maintenant.

Yvette s'accrocha à son bras, et le froid lui transperça le cœur comme une flèche.

— Non ! Trouvons d'abord de l'aide : des hommes, des lampes, des armes. Sinon, vous mettez votre vie en danger.

Elle le sentit prendre une inspiration.

— Très bien. Je veux que vous restiez dans la maison, quoi qu'il en soit.

Il lui prit le poignard des mains et la raccompagna jusqu'à la porte de la cuisine, tout en se plaçant entre les arbres et elle.

M. Marbury et Mme Clarke levèrent les yeux avec surprise quand ils entrèrent.

— Un homme a tenté d'attaquer Mlle French, leur expliqua Gregory. Rassemblez tous les hommes valides et les lanternes, et ouvrez l'armurerie. Vous avez cinq minutes.

Le majordome se leva.

— Immédiatement, Monsieur.

La cuisinière fut aux petits soins avec Yvette, l'invitant à s'asseoir et à prendre une tasse de thé. Yvette la remercia, puis se tourna vers Gregory.

— Laissez-moi y aller avec vous.

— Non. Mes hommes connaissent la zone. Et je serai plus efficace si je vous sais en sécurité.

Sa logique était irréfutable et totalement frustrante. De nuit, sans aucune connaissance des environs, Yvette serait un handicap. Claude devait arpenter les bois depuis des jours. Même lui connaissait mieux les lieux qu'elle. Elle accepta d'attendre dans la cuisine et regarda les domestiques suivre hâtivement leur maître.

Marbury et un valet restèrent sur place au cas où leur cible reviendrait. Tous deux étaient armés de pistolets, même si elle pensait que la taille et l'attitude féroce de Marbury pourraient suffire à dissuader son cousin. Le valet monta la garde à la porte d'entrée. Le majordome verrouilla la porte de la cuisine derrière les autres, puis ferma les volets des fenêtres, un pistolet à la main.

— Très troublant, commenta-t-il en dirigeant la cuisinière et Yvette vers la table. Je vous assure que c'est inhabituel, mademoiselle French.

Mme Clarke releva son tablier.

— Carrolton Park n'a jamais connu de tels évènements. Mais vous pouvez être sûre que le comte ne restera pas sans rien faire. Il prend soin des siens. Contrairement à son père.

Elle pâlit comme Marbury la regarda avec un froncement de sourcils.

— Vous pouvez vous retirer, Mavis. Je vais monter la garde.

La cuisinière lui adressa un signe de tête confiant, puis leur souhaita une bonne nuit et s'en alla.

— Je ne supporte pas les commérages, expliqua le majordome à Yvette.

Yvette s'assit sur la chaise que la cuisinière avait libérée.

— Voulez-vous vous asseoir et me raconter ?

Cette question fit décocher un sourire à Marbury.

— Non. Ce qui est fait est fait. C'est le présent et l'avenir qui devraient nous préoccuper, déclara-t-il, considérant Yvette avec son plus beau regard de majordome. Y a-t-il une raison pour laquelle un homme tenterait de s'en prendre à vous, mademoiselle French ?

Yvette écarta les mains.

— Pourquoi devrait-il y en avoir ? Je suis douce comme un agneau.

— Il me semble pourtant me souvenir d'une histoire où un agneau l'emporte sur le lion. Cependant, je vous rappelle que je peux mieux accomplir mon devoir envers cette maison si j'ai toutes les informations en ma possession.

Yvette hocha la tête. L'envie d'avouer était forte. Peut-être était-ce à cause de ce front buriné au-dessus de ces yeux enfoncés. De ce sourire paternel qui invitait à la confidence. Pourtant, Gregory n'avait pas jugé bon d'expliquer la situation à cet homme. Le devait-elle ?

Un bruit à la porte la sauva d'une décision. Marbury brandit son pistolet.

— Qui va là ?

— Votre maître, répondit la voix de Gregory, et Marbury se pressa de lui ouvrir la porte.

Gregory entra et Yvette se leva d'un bond. Il tenait dans les mains une écharpe en laine, de celles que les hommes portaient pour se protéger du froid.

— La reconnaissez-vous ? demanda-t-il à Yvette.

Elle secoua la tête.

— Je ne l'ai jamais vu porter cette écharpe, mais il est possible qu'il l'ait volée, pour se déguiser.

— Il faut tenter le coup.

Lord Carrolton se tourna vers la porte et Yvette lui barra le passage.

— Qu'allez-vous faire ?

Le regard du comte était sombre et déterminé.

— Lâcher les chiens de chasse. Ils vont suivre l'odeur.

— Vous avez des chiens de chasse ?

Elle ne l'imaginait pas tourmenter des renards ou d'autres petits animaux.

— Mon père en avait. Je n'ai pas vu la nécessité de me séparer des chiens après sa mort.

Évidemment.

Yvette se dressa sur la pointe des pieds et déposa un baiser sur sa joue.

— Faites attention, *mon cœur*.

Les yeux du comte pétillaient. Il hocha la tête et repartit.

Yvette se tourna et trouva Marbury qui la fixait en fronçant les sourcils. Elle soutint son regard.

— Je suis la fille d'un comte français qui a perdu la vie pendant la Révolution. J'ai aidé le ministère de la Guerre britannique en lui faisant passer des informations depuis la France qui pourraient mettre fin à cette guerre. Quand mes concitoyens ont découvert ma trahison, ils m'ont incarcérée. Sir Harold Orwell et M. Mayes m'ont sauvée, mais les Français ont juré de se venger. Lord Carrolton a proposé d'aider le ministère de Guerre en me cachant ici. J'ai été démasquée.

— Je vois, dit Marbury, avant de faire une révérence. En quoi pourrais-je vous être utile, Madame ?

*

* *

Ce fut une longue et infructueuse nuit. Les chiens traquèrent le Français, mais ils perdirent sa trace près d'un ruisseau. Malgré leurs efforts, ils ne parvinrent pas à retrouver l'odeur en amont, ni en aval. Claude de Maupassant pouvait être n'importe où.

Mais pas dans la maison. Gregory s'en assura à son retour avec ses hommes. Après avoir affirmé à Yvette qu'elle était en sécurité, il se joignit à eux pour fouiller chaque pièce et verrouiller derrière lui toutes celles qui pouvaient l'être. Il vérifia chaque fenêtre du rez-de-chaussée et posta un homme à chaque entrée. Il n'avait jamais conçu sa demeure comme une forteresse, mais il était plutôt satisfait qu'elle parvienne à remplir cette fonction.

Marbury porta son doigt à ses lèvres lorsque Gregory entra dans la cuisine. Yvette avait la tête sur la table, posée entre ses bras, ses boucles ébouriffées brillant à la lueur de la lampe. Le majordome fit signe à Gregory de retourner dans le couloir.

— Elle ne tenait plus, expliqua-t-il avec un sourire fier. Mais je dois protester, Monsieur. Il est inconvenant pour une femme de l'aristocratie française de vivre dans cette maison comme une domestique.

Le dos de Gregory s'affaissa.

— Elle vous l'a dit.

— À contrecœur, admit Marbury. Je comprends la nécessité du secret, Monsieur, mais il faut que lady Carrolton et lady Lilith en soient informées, pour leur protection.

— Bien sûr. Si elles sont au courant, elles pourront être vigilantes. Dommage que M. Villers soit déjà parti, il aurait pu être utile.

— A-t-il un rôle dans cette histoire ?

Gregory n'était pas le seul, semblait-il, à avoir du mal à considérer Villers comme un agent du renseignement.

— Il était posté ici par le ministère de la Guerre pour protéger Mlle de Maupassant, lui apprit Gregory. Pour tout ce que sa présence a servi… Mais c'est moi qui lui ai demandé de partir.

— Pour une bonne raison, d'après ce que j'ai compris. Le personnel présente à votre sœur ses félicitations pour son mariage à venir.

C'était tout à fait approprié, mais Gregory eut encore l'impression de percevoir du sarcasme sous le ton poli du majordome.

— Pour l'instant, nous attendons. Essayez de vous reposer, Marbury. Je vais m'occuper d'Yvette et je parlerai à ma mère et à Lilith demain matin.

Le domestique hocha la tête et s'éloigna à grands pas, le pistolet toujours dans sa main gantée.

Gregory s'aventura dans la cuisine. Yvette avait l'air si innocente, aussi ignorante du danger que ses parents avaient dû l'être avant que le destin ne les lui arrache. Ces boucles l'attiraient. Il s'autorisa le luxe d'en toucher une. Une telle soie, une telle force.

Yvette tressaillit dans son sommeil et il retira sa main. Elle se redressa en clignant des yeux.

— Vous avez pu sécuriser la maison ?

— Oui. Je suis vraiment désolé qu'il nous ait échappé, Yvette.

Elle se couvrit la bouche d'une main en bâillant.

— Cet homme a neuf vies. Peut-être devrions-nous lancer Fortune à sa poursuite ?

Gregory sourit en imaginant la petite chatte s'attaquer au fourbe cousin d'Yvette.

— Nous allons l'attraper, insista-t-elle comme pour essayer de se convaincre. La prochaine fois, je vous aiderai.

Gregory ne voulait pas qu'il y ait une prochaine fois. Il voulait que cette femme soit en sécurité et heureuse. Il se pencha et la souleva dans ses bras.

— Que faites-vous ? lui demanda-t-elle alors qu'il sortait de la cuisine.

— Je vous accompagne à votre chambre.

Il se dirigea vers l'escalier principal. Le valet à la porte le regarda un moment avant de détourner la tête.

— Accompagne..., ironisa Yvette, qui balança ses pieds et plaça ses jupes autour de ses chevilles. Les messieurs qui accompagnent les dames de la sorte ne sont pas admis dans les belles maisons. Si votre mère vous voyait, vous auriez des ennuis.

— Pas du tout, rétorqua Gregory en atteignant le haut de l'escalier.

Il fut surpris de sentir à quel point son corps épousait le sien. Il emprunta le couloir jusqu'à la porte de sa chambre. Le loquet le déconcerta un instant. Comme si elle comprenait, Yvette rit.

— Posez-moi par terre, *mon cœur*. Vous ne devriez pas aller plus loin.

Mon cœur. Le son de ces mots fut doux à ses oreilles. Il la reposa et elle leva la tête, les yeux brillants, le sourire tendre. Il ne put s'en empêcher. Il baissa la tête et l'embrassa.

Des sensations fleurirent en lui, autour de lui – joie, plaisir, désir de plus. Il l'entoura de ses bras, la serra contre lui, n'ayant aucune envie de la laisser partir. C'était pour cela que la nature l'avait fait si grand et si fort : pour aimer et protéger cette femme tous les jours de sa vie.

Il avait envie de le lui dire. Il avait envie de le crier dans les couloirs, de le hurler sur les toits. Il était amoureux d'Yvette de Maupassant, la belle, la forte, la sage, l'intelligente Yvette.

Mais comment pouvait-il dire à une femme qui n'avait besoin de personne qu'il avait besoin d'elle plus que tout au monde ?

20

Yvette était incapable de penser, elle pouvait seulement ressentir, et quelles sensations merveilleuses ! Une joie qu'elle avait presque oubliée, un délice dont elle ne se souvenait pas. Elle s'accrochait à lui, cet homme qui avait conquis son cœur.

Mais comment pouvait-elle offrir un cœur aussi terni ? Elle n'était que ténèbres par rapport à sa lumière.

Elle recula. Le regard tendre de cet homme allait causer sa perte.

— Vous allez le regretter.

Même en cet instant, le rouge teinta ces joues fermes.

— Je vous demande pardon. Je ne sais pas ce qui m'a pris.

Yvette lui toucha l'épaule et essaya d'ignorer la douleur qui montait en elle.

— C'était l'excitation de la nuit, *mon ami*. Il n'y a pas de mal.

De l'autre côté du couloir tinta une cloche. Pour une fois, Yvette s'en réjouit.

— Je dois y aller. Essayez de dormir un peu.

Le sourire du comte était poli, mais il semblait signifier qu'il était fort peu probable qu'il dorme. Yvette alla s'occuper de la comtesse.

Lady Carrolton eut un comportement exemplaire, ce qui était une bonne chose étant donné que la jeune Française n'était pas au mieux de sa forme. Elle avait peu dormi, mais elle pensait que sa lassitude avait davantage à voir avec ce baiser.

Si doux, si fougueux – promettant un avenir d'amour qu'elle n'aurait jamais imaginé possible. Était-il possible ? Pourrait-elle avoir un mari, un foyer, une nouvelle famille ?

Pas tant que son cousin n'était pas vaincu. Pas tant qu'elle n'avait pas clos ce chapitre de sa vie. Seulement alors elle aurait le sentiment de pouvoir repartir de zéro.

Elle avait envie de sortir, de continuer la traque, mais elle en connaissait le danger et l'inutilité. Claude avait pris la poudre d'escampette. Ils devraient patienter jusqu'à ce qu'il revienne. Elle espérait seulement que ce serait bientôt. Elle désirait que cette histoire se termine.

En attendant, elle accompagna la comtesse au petit déjeuner. Personne d'autre n'était encore descendu ; elle espéra que Gregory profitait d'un sommeil bien mérité. Marbury ne pouvait pas avoir beaucoup dormi non plus, mais il était raffiné comme à son habitude, debout à côté du buffet, à l'affût de leurs desiderata.

— Nous devons parler avec Lilith, annonça la comtesse à Yvette pendant qu'elles attendaient que leurs assiettes soient apportées de la cuisine. Nous avons beaucoup de choses à organiser. Je veux revoir cette liste d'invités.

Encore. Yvette essaya de ne pas soupirer.

— N'y a-t-il pas d'autres choses à faire ?

— Si, bien sûr ! J'attends depuis des années que Lilith vive cette journée. Je sais exactement ce qu'il faut faire : les objets pour son trousseau, la tenue de mariage, les fleurs, le banquet. Vous pouvez être certaine, dit la comtesse en reniflant, que nous ferons mieux que ces pâtisseries en carton du duc de Wey.

Yvette avait apprécié ces gâteaux.

— Et si votre fille fait la grasse matinée ce matin ?

La comtesse secoua la tête.

— Dans ce cas, je commencerai les préparatifs toute seule.

Yvette pressentit la querelle.

— Peut-être devrions-nous songer à d'autres passe-temps ? Que faisiez-vous avant de rester autant de temps dans votre lit ?

La comtesse fronça les sourcils comme pour réfléchir.

— J'organisais des thés pour l'aristocratie locale, composais des bouquets pour chacune des pièces et contribuais à des collectes d'argent pour les œuvres d'alphabétisation des enfants.

— D'accord. Vous pourriez écrire à cette œuvre de bienfaisance pour lui demander comment vous pourriez lui venir en aide aujourd'hui. Nous envisagerons le thé à l'avenir. Et pour le moment, nous pouvons nous intéresser aux bouquets.

Yvette jeta un coup d'œil à Marbury, qui hocha la tête en signe d'accord.

Personne d'autre ne les rejoignit pour le petit-déjeuner. Yvette ne savait pas si elle devait être déçue ou soulagée. Elle avait envie de voir Gregory, mais ne pouvait s'empêcher de se demander comment il réagirait face à elle. Avec ce baiser, ce serait difficile pour elle de rester à sa place, et le visage du comte trahirait ses sentiments.

Lilith apparut alors qu'Yvette et la comtesse étaient installées dans un petit salon confortable de l'aile nord. La salle des tapisseries, comme l'appelait lady

Carrolton. Des scènes bibliques étaient encadrées et accrochées telles des peintures, et des scènes similaires ornaient les tissus d'ameublement du divan et des fauteuils agencés autour de la cheminée. Marbury avait demandé aux valets d'apporter une profusion de fleurs ainsi que plusieurs vases et sécateurs, et lady Carrolton composait des bouquets.

— Êtes-vous en train de travailler ? demanda Lilith à Yvette avec un froncement de sourcils, comme si c'était son devoir de couper les fleurs.

Sa mère raccourcit la tige d'une amaryllis, dont le violet contrastait avec les rouges et les bruns des tapisseries qui les entouraient.

— J'embellis la maison. C'est un rôle approprié pour une dame de goût.

Lilith ne parut pas convaincue.

— Peut-être devriez-vous discuter des fleurs pour le mariage, suggéra Yvette en tendant une autre fleur à la comtesse.

— Quelle délicieuse idée, commenta Lilith qui s'assit près de sa mère. Je pensais à des roses, mais c'est tellement banal.

— Des lys, peut-être, proposa sa mère. Il semble que nous en ayons un certain nombre. Le jardinier saurait nous le dire.

Le fils de lady Carrolton aussi. Il serait probablement ravi de fournir des fleurs pour le mariage de sa sœur.

Comme si ses pensées l'avaient fait apparaître, Gregory franchit à cet instant la porte et s'arrêta. Son manteau de tweed avait dû trop souffrir la veille, car il portait un manteau bleu marine et un pantalon beige, ainsi qu'une cravate élégamment nouée à son cou. Yvette en eut le souffle coupé.

— C'est bon de vous voir debout et occupée, Mère.

Il s'approcha d'elles et se pencha pour déposer un baiser sur la joue de la comtesse. Même s'il s'agissait d'un geste filial, Yvette ne put s'empêcher de se souvenir d'un autre baiser et de la sensation de ces lèvres sur les siennes. Elle occupa son esprit en se reconcentrant sur les fleurs.

— Nous parlions des fleurs pour le mariage, l'informa Lilith comme pour prouver qu'elle aussi était affairée. Mère proposait des lys.

Gregory fit la moue en se redressant. Même s'il n'avait dormi que quelques heures, Yvette ne décela aucune fatigue sur son visage, aucun cerne sous ses yeux.

— Bonne idée, commenta-t-il, mais il est difficile de les conserver plus d'un jour ou deux. Que pensez-vous des *Campanula*, les campanules carillons ? Nous pourrions en planter dans des bacs et en disposer tout autour de l'église.

Alors que sa mère et sa sœur débattaient des possibilités, il se pencha plus près d'Yvette, son souffle effleurant son oreille.

— Avec votre permission, j'aimerais mettre ma mère et ma sœur dans la confidence.

Elle hocha la tête et sentit la joue du comte frôler ses boucles. Elle rougissait alors qu'il se redressait.

— Pas des campanules, décréta sa mère. Le pasteur voudra utiliser les grands vases en argent dont ton père a fait don. Il faut des fleurs avec de longues tiges, Gregory.

Il inclina la tête.

— Je vais réfléchir à la question. Mais j'avais une autre raison de venir vous voir. Il y a quelque chose que vous devez savoir.

Lady Carrolton leva la tête, les yeux écarquillés.

— Tu vas épouser Mlle French. Je le savais !

Yvette se retint de hoqueter et tourna aussitôt les yeux vers le comte, dont les joues étaient désormais écarlates.

— Je n'ai pas cette chance, dit-il à sa mère en détournant son regard de celui d'Yvette.

Lilith se releva lentement, pâle.

— Tu vas défier Beau en duel.

Il fronça les sourcils.

— Non, à moins que tu ne me donnes une raison pour laquelle je doive défendre ton honneur.

Elle se laissa retomber sur le fauteuil.

— Non, bien sûr que non.

Yvette retrouva sa voix.

— Peut-être devrions-nous le laisser parler.

Elle encouragea Gregory par un signe de tête.

Sa mère posa son sécateur comme pour lui accorder toute son attention. Lilith leva la tête dans l'expectative.

— Il y a quelques semaines, le ministère de la Guerre m'a contacté pour une mission secrète.

Lady Carrolton se dérida.

— Secrète ?

— Oui. On m'a demandé d'héberger une aristocrate française qui aidait les Britanniques. Ce qui a mis sa vie en danger car un Français est désormais déterminé à se venger.

— Comme c'est passionnant, s'exclama sa mère. Qu'est-elle devenue ?

Lilith fixait Yvette.

— Vous !

Sa mère agita la main.

— Ne sois pas ridicule, Lilith.

Yvette sourit.

— Elle a pourtant raison, Madame. Mon vrai nom est Yvette de Maupassant, et mon père était le comte de Maupassant.

— Ce qui en fait l'égale de Lilith, les informa Gregory.

Lilith s'appuya contre le dossier de son fauteuil.

Sa mère sourit.

— Excellent ! Une noble française comme dame de compagnie. C'est très intelligent de ta part, Gregory.

Elle le prenait bien mieux que ce à quoi Yvette s'attendait. Ce n'était pas le cas de Lilith, cependant.

— Pourquoi nous le dis-tu maintenant ? demanda-t-elle à son frère, les yeux plissés.

Gregory redressa les épaules.

— Parce que nous avons des raisons de croire que le vaurien qui en veut à la vie de Mlle de Maupassant a retrouvé sa trace.

— Il est ici ? s'enquit lady Carrolton, l'air plus impatiente que craintive.

— J'en ai bien peur. Mais ne vous inquiétez pas. J'ai pris des précautions pour sécuriser la maison.

Lilith soupira.

— Si seulement Beau était là. Il nous protégerait.

Pensait-elle que son frère n'était pas compétent ? Yvette se hérissa et prit sa défense.

— M. Villers n'a pas été aussi utile qu'il l'aurait dû.

Lilith se raidit.

— Il est au courant ?

— C'est le ministère de la Guerre qui l'a envoyé ici pour protéger Mlle de Maupassant, expliqua Gregory.

Le visage de sa sœur se décomposa.

— C'est pourquoi tu étais contre nos fiançailles. Sa cour n'était qu'une supercherie, pour lui donner une raison de rester à Carrolton Park. Je suppose que je ne le reverrai plus jamais.

Yvette ne supportait pas de voir Lilith souffrir, malgré son comportement agaçant par le passé.

— Non, non, la rassura-t-elle. Il voulait vous faire la cour. En fait, parfois, il oubliait son véritable devoir, tant il était épris de vous.

Les lèvres de la jeune femme tremblèrent.

— C'est vrai ?

Gregory hocha la tête.

— Oui. Il devrait revenir d'un jour à l'autre avec cette dérogation, je n'en doute pas.

Lilith joignit les mains.

— Oh, j'ai hâte ! Mère, nous devons accélérer nos projets.

— Oui, oui. Mademoiselle de Maupassant, apportez-moi cette liste.

Gregory regarda sa mère, qui fronça les sourcils.

— Quoi ? Dois-je perdre ma dame de compagnie simplement parce que vous l'avez amenée ici pour une raison cachée ?

Voilà la comtesse telle qu'elle la connaissait. Yvette se leva.

— Je vais chercher la liste. Ce n'est pas un problème.

Gregory se tourna vers le majordome.

— Marbury, si vous aviez la gentillesse...

Yvette crut apercevoir un sourire flotter sur la bouche du majordome.

— Immédiatement, Monsieur.

Il sortit de la pièce à grands pas.

Yvette se tourna et vit Gregory qui l'observait. Son regard lui échauffa à nouveau les joues.

Il avait partagé son secret avec sa famille. À présent, si seulement elle pouvait se convaincre de partager son amour secret avec lui.

*

* *

Comme Yvette était charmante. L'éclat dans son regard, le rose de ses joues, la courbe de ses lèvres.

La sensation de ces dernières sur les siennes.

Gregory détourna les yeux d'Yvette et découvrit que Lilith le fixait pensivement. Il passa d'un pied sur l'autre.

— Si nous pouvions revenir au sujet qui nous préoccupe. J'ai besoin que vous compreniez toutes les deux la situation. Des hommes protègent la maison, mais je ne peux pas en dire autant du reste du domaine. Il y a tout simplement trop de terrain, trop de cachettes. Mère, Lilith, il est impératif que vous restiez à l'intérieur pour le moment.

Sa mère accepta d'un signe de tête. Lilith ne parut pas convaincue.

— Pendant combien de temps ? lui demanda-t-elle. Je dois aller à Londres pour préparer mon trousseau.

Gregory n'était pas certain d'en saisir les implications, mais il savait qu'elle ne pouvait pas y aller maintenant.

— M. Mayes connaît l'identité de Mlle de Maupassant et attend des instructions du ministère de la Guerre. Je l'attends d'un jour à l'autre avec ces ordres. En fonction de la réponse, tu pourras peut-être partir à Londres immédiatement après.

Elle acquiesça.

— Très bien.

Sa mère reprit son sécateur.

— Autant en finir avec les fleurs. Nous pourrons ensuite nous concentrer sur les préparatifs du mariage.

— Et peut-être votre charmant fils pourra-t-il nous trouver des fleurs plus intéressantes ? suggéra Yvette avec un sourire.

Il lui rendit son sourire.

— *Certainement*, répondit-il en français.

Elle le regarda d'un air radieux.

Lilith se leva.

— Gregory, puis-je te dire un mot ? Excusez-moi un instant, Mère.

Sa sœur se dirigea vers la porte, attendant qu'il la suive. Ce qu'il fit avec un froncement de sourcils.

Elle le conduisit dans le couloir et lui fit traverser le hall d'entrée jusqu'à son cabinet. Elle regarda des deux côtés avant de fermer la porte derrière lui.

— Y a-t-il un autre secret d'État dont je devrais avoir connaissance ? la taquina Gregory alors qu'elle se précipita vers les fenêtres pour tirer les rideaux.

Le rayon de lumière qui filtra éclairait la haute bibliothèque et formait une bande sur le parquet en bois ciré. Gregory alla se placer dans la lumière, et elle le rejoignit.

— Comment sais-tu qu'elle dit la vérité ?

C'était donc là le problème. Gregory redressa le dos.

— La demande venait du ministère de la Guerre, et non de Mlle de Maupassant.

— Et elle était leur espionne, fit remarquer Lilith. Ils diraient probablement n'importe quoi pour la protéger. Ils pourraient très bien profiter de ta sensibilité. Sais-tu si elle est réellement la fille d'un comte ?

Sa sœur était-elle jalouse qu'Yvette soit son égale ?

— En quoi cela importe-t-il, Lilith ? Elle a servi l'Angleterre, et maintenant nous devons l'aider à ne pas en payer le prix.

— À nos risques et périls ? rétorqua Lilith, qui se tordait les mains sur son jupon noir. J'ai attendu toute ma vie de tomber amoureuse et de trouver un homme qui me rende mon amour. Je refuse qu'il soit blessé à cause d'une Française.

— C'est indigne de toi. Yvette n'a pas désiré se retrouver dans cette position.

— Moi non plus. Et pourtant, nous en sommes là.

Gregory soupira.

— Quand Julian reviendra, je demanderai que Villers soit dispensé de cette fonction. Cela dissipera-t-il tes inquiétudes ?

— Certaines d'entre elles. Mais il y a autre chose, Gregory. C'est peut-être parce que je suis amoureuse que je remarque les émotions chez les autres. Tu tiens à elle.

Ses amis, sa famille avaient assez souvent affirmé qu'on lisait en lui comme dans un livre ouvert pour qu'il conteste ou tente une parade. Il se contenta d'une moindre vérité.

— Elle est sous ma protection.

Lilith secoua la tête.

— Non, c'est plus que cela. Tu es en train de tomber amoureux d'elle.

Gregory leva le menton.

— Si c'est le cas, je doute que ce soit réciproque.

— Pas moi.

L'espoir surgit en lui. Lilith dut le remarquer, car elle poussa un soupir.

— Sois prudent, Gregory. Tu ne sais rien d'elle. Souhaites-tu que tes enfants aient pour mère une criminelle française ?

La colère le saisit. Il la réprima.

— Si j'ai la chance d'avoir des enfants, je souhaite qu'ils aient une femme intelligente et aimante pour mère.

Lilith eut le bon sens de baisser les yeux.

— Je me fais du souci pour toi, c'est tout. Tu as vu la réaction des gens quand le duc de Wey a épousé sa gouvernante.

— J'ai vu *ta* réaction. Les amis de Wey l'ont soutenu. Sa Jane est intelligente, chaleureuse et une mère aimante pour ses filles. Ils formeront un beau couple.

— Oh, Gregory, s'exclama Lilith en se dirigeant vers la porte. Tu es un romantique invétéré.

— Que veux-tu dire par là ? demanda-t-il en lui emboîtant le pas.

— Je veux dire que tu ne vois que le bon côté des gens : Mère, moi. Père, ajouta-t-elle après un silence.

Il grimaça.

Elle s'arrêta et posa une main sur son bras.

— N'idéalise pas Yvette de Maupassant. Elle a dû vivre des horreurs abominables et a risqué sa vie pour l'Angleterre. Mais pour autant, elle ne fera pas une bonne comtesse pour toi.

Lilith retira sa main et quitta la pièce avant qu'il puisse la contredire. Yvette ferait une excellente comtesse. Elle était ingénieuse, intelligente, capable d'apaiser par un mot ou un geste, capable d'inspirer par un regard. Elle était tout ce qu'il pouvait souhaiter chez une épouse.

Il n'était tout simplement pas sûr d'avoir ce qu'il fallait pour être un bon mari.

21

Julian Mayes fut de retour le lendemain. Meredith et Fortune l'accompagnaient. Même si Yvette se demandait pourquoi l'avocat avait mis si longtemps à leur apporter des nouvelles de Londres, elle ne pouvait qu'être soulagée en apercevant son amie et son adorable chatte. Lilith se montra froide avec la gérante du bureau de placement. En revanche, lady Carrolton se détendit au point de caresser Fortune, qui lui autorisa cette familiarité. La comtesse éternua.

Une fois Julian et Meredith installés, ils se retrouvèrent tous dans le salon doré, avec Marbury qui montait la garde près de la porte. Lilith prit place sur le sofa à côté de sa mère. Yvette et Meredith s'installèrent dans un fauteuil face à elles, tandis que Gregory resta debout à proximité et que Julian s'appuya contre la cheminée en marbre. Avec la porte bien fermée, Fortune pouvait rôder autour des meubles. Elle s'offusqua des hauts candélabres en laiton et tourna autour d'eux comme pour guetter leur trahison.

Yvette ne savait pas de quoi Julian et Gregory avaient pu parler lors de leur unique et rapide conversation privée, mais Julian balaya du regard le petit groupe avec un sourire poli. Les bleus que Claude lui avait infligés lors du mariage du duc s'étaient estompés, et il arborait son air confiant habituel dans son manteau vert bouteille et son pantalon marron.

— J'ai cru comprendre que vous vous inquiétez pour la sécurité de Mlle French.

Lady Carrolton renifla.

— Mlle French. Cette appellation ridicule était-elle votre idée, monsieur ? J'aurais préféré savoir qu'il y avait une lady sous mon toit.

— En effet, monsieur Mayes, renchérit Lilith, le nez en l'air. Je pense qu'il est hautement présomptueux de la part du ministère de la Guerre de nous avoir laissées, ma mère et moi, dans l'ignorance.

— C'était pour votre sécurité, je vous l'assure, répondit Julian avec une courbette élégante.

Toujours aussi mielleux, celui-là. Avec ses cheveux roux et son sourire charmeur, il accomplissait ce que Beau Villers échouait si souvent à faire : convaincre son public de ses intentions. Lady Carrolton se détendit, et le menton de Lilith s'abaissa.

Meredith ne se laissa pas influencer si facilement. Elle se pencha en avant, ses jupes lavande effleurant la moquette.

— Et qu'en est-il de la sécurité de Mlle de Maupassant ?

— Oui, Julian, répondit Gregory, d'un ton considérablement moins agréable. Nous avons eu une attaque l'autre soir. Mlle de Maupassant a eu la chance de s'en sortir saine et sauve.

Meredith saisit la main d'Yvette de manière protectrice. Julian s'éloigna de la cheminée, les yeux brillants.

— Le malfrat a-t-il été vu ? L'avez-vous attrapé ?

— Non, indiqua Gregory – Yvette entendait pratiquement ses dents grincer.

— Ce n'est pas faute d'avoir essayé, assura-t-elle à l'avocat. Les hommes ont fouillé partout et monsieur le comte a fait appel aux chiens de chasse. Mon cousin a pris la fuite.

— Votre cousin ? s'étonna Lilith. On nous a dit qu'il s'agissait d'un Français qui avait soif de vengeance.

Elle regarda Gregory d'un air accusateur. Celui-ci passa d'un pied sur l'autre, mal à l'aise.

— Le cousin de Mlle de Maupassant est cet homme. C'est lui aussi que nous avons poursuivi au mariage.

Lilith sursauta.

— Le pickpocket ? Mais bien sûr. Ce n'était pas un pickpocket, n'est-ce pas ?

Yvette secoua la tête.

— Eh bien, dit la comtesse en regardant Yvette comme si elle la trouvait de plus en plus intéressante.

— Je suis désolé d'apprendre qu'il nous a encore échappé, déclara Julian, mais je pense que vous serez heureux d'entendre ce que j'ai à vous annoncer. Après de longues discussions, le ministère de la Guerre estime que vous serez davantage en sécurité à Londres, mademoiselle de Maupassant. J'ai été autorisé à vous y accompagner.

Gregory se raidit, mais Lilith hocha la tête et se redressa.

— Parfait, dit-elle. De toute façon, nous vous rejoindrons à Londres d'ici quelques jours. Je dois faire faire ma robe de mariée. M. Villers vous aura sûrement prévenu que nous étions fiancés.

— Je regrette, je n'ai pas eu l'occasion de discuter avec M. Villers récemment. Mais je suppose qu'avec le départ de Mlle de Maupassant notre cible s'intéressera moins à vous.

Lilith considéra Julian comme si elle ne savait pas si ses paroles étaient une bénédiction ou une insulte, mais elles firent trembler Yvette. Il voulait l'éloigner de cette famille ?

Gregory regardait Julian plus fixement.

— Comment ça, son départ ?

Julian lui adressa un signe de tête amical.

— Tu as rempli ton devoir, Carrolton, et avec vaillance. À notre tour maintenant.

Le comte plissa les yeux.

— Qui inclus-tu dans ce « nous » ?

Julian secoua la tête.

— Hélas, je ne suis pas autorisé à te le dire, mais sois assuré que ce sont de bons gentlemen anglais. L'important, je pense que nous en convenons tous, est d'assurer la sécurité de nos ladies.

Il posa tour à tour son regard sur chacune des femmes. Yvette ne fut pas la seule à lui lancer un regard noir.

— Balivernes, s'exclama lady Carrolton. Vous pensez peut-être que vous êtes intelligent, monsieur, mais je vois clair en vous. Vous allez emmener ma dame de compagnie dans un sombre recoin de Londres, la retenir là-bas jusqu'à ce que son ennemi la trouve, puis le capturer, sans vous soucier un instant de l'angoisse et du confort de cette jeune femme. Monsieur, vous n'êtes en aucun cas un gentleman.

Elle martela le sol avec sa canne pour appuyer son propos.

Yvette dissimula un sourire, et Julian inclina la tête.

— Vous avez le droit de penser ce que vous voulez, lady Carrolton. Cependant, je crains d'avoir des ordres précis. Yvette de Maupassant m'accompagnera.

Gregory se mit en travers de la porte.

— Tu veux parier ?

L'avocat le regarda en fronçant les sourcils.

— Je ne parie pas, et toi non plus, il me semble.

— Parce que tu perdrais. Mlle de Maupassant va rester avec nous. Si elle doit se rendre à Londres, elle voyagera sous notre escorte et séjournera dans notre maison.

Lady Carrolton tapa dans ses mains.

— Parfait ! Je vais demander à Ada de commencer à faire les valises.

Yvette ne pouvait quitter le comte des yeux. Il était grand, noble, la détermination et la résolution inscrites sur sa mâchoire obstinée. Elle se leva et alla poser une main sur son bras.

— Mais, monsieur, vous mettez votre famille en danger pour moi. Vous vous mettez en danger.

Il soutint son regard.

— Me demanderiez-vous d'en faire moins ?

— Moi oui, intervint Lilith. Comment peux-tu nous mettre aussi, Mère et moi, en danger, Gregory ?

— Oh, tais-toi, Lilith, lança la comtesse. Nous ne sommes pas des lâches, et puis Gregory et ton soupirant seront là pour nous protéger.

Gregory acquiesça d'un signe de tête.

— Je ne peux pas vous laisser faire, lâcha Julian.

Meredith intervint alors.

— Vous ne semblez pas avoir le choix. Je ne pense pas que le ministère de la Guerre ait mis cette demande par écrit.

— Non, admit-il.

Elle sourit.

— Alors vous n'avez rien pour prouver vos propos et vous êtes en minorité. J'espère que vous comprenez, maître.

Il secoua la tête avec un petit rire.

— Madame, vous continuez de me surprendre.

— C'est mon but dans la vie. Il existe cependant une autre solution. Votre maison est sur Clarendon Square, n'est-ce pas, lord Carrolton ?

— Oui.

— La mienne aussi. Yvette pourrait vivre chez moi. Julian est déjà un visiteur connu, ses visites passeraient inaperçues. Et elle serait suffisamment proche pour que vous puissiez la surveiller.

Gregory n'aimait pas cette idée. L'inquiétude traversa son visage, et Yvette sentit son bras se contracter. Mais Julian prit la parole avant lui.

— Hors de question. Vous ne jouerez aucun rôle dans cette histoire.

— Aucun rôle ?

Le sourire de Meredith était doux, mais Fortune cessa son exploration et se rua sous le divan comme si elle avait perçu le danger dans la voix de sa maîtresse.

— C'est moi qui ai suggéré le placement d'Yvette dans cette maison, vous vous souvenez ? C'est moi qui l'ai accompagnée ici. C'est mon amie et je ne l'abandonnerai pas !

Lady Carrolton se leva et s'approcha d'Yvette d'un pas hésitant.

— Moi non plus.

— Vous n'avez pas besoin de me demander mon avis, déclara Gregory.

Julian les balaya tous du regard, puis fit appel à la seule femme susceptible de le soutenir.

— Lady Lilith, vous pouvez sûrement les convaincre d'entendre raison.

Elle se mit debout, toute en grâce majestueuse dans sa robe de soie prune, sa tête brune altière.

— Je n'ai jamais réussi à convaincre ma famille de quoi que ce soit, monsieur Mayes, expliqua-t-elle, et elle s'avança pour rejoindre sa mère. Cependant, comme ils sont de toute évidence très attachés à cette question, je vais les soutenir.

Yvette se pencha pour la regarder. Lilith lui sourit.

— Voilà, dit Gregory à son ami. Soit nous allons tous à Londres, soit nous restons tous ici. Que préfères-tu, Julian ?

*

* *

Meredith attendit. Elle pouvait sentir l'indécision de Julian. Il avait des ordres, et venant de haut, semblait-il. Mais comment ne pas admirer la loyauté et le courage de son ami ?

Prenez la bonne décision. Je vous en prie !

Depuis leurs retrouvailles, Meredith avait craint sa réaction lorsqu'il apprendrait qu'elle avait hérité de l'argent de lady Winhaven. Elle avait tout avoué après le mariage et attendait sa condamnation. Au lieu de cela, il avait déploré le fait que, s'il en avait su davantage sur cette affaire, il aurait peut-être retrouvé Meredith plus tôt. La réaction de Julian avait fait fondre son cœur.

Depuis son retour à Londres, il avait été encore plus attentionné : il lui rendait visite tous les jours, lui apportait des fleurs, offrait des friandises à Fortune. Meredith avait commencé à espérer. Lorsqu'il l'avait invitée à Carrolton Park pour rendre visite à Yvette, elle avait été ravie d'accepter. Mais, une fois de plus, il semblait déterminé à mettre ses amis en péril. Tout ce qu'il faisait était-il aussi calculé ? Comment pouvait-elle ne pas douter de lui ?

— Très bien, concéda-t-il, la mâchoire serrée. Venez à Londres. Mais je ne peux pas promettre que le ministère de la Guerre acceptera votre plan.

— Laissez-les essayer, lâcha lady Carrolton, et Meredith eut pitié de l'imbécile qui oserait la défier.

Ils convinrent tous d'être prêts d'ici le lendemain. Meredith prit Fortune dans ses bras pour qu'elle ne soit pas dans les jambes de l'assemblée qui prenait congé. Le majordome se pressa de prévenir les domestiques. Lady Lilith et sa mère se dirigèrent vers l'escalier pour commencer à préparer leurs bagages. Lord Carrolton et Yvette échangèrent quelques mots, ce qui forçait le comte à se pencher considérablement. Cette image rappela à Meredith comment il avait protégé Yvette lors du mariage de Jane.

— Une idylle, tu crois ? murmura-t-elle à Fortune.

La queue de la chatte s'agitait paresseusement d'un côté puis de l'autre, comme si elle envisageait cette possibilité.

Le comte releva la tête, et Julian lui fit signe de venir. Elle n'aimait pas qu'ils discutent tous les deux. Qui savait quel plan stupide ils allaient encore imaginer ? Meredith se rapprocha d'Yvette.

— Avez-vous des inquiétudes ?

— Beaucoup, répondit Yvette en observant les deux hommes de l'autre côté de la pièce. Sera-t-il en sécurité ?

Une idylle assurément. La mélancolie qui se lisait dans ses yeux était aussi évidente que l'inquiétude qui pointait dans sa question.

— Lord Carrolton me semble être un homme capable de prendre soin de lui, déclara Meredith en tenant Fortune contre elle.

— Non, murmura Yvette. Il fait trop confiance, il croit en la bonté des gens. Alors que j'ai vu leur pire facette.

— Vous formez un couple improbable. Mais j'ai vu des mariages heureux avec de plus grandes différences.

Yvette fit non de la tête.

— Non, non, vous vous méprenez. Le comte n'a aucun sentiment pour moi.

— Vraiment ? Comme c'est fâcheux, alors que vous en nourrissez manifestement pour lui.

— Je l'admire, rien de plus, se défendit Yvette, puis elle baissa les yeux sur Fortune, qui la regarda sans ciller, et posa sa main sur son pelage. Et comment va ma mignonne petite chatte aujourd'hui ?

— Elle est aussi sceptique que moi.

Fortune ferma les yeux et étira le cou pour diriger la main d'Yvette sur son crâne.

— Vous pouvez bien parler, rétorqua Yvette. Vous avez quitté Foulness Manor et la partie de campagne de Harry pour M. Mayes. Mais vous n'avez plus l'air aussi éprise maintenant.

Meredith ne détacha pas son regard de Fortune.

— Franchement, je ne sais quoi penser de lui. Un jour, il est très charmant, et le lendemain il n'est que fourberie.

— Tous les hommes que j'ai connus sont ainsi, à l'exception de deux : mon père et le comte.

— Je ne me souviens pas de mon père. Il est mort lorsque j'étais bébé. La plupart des hommes de ma vie ont été décevants. Mais le duc de Wey s'est montré intelligent.

Yvette sourit.

— Vous dites cela parce qu'il a épousé votre Jane.

— Ce qui démontre son intelligence. Et sir Harry a un certain panache. De toute évidence, Patience l'adore.

Le sourire d'Yvette s'élargit.

— Toutes vos clientes finissent-elles par se marier dans les familles où vous les placez ?

— Jusqu'à présent, grâce à Fortune, répondit Meredith en jetant un regard appuyé à Yvette.

Yvette leva les mains en l'air, ce qui fit sursauter le chat qui la dévisagea avec une dignité heurtée.

— Ne me regarde pas, lança Yvette à Fortune. Je n'ai aucune intention d'allonger ta liste.

— C'est ce que nous verrons, déclara Meredith, et Yvette rit.

Les hommes interrompirent leur conversation. Le comte s'approcha d'Yvette et demanda à lui parler en privé. Alors qu'ils s'éloignaient, Julian prit la place d'Yvette aux côtés de Meredith. Fortune l'observa. Il tendit la main et la chatte se pelotonna contre sa maîtresse.

— Tu es en colère après moi, n'est-ce pas ? murmura-t-il en regardant l'animal. Que puis-je faire pour obtenir ton approbation ?

— Arrêter de menacer nos amis, répondit Meredith.

Julian porta son regard sur sa bien-aimée.

— La sécurité de l'Angleterre l'emporte sur les autres préoccupations.

— Qu'en est-il de la loyauté, monsieur, de la compassion ? Êtes-vous prêt à sacrifier tout ce qui vous tient à cœur ?

— Oui, si cela épargne la vie de milliers de personnes.

Meredith leva le menton.

— Je ne peux pas penser à des milliers de personnes. Je ne pense qu'à une seule.

— Tout comme moi.

Elle soutint le regard de Julian et faillit hoqueter de surprise devant la tendresse que ce dernier renfermait. Il leva la main, et ses doigts effleurèrent la joue de Meredith.

— C'est à vous que je pense quand je vois l'Angleterre en danger, lui chuchota-t-il. Cette guerre, ces intrigues ne signifient rien si vous en ressortez blessée. Ne suis-je pas autorisé à assurer votre sécurité ?

— Ne faites pas ça pour moi. Je ne peux pas porter la responsabilité de mettre en danger la vie de ceux qui me sont chers.

— Pourtant, vous me demanderiez de mettre votre vie en danger.

Pourquoi était-ce si difficile de réfléchir quand cet homme la touchait ? Meredith avait envie de se pencher vers lui, de permettre à ses lèvres de se poser sur les siennes, de se sentir étreinte, chérie. Mais l'enjeu était trop important.

— Je vous demanderais de vous rappeler qu'il existe d'autres personnes et qu'elles aussi ont des espoirs et des rêves d'avenir. Je vous demanderais d'employer toute votre intelligence et votre ingéniosité pour trouver une solution qui à la fois protège l'Angleterre et assure la sécurité d'Yvette, de lord Carrolton, de sa mère, de sa sœur, et même celle de Beau Villers.

— Vous en demandez beaucoup.

Julian baissa la main et Meredith l'attrapa de sa main libre.

— Je vous demande de ne pas penser qu'à vous, Julian. Ce besoin de poursuivre vos objectifs est, à mon avis, ce qui nous a réellement séparés la première fois.

— Cela vaut peut-être pour nous deux.

Meredith ne pouvait pas s'offusquer de cette insinuation. À l'époque, elle était si jeune, si idéaliste, si sûre de savoir mieux que quiconque. Elle était plus sage désormais.

— Je ne suis plus cette jeune fille, et vous n'êtes plus le jeune homme que j'ai aimé. Si vous êtes honnête dans vos assiduités, nous devons tous les deux faire mieux cette fois.

Julian hocha la tête.

— Très bien, madame. Je ferai tout mon possible. Je vous ai perdue une fois, Meredith. Je n'ai pas l'intention de vous perdre une seconde fois, même si je dois sauver tous les hommes, femmes, enfants et chats d'Angleterre.

22

Gregory insista pour qu'Yvette reste avec lui à Londres. Elle le regardait avec des yeux brillants comme s'il avait accompli un acte noble. Il aurait pu lui avouer que cet acte était entièrement intéressé. Il deviendrait fou d'inquiétude si elle était ailleurs.

En réalité, il avait observé chaque bosquet qu'ils avaient doublé sur le chemin menant au pont de Hampton Court, qui enjambait la Tamise. Qu'est-ce qui avait poussé ses ancêtres à planter autant d'arbres ? Son beau domaine comportait trop de cachettes.

De même, il ne pouvait faire confiance à aucun des véhicules qu'ils avaient croisés pendant leur long trajet jusqu'à Londres. Et si le cousin d'Yvette en avait volé un et s'en servait pour les forcer à quitter la route ? Bien sûr, rares étaient ceux qui étaient aussi grands que le carrosse de sa mère. Construit pour son confort avec de grands ressorts et des sièges moelleux, tiré par six chevaux, ce large landau pouvait se déplacer à une vitesse étonnamment rapide. Ils quittèrent Carrolton Park tôt dans la matinée et arrivèrent à Londres en fin d'après-midi.

Gregory balaya les lieux du regard lorsqu'il conduisit Yvette de la voiture à la maison. Clarendon Square était un nouveau quartier au nord de Hyde Park, avec de grandes demeures à chaque extrémité, des maisons mitoyennes sur les côtés et un square au centre. Il avait trouvé le quartier élégant, propre et calme lorsqu'il avait fait l'acquisition de cette propriété. Mais en cet instant, il ne pouvait s'empêcher de remarquer les ombres sous les arbres du square et les grilles en fer forgé qui empêchaient l'accès à l'escalier donnant sur les cuisines. À l'arrière, de hautes clôtures en pierre cachaient la vue des ruelles menant aux écuries. Pourquoi ne s'était-il jamais rendu compte avec quelle facilité un fauteur de troubles pouvait se faufiler dans ces lieux ?

Au moins, sa maison était suffisamment compacte pour qu'il puisse aisément la surveiller. C'était l'une des maisons mitoyennes les plus larges, avec deux pièces, l'une à l'avant l'autre à l'arrière, et ce sur trois étages. Yvette occuperait la chambre d'amis à l'étage des chambres, à côté de sa mère. Cette dernière était irritée à cause de lui.

— Je ne comprends toujours pas pourquoi j'ai dû laisser ma cloche à la maison, se plaignit-elle en montant l'escalier, agrippée à la rampe en palissandre. Et si j'ai besoin de vous ?

Yvette, qui montait à côté du comte derrière lady Carrolton, admirait le plafond de style Adam avec son médaillon décoré de fresques vertes et blanches.

— Cette maison est beaucoup plus petite que Carrolton Park. Il vous suffit d'appeler.

Gregory n'aimait pas le sourire qu'arborait sa mère quand ils la laissèrent dans sa chambre.

Marbury, Ada et leur cuisinière, Mme Clarke, les avaient accompagnés et ils mirent rapidement en ordre de marche le reste du personnel. Gregory s'assura qu'un valet serait de garde à la porte de devant et à celle de derrière, de jour comme de nuit. Julian avait expliqué que le ministère de la Guerre avait posté des hommes à l'extérieur pour surveiller la maison. Gregory aurait peut-être été plus à l'aise s'il les avait réellement vus.

— Quel intérêt s'ils sont visibles, *mon cher* ? lui rétorqua Yvette lorsqu'elle le surprit à regarder par la fenêtre pour la troisième fois le soir de leur arrivée. Le ministère de la Guerre souhaite attraper mon cousin. Si Claude pense que je suis sous protection et qu'il n'a aucune chance, il ne passera pas à l'acte.

Attraper son cousin demeurait difficile. Claude de Maupassant ne montra pas son visage les deux premiers jours de leur séjour à Londres, même s'il sembla à Gregory que tout le monde était venu frapper à leur porte : des connaissances, des amis et même le nouveau médecin apparemment engagé par sa mère, qui se pressa de monter l'escalier comme s'il craignait que Gregory ne l'attaque.

Les premières à leur rendre visite furent Mlle Thorn et Fortune, qui vinrent avant la fin de la soirée s'assurer que tout était au goût d'Yvette. Mlle Thorn laissa son animal de compagnie déambuler dans chaque pièce, du salon bleu au cabinet lambrissé de Gregory, depuis la salle à manger crème et dorée trois fois plus petite que celle de Carrolton Park jusqu'à la chambre d'amis rose et verte.

Tout comme à Carrolton Park, Gregory n'avait pas lésiné sur les dépenses pour meubler les pièces afin de satisfaire le confort de sa famille. Malheureusement, en dépit de ses efforts de décoration, il avait toujours l'impression d'être dans une maison de poupée. Rien ne correspondait à sa corpulence.

Néanmoins, Fortune approuva les lieux. Elle semblait sourire en passant devant la chambre de lady

Carrolton, la queue en l'air. Gregory ne savait pas pourquoi, mais il se sentit plus détendu.

Les visiteurs suivants furent Gussie Orwell et Lydia Villers le lendemain matin. Elles venaient affreusement tôt, se plaignit sa sœur. Ada n'avait même pas encore fini d'apprêter sa mère pour la journée. Gregory, Yvette et Lilith les retrouvèrent dans le salon.

— Il faut croire que la nouvelle de notre retour s'est propagée rapidement, commenta Lilith.

Ils étaient assis sur le divan en damas bleu et dans les fauteuils assortis près de la cheminée en bois sculpté. L'assemblée formait un joli tableau : sa sœur en vert pomme, Yvette dans un bleu marine qui faisait ressortir le bleu de ses yeux, la blonde Lydia dans une mousseline blanche à frous-frous qui convenait à sa personnalité enjouée, et Gussie aux cheveux gris dans une robe bleu ciel bordée de blanc. Avec le sentiment d'être un brin démodé dans son manteau de tweed, Gregory se plaça entre ces femmes et les fenêtres drapées de gaze et se retint de regarder dehors.

— Beau nous a annoncé la bonne nouvelle, expliqua Lydia avec un franc sourire. Je suis absolument ravie, Lilith. J'avais hâte de vous souhaiter la bienvenue dans la famille.

Une femme de caractère. Lydia Villers avait servi d'appât de mariage à son frère pendant des années, sans succès, mais elle savait sourire et se réjouir pour les noces à venir de lady Lilith. Gregory ne put s'empêcher de se souvenir de la réaction plus sombre de Lilith lorsqu'elle avait appris les fiançailles de Patience Ramsey.

Sa sœur rendit à Lydia son sourire plus timidement.

— Je vous remercie. J'ai toujours eu envie d'avoir une sœur. Et j'accomplirai mon devoir. Une fois que

Beau et moi serons mariés, nous devrons redoubler d'efforts pour vous voir heureuse vous aussi.

Yvette haussa les sourcils.

Lydia jeta un coup d'œil à Gussie.

— Mais je suis heureuse.

Gussie acquiesça d'un signe de tête.

— Toutes les femmes n'ont pas besoin de se marier, lady Lilith. Certaines d'entre nous se portent très bien sans un homme dans leur vie.

Le sourire de Lilith se fit plus froid.

— Oui, le célibat convient à certaines femmes.

— D'autres aiment les aventures audacieuses, ajouta Yvette, le regard pétillant, et les grandes prouesses scientifiques. Dites-moi, où en est votre formule ?

On pouvait faire confiance à Yvette pour détourner la conversation d'un sujet controversé. Gregory écouta avec intérêt Gussie expliquer les plantes qu'elle avait utilisées pour confectionner son baume cicatrisant. Ils débattaient des propriétés de l'eucalyptus lorsque Marbury annonça un autre visiteur.

Gregory se redressa lorsque Charlotte Worthington entra dans la pièce. Elle était aussi charmante que dans son souvenir, toute en élégance et en grâce. Ses épais cheveux auburn étaient noués derrière sa tête, et ses yeux gris se plissaient sous l'effet de son sourire. Le sourire de Gregory se dessina en réponse.

— Lady Lilith, dit-elle en s'avançant dans un bruissement de soie gris tourterelle, comme c'est agréable de vous revoir.

— Charlotte.

Lilith prit la main de la jeune femme pour l'attirer près d'elle.

— Mademoiselle Worthington, dit Gregory avec bienséance, même si cette femme lui avait depuis longtemps donné l'autorisation de l'appeler par son prénom. Je crois que vous connaissez Mlle Orwell et Mlle Villers. Voici Mlle de Maupassant, qui nous rend visite pendant son séjour en Angleterre.

Yvette hocha la tête. Gussie se décala pour faire de la place sur le divan, mais Lydia se mit debout.

— Comme le temps passe vite ! s'écria-t-elle. Venez, Gussie. Nous avons du pain sur la planche.

Charlotte écarta ses jupes pour s'asseoir à côté de Lilith.

— Je vous en prie, ne partez pas à cause de moi, mademoiselle Villers. Je ne vous en garde pas rancune.

Lydia pâlit mais refusa de rester. Gussie se leva en fronçant les sourcils et leur dit au revoir. Yvette les regarda partir d'un air perplexe.

Dès qu'elles furent sorties, Lilith se tourna vers son amie.

— Quelle rancune devriez-vous garder contre Lydia Villers, Charlotte ?

Charlotte lui tapota la main.

— Rien qui doive vous inquiéter. La raison de ma visite est plus importante. Je suis venue vous adresser mes vœux de bonheur. Worth a croisé Beauford Villers au White's. Il paraît que vous allez vous marier.

Lilith répondit à ses félicitations avec un sourire enjoué ; plongées dans leur conversation sur les préparatifs du mariage, les deux jeunes femmes semblèrent oublier la présence du reste de l'assemblée. Engoncée dans son fauteuil, Yvette offrit un sourire à Gregory. Elle ne méritait pas d'être ignorée, mais il était réticent à ce que sa sœur ne soit plus au centre de l'attention. Elle avait été déjà assez souvent délaissée.

Charlotte se rendit compte du problème plus tôt.

— Mais où est passé mon savoir-vivre ? s'exclama-t-elle. Pardonnez-moi, mademoiselle de Maupassant. Je n'ai pas vu mon amie depuis une éternité, mais ce n'est pas une excuse pour monopoliser la conversation.

— Mlle de Maupassant a l'habitude d'être ignorée, déclara Lilith. Elle a été récemment la dame de compagnie de Mère.

Quel venin. Gregory poussa un soupir presque audible. Charlotte regarda Yvette, qui restait souriante, puis Lilith, qui s'assombrissait, avant de reposer les yeux sur la jeune Française.

— Comme c'est intéressant. J'admire une femme capable de se frayer un chemin dans le monde malgré les circonstances. Je ne pense pas que je pourrais être dame de compagnie, hélas. J'ai des idées beaucoup trop arrêtées.

Yvette inclina la tête.

— Moi aussi. Demandez à lady Carrolton. Elle ne savait pas quoi penser de moi. Et la pauvre lady Lilith a jugé nécessaire de me rappeler sans cesse où était ma place.

Lilith baissa les yeux.

— L'habitude. Je vous prie de me pardonner, Yvette.

Gregory cligna des paupières de surprise. Le sourire d'Yvette s'élargit et Charlotte parut se réjouir vivement de tout cela.

Elle demanda à Gregory de la raccompagner à la porte à la fin de sa visite.

— Je ne voulais pas colporter de commérages, déclara-t-elle en s'arrêtant dans l'entrée au sol de marbre noir et blanc qui paraissait exiguë par rapport au vaste hall de Carrolton Park. Je ne suis pas du genre à garder rancune contre Lydia Villers et son frère. Elle a brisé le cœur de Worth l'année dernière. Il lui en veut. J'en veux à mon frère. Je pensais que vous devriez le savoir puisque vous aurez bientôt un Villers dans votre famille.

De leur cercle, Frederick Worthington (Worth pour ses amis et sa famille) était le plus ombrageux. Farouchement indépendant, doté d'une sensibilité d'artiste et d'un intellect d'érudit, il s'était consacré aux progrès de la chimie. Gregory pouvait le voir tomber amoureux avec une telle intensité au point d'effrayer l'objet de son amour.

Pourtant, Lydia Villers, avec toute son énergie engageante, ne semblait pas du genre à prendre la fuite. Son frère aurait vu dans cette union l'occasion d'intégrer le monde des privilégiés et aurait qualifié Worth de joli coup. Pourquoi refuser, si Worth était disposé à offrir son cœur à cette femme ? Elle n'avait pas encore découvert son intérêt pour la science à l'époque, sinon il l'y aurait sans doute encouragée.

— Merci pour la mise en garde, dit Gregory à Charlotte, avant de lui faire un baisemain.

Quand il se redressa, elle le dévisageait, la tête penchée. Il haussa un sourcil et elle rit.

— Désolée. J'essayais de vous imaginer faire la cour à Mlle de Maupassant.

Il recula d'un pas et heurta la table en demi-lune sous le miroir au cadre doré.

— Je ne fais pas la cour à Yvette de Maupassant.

Charlotte sourit.

— Assurément pas. Ces regards entre vous deux étaient simplement dus au fait que Lilith et moi sommes très ennuyeuses. Allons, Carrolton. Nous nous connaissons depuis l'enfance. Vous n'avez jamais su dissimuler vos sentiments.

Ce qu'il regrettait presque. Ce regard gris était trop entendu.

— J'admire beaucoup cette dame, et son amitié me fait honneur, tout comme la vôtre.

— Très joliment dit, monsieur. Faites ce que vous voulez. Mais si vous tenez à cette femme, ne soyez pas idiot comme Worth, ne vous convainquez pas qu'il y a plus important, lui conseilla-t-elle en se redressant. J'espère bientôt vous adresser également mes vœux de bonheur, Carrolton. Bonne journée.

Gregory la raccompagna et referma la porte derrière elle. Les murs étaient bien trop proches. Peut-être devrait-il acheter la maison attenante, afin d'agrandir l'espace. Et puis, il y avait le projet de loi que le Premier ministre lui avait envoyé afin qu'il le présente. Et aurait-il besoin d'un nouveau manteau pour le mariage de Lilith ? Elle ne lui permettrait pas de l'accompagner jusqu'à l'autel en tweed.

Il arrêta le tourbillon frénétique de ses pensées et admit leur cause. Charlotte avait raison. Il était facile de penser à une douzaine de choses pour occuper son esprit, quand ce qui comptait le plus à ses yeux était la charmante Française assise dans le salon à quelques pas, et pourtant si loin.

*

* *

Yvette sourit à une autre jeune femme venue féliciter lady Lilith et n'écouta la conversation que d'une oreille discrète. Elle avait pensé qu'assister à ces visites lui ferait oublier le danger, mais elles ne l'aidaient en rien. Lilith racontait qu'elle était à Londres pour constituer son trousseau, qu'il serait grand et onéreux. Si Yvette devait entendre une fois de plus ce discours, elle hurlerait. Était-ce là tout ce que faisaient les Anglaises ? Il n'était guère étonnant que lady Carrolton ait prétexté des vapeurs.

L'ancienne maîtresse d'Yvette avait eu du mal à se remettre du voyage et avait passé la veille au lit. Le médecin s'était isolé avec elle un certain temps, puis avait signalé à Marbury qu'elle avait besoin de se reposer et de ne pas être dérangée. C'était un peu comme s'ils étaient de retour à Carrolton Park, car Yvette avait aidé Ada à la divertir en lui faisant la lecture et en lui racontant les nouvelles apportées par les nombreux visiteurs de Lilith. Au moins, la comtesse s'était suffisamment rétablie ce jour-là pour effectuer elle-même des visites.

Yvette avait refusé de l'accompagner. Si elle quittait la maison, Gregory insisterait pour l'escorter, et il avait déjà assez à faire, surveillant chaque visiteur qui venait comme s'il craignait que le cousin d'Yvette ne se cache sous des jupes de mousseline. Il appréciait encore moins les visites qu'elle. Elle le savait, car tôt ou tard, son regard se perdait dans le vide, et elle était certaine qu'il s'imaginait alors dans la serre au milieu de ses plantes bien-aimées.

Yvette aurait préféré y être aussi. Elle fut surprise de constater à quel point Carrolton Park lui manquait. Elle avait toujours préféré la ville à la campagne, l'effervescence de Paris au calme de la Picardie sur la route de Calais. Mais elle ne pouvait pas contester la tranquillité du domaine boisé de Gregory.

Ni le confort de sa compagnie.

Ils n'avaient eu que peu de temps pour converser depuis leur arrivée. En raison de la taille de la maison, ils étaient tous ensemble bien plus souvent que d'habitude. Cependant, Lilith était partie se coucher tôt la veille. Alors que Marbury se tenait près de la porte ouverte du salon, Yvette et Gregory avaient discuté jusque tard dans la nuit. Comme il était agréable d'écouter ses histoires du pensionnat, les nombreux camarades qu'il s'était faits, leurs facéties et ce qu'il avait appris durant ses voyages. Elle avait rencontré certains de ses amis : Harry, Julian Mayes et le duc de Wey. Elle avait hâte d'en rencontrer d'autres, comme ce vicomte Worthington et sa belle et intelligente sœur qui regardait Gregory comme s'il devait être à sa botte.

Non, non, elle ne serait pas jalouse. Il n'était pas sien. C'était impossible tant que Claude ne serait pas vaincu.

Elle se força à se concentrer sur la dernière visiteuse, une certaine Mlle Pence. Vêtue d'une pelisse ornée de rubans de satin serpentant dessus, la brune au nez fin avait insisté pour garder sa coiffe, comme si elle comptait ne pas rester plus de quelques instants, et non la demi-heure pendant laquelle elle avait radoté. Sa coiffe en osier blanc était parée de grandes fleurs en soie jaune et d'un ruban marron clair qui chatouillait sa joue pâle.

Yvette se pencha vers Gregory et lui indiqua le couvre-chef d'un signe de tête.

— *Helianthus*, non ?

— Trop petit pour être un tournesol, murmura-t-il. Plus probablement *Bellis perennis*, ou du moins l'idée que quelqu'un se fait d'une pâquerette.

Lilith jeta un coup d'œil dans leur direction en fronçant les sourcils. Le regard de son amie était tout aussi sévère.

— Nous admirions votre coiffe, dit en hâte Yvette.

La jeune femme inclina la tête, ce qui fit s'agiter les fleurs jaune poussin.

— Je vous remercie. J'ai trouvé les rubans particulièrement ravissants. C'est la couleur à la mode, m'a-t-on dit.

— Je l'avais envisagée pour le divan de Carrolton Park, déclara Gregory. Saumon mort, je crois.

Yvette se mordit les lèvres devant le sourire figé de la jeune femme.

— Je vous demande pardon ?

— La couleur, expliqua Gregory avec sérieux. Elle s'appelle « saumon mort ». Elle vous sied à merveille.

Yvette éclata de rire. Elle le regretta aussitôt, car Gregory commença lui-même à ressembler à un poisson mort alors que l'amie de Lilith s'en allait, vexée.

— Franchement, Gregory, le gronda sa sœur. N'as-tu aucune sensibilité ?

— C'est ma faute, intervint Yvette. Je n'aurais pas dû rire.

— Non, vous n'auriez pas dû, répliqua Lilith, le nez en l'air. Imaginez, appeler une couleur « saumon mort » !

Elle baissa la tête, ses lèvres se tortillèrent un instant, puis le rire le plus doux s'échappa de sa gorge.

— Oh, Gregory ! Tu n'as pas pu inventer ce nom. À quoi pensait le créateur ?

Son frère sourit et inclina la tête.

— Je ne l'ai pas inventé, mais j'aurais dû réfléchir à la réaction de ton amie. Pardonne-moi, Lilith.

Elle agita la main.

— Je pense que nous allons avoir d'autres moments de ce genre pendant notre séjour à Londres. Tout le monde veut me rendre visite. Trop de gens me considéraient comme une vieille fille. Maintenant que je vais me marier, je suis devenue une merveille à contempler. J'aurai le droit à d'autres commentaires quand j'irai choisir le tissu de ma robe de mariée.

— N'optez pas pour la couleur saumon mort, suggéra Yvette.

Lilith rit de plus belle et se leva.

— Non, certainement pas. Quelqu'un de très intelligent m'a appris que, de toute façon, j'étais plus belle dans des couleurs plus intenses.

— Peut-être argenté ou blanc, lui conseilla Yvette en se levant à son tour. Avec de longues lignes pour souligner votre taille et votre grâce.

Lilith lui prit la main et la serra.

— Vous devez venir avec moi. Que ferais-je sans votre sens de la mode ?

Gregory avait l'air si satisfait de la situation qu'Yvette pensa qu'il pourrait défaire un bouton de son gilet bleu.

— Êtes-vous d'accord pour que je m'absente ? demanda-t-elle.

Le sourire du comte devint déterminé.

— Bien entendu. Mais je viendrai avec vous.

Elle savait que c'était un risque, mais elle ne put contenir son soulagement à l'idée de quitter la maison.

Ils sortaient du salon lorsque Marbury apparut dans l'escalier.

— Lady Lilith, lord Carrolton, mademoiselle de Maupassant, dit-il en baissant respectueusement la tête. Quand lady Carrolton est rentrée de sa sortie, elle était pâle. Elle est dans sa chambre et vous réclame.

Yvette grimaça.

— Nous l'avons négligée. Je vais y aller.

— Nous allons tous y aller, dit Lilith en jetant un regard à Gregory.

Il hocha la tête et leur fit signe de le suivre dans l'escalier.

Ada déposait une compresse sur la tête de la comtesse quand ils entrèrent dans la jolie chambre bleue dans laquelle elle s'installait lorsqu'elle était en ville. Lady Carrolton était allongée sur le dessus-de-lit, vêtue d'une de ses robes noires. Dommage qu'elle n'ait pas davantage tenu compte des conseils d'Yvette. Le tissu sombre atténuait ses joues roses et donnait à ses yeux un aspect enfoncé.

— Est-ce ma famille ? demanda-t-elle d'une voix enrouée. Je ne voulais pas vous interrompre. Je passais un moment tout à fait charmant avec lady Agnes quand, d'un coup, je me suis trouvée incapable de garder les yeux ouverts. Où est ma mallette rouge ?

Yvette se rapprocha. Même si Ada avait éteint la lampe, les pupilles de lady Carrolton étaient de minuscules têtes d'épingle et la sueur perlait sur son front. Un frisson parcourut Yvette.

— Mère, la sermonna Lilith. Vous avez promis de bien vous tenir.

Yvette se redressa et regarda le frère et la sœur droit dans les yeux.

— Cette fois, ce n'est pas de la comédie. Elle est malade. Faites venir le médecin.

23

Gregory faisait les cent pas dans le couloir à l'étage. C'était loin d'être satisfaisant – à peine dix pas séparaient un côté de la maison de l'autre. Il désirait être auprès de sa mère, mais Lilith avait été catégorique :

— Nous ne savons pas si elle est contagieuse, avait invoqué sa sœur en le poussant dans le couloir. Tu es le comte, Gregory. Ton héritier est un cousin éloigné qui ne se soucie nullement de nous. Tu ne peux pas tomber malade et mourir.

« Nous allons rester aux côtés de votre mère, lui avait promis Yvette, le visage abattu par le chagrin. Et je viendrai vous prévenir s'il y a du nouveau. »

C'était il y a une heure et elle n'était pas ressortie de la chambre.

Gregory leva les yeux quand Marbury monta l'escalier, suivi de près par le nouveau médecin. Gregory l'avait rencontré et interrogé après sa première visite ; il l'avait trouvé étrangement modeste pour un homme de science. Il avait une barbe et une moustache soigneusement taillées, et ses cheveux étaient de la même teinte de brun. Sa sacoche noire agrippée à la main, il scruta Gregory à travers des lunettes à verres épais pendant que Marbury le conduisait à la porte de la chambre.

— Le docteur Smythe, Monsieur.

Gregory hocha la tête.

— Docteur. Je suppose que Marbury vous a expliqué la situation ?

— Oui, monsieur, répondit-il d'une voix calme et douce, avec une pointe d'accent que Gregory devinait être écossais.

L'homme avait été formé dans la célèbre école d'Édimbourg, comme il l'avait expliqué à Gregory.

Ce dernier s'écarta pour les laisser passer et les suivit jusqu'à la porte.

Le médecin fit une pause avant d'entrer et jeta un coup d'œil à Gregory comme s'il pensait qu'il avait l'intention de l'accompagner.

— Si monsieur veut bien, je préfère voir la patiente seul à seule.

— Ma sœur insistera pour être présente. Et je dois aussi insister pour qu'elle le soit. Marbury, demandez à Mlle de Maupassant de sortir.

Le sourire de remerciement du médecin parut bien trop éclatant dans ce couloir sombre.

Yvette sortit peu de temps après et le médecin se pressa d'entrer dans la chambre. Yvette n'avait d'yeux que pour Gregory. Elle lui saisit la main et la serra fort dans les siennes.

— N'ayez crainte. Elle est plus forte qu'elle ne le prétend. Elle va combattre cette maladie.

— Mais comment est-ce arrivé ? lui demanda Gregory, réchauffé par le contact d'Yvette. Elle semblait se remettre.

Yvette haussa les épaules.

— Qui sait ? Ces maladies sont imprévisibles et affectent qui leur chante. Mais nous ne laisserons pas ce mal l'emporter.

Il sentit un sourire s'esquisser.

— Vous êtes capable d'affronter la mort, pas vrai ?

Yvette pâlit.

— J'aimerais qu'il en soit de même pour ceux que j'aime.

Il fixa leurs mains jointes. Celles d'Yvette avaient toujours paru si petites dans les siennes. Pourtant, ses doigts avaient la force de le retenir, de le faire vibrer, d'effacer les inquiétudes, de célébrer les joies. Il s'était demandé si elle s'en souciait, si lui s'en souciait suffisamment. À présent, plus rien de tout cela n'avait d'importance. La maladie de sa mère et les inquiétudes de sa sœur concernant la succession le ramenaient à la réalité. On n'avait qu'une vie. Pourquoi perdre une minute de plus ?

— Oserais-je espérer que vous m'incluiez dans ceux que vous aimez ? murmura-t-il.

— *Oh, mon cœur*, dit-elle en lui caressant la joue de sa main, les yeux embrumés. Vous plus que tout autre. Je ne croyais pas qu'il y avait encore des hommes comme vous sur cette terre : authentiques, honnêtes, loyaux.

Ces qualités n'étaient pas du tout ce qu'il voulait qu'elle ressente pour lui. Il renifla.

— J'ai l'impression d'être votre animal de compagnie.

Elle sourit.

— Mon lion apprivoisé. Aussi majestueux que le roi du règne animal.

Il poussa un soupir, avec un sentiment de défaite grandissant.

— Donc, je suis une bête.

Yvette laissa tomber sa main.

— Vous vous méprenez. Je ne ressens que de l'admiration pour vous.

— L'admiration est un bon commencement. Et si j'en veux plus ?

Pour toute réponse, Yvette se dressa sur la pointe des pieds et l'embrassa.

Une fois de plus, le monde s'effaça pour laisser place aux sensations, aux émotions. Il la serra contre lui et lui rendit son baiser. Sous son contact, il se sentit vivant, l'homme qu'il était censé être.

Au bout d'un moment, elle s'écarta et il la relâcha. Elle le dévisagea.

— Qu'attendez-vous de moi ? chuchota-t-elle. Demandez-moi, et vous aurez ce que vous voulez. Je ne peux rien vous refuser.

— Dans ce cas...

Gregory posa un genou à terre, sa tête se retrouvant sous celle d'Yvette.

— Yvette de Maupassant, me feriez-vous l'honneur d'être ma femme ?

*

* *

La joie bouillonna en elle, et elle se pencha pour prendre le visage du comte entre ses mains et l'embrasser de plus belle.

— *Oui, mon cœur. Bien sûr que oui. Je suis honorée.*

— En anglais, voulez-vous bien ? demanda-t-il, la tête levée vers elle, l'espoir brillant dans ses yeux. Je ne veux pas mal vous comprendre.

— Oui, confirma-t-elle en anglais en lui prenant les mains pour l'inviter à se relever. Oui, oui et oui. Mais embrassez-moi encore.

Il lui obéissait obligeamment quand quelqu'un toussota.

Yvette s'écarta, mais Gregory la rattrapa et la maintint contre lui. Le valet et Beau Villers étaient dans le couloir. Le premier s'efforçait de ne pas sourire. Le second paraissait stupéfait.

— Villers, le salua Gregory comme s'il était surpris tous les jours en train d'embrasser l'ancienne dame de compagnie de sa mère. Je vous attends depuis plusieurs jours.

Villers se reprit et esquissa une révérence.

— J'étais dans votre quartier, mais je n'ai jamais eu l'occasion de me présenter à une heure convenable.

Il devait donc faire partie des hommes chargés par lord Hastings de surveiller la maison. Les cernes sous ses yeux attestaient de quelques nuits blanches.

— J'espérais parler à Lilith, poursuivit-il, en regardant tour à tour Gregory et Yvette.

— Elle est avec la comtesse, indiqua la Française. Il semble que lady Carrolton soit véritablement malade cette fois.

Villers fit une grimace triste.

— Comme c'est tragique. Il est normal que Lilith souhaite être à ses côtés. J'admire son dévouement. Mais je dois protester. Et si elle aussi contractait la maladie ? Vous ne pouvez pas mettre sa vie en danger, monsieur.

Yvette étudia Villers de plus près. Son teint avait pâli ; ses épaules s'étaient redressées. Pour une fois, il semblait que Beau Villers se préoccupait davantage d'une autre personne que de lui-même.

À cet instant, la porte s'ouvrit et M. Marbury s'avança dans le couloir. Le valet se pressa de reprendre son poste devant la porte, tandis que le majordome rejoignait Yvette, Gregory et Villers.

— Le docteur Smythe aimerait vous parler, Monsieur, dans la chambre, annonça M. Marbury. Je regrette qu'il ait invité exclusivement la famille.

— Alors je suis admis, déclara Villers. Ma place est aux côtés de ma bien-aimée.

Gregory regarda Yvette avec tendresse.

— Yvette sera également la bienvenue. Elle a accepté d'être mon épouse.

Villers resta bouche bée.

Marbury esquissa un sourire.

— Puis-je être le premier parmi tant d'autres à vous féliciter ? Cependant, étant donné l'état de la comtesse, il serait peut-être sage de restreindre le nombre de personnes dans la chambre.

Yvette donna un coup de coude à Gregory.

— C'est à mon tour d'attendre. Vous me raconterez tout, je le sais.

Il lui prit la main et y déposa un baiser.

— Tout, je vous le promets. Je reviens vite.

Le comte regarda Villers en fronçant les sourcils, et celui-ci s'écarta à contrecœur.

Marbury accompagna son maître jusqu'à la porte.

— Fiancés, hein ? demanda Villers dans le silence. Je suppose que je devrais moi aussi vous féliciter.

Yvette hocha la tête – elle avait l'impression que la joie allait exploser de son corps si elle ouvrait la bouche. Gregory, comte de Carrolton, voulait l'épouser. Elle serait sa compagne, sa femme, une comtesse. C'était tout ce que ses parents avaient désiré pour elle, le destin qu'on lui avait appris à croire sien.

Réellement ? Elle serait une comtesse anglaise, liée à la nation ennemie de la France. Elle ne pourrait pas y retourner, combattre Napoléon, voir son pays retrouver la raison. Était-ce vraiment ce qu'elle désirait ? Où son cœur impétueux l'avait-il conduite ?

*
* *

Dans la chambre, Gregory s'approcha du lit. Les yeux de sa mère étaient clos, sa respiration saccadée lui faisait l'effet d'un couteau dans sa poitrine. Lilith lui saisit le bras et le serra fort, le regard hagard.

— Villers est là, lui murmura Gregory, et il crut entendre sa sœur reprendre son souffle.

— C'est un cas difficile, commenta le docteur Smythe, qui se détourna de la comtesse vers Gregory. Mais pas sans espoir. Je crains que votre mère n'ait besoin de soins immédiats, monsieur. J'ai entendu parler d'un médicament, une teinture qui donne des résultats miraculeux, mais dont les ingrédients peuvent s'avérer difficiles à trouver.

Gregory redressa le dos.

— Je vais les trouver.

Le médecin hocha la tête.

— Je vais vous noter la recette. Lady Lilith, je vous suggère de l'accompagner. Les femmes ont une plus grande sensibilité pour ces sujets.

Supposition intéressante. Yvette approuverait sans doute.

Yvette, qui allait l'épouser. Gregory avait dû sourire, car Lilith le dévisageait comme s'il avait perdu la raison.

Elle se tourna vers le médecin.

— Je préférerais rester avec ma mère.

— C'est tout à fait compréhensible, dit-il de sa voix apaisante. Mais vous pouvez lui faire le plus grand bien en lui apportant ce dont elle a besoin pour survivre.

Lilith blêmit.

— A-t-elle une servante, une dame de compagnie à qui on pourrait demander de veiller sur elle ? continua-t-il, en lorgnant alternativement Lilith et Gregory.

Gregory croisa le regard de sa sœur.

— Yvette.

Elle confirma d'un hochement de tête.

— Bien sûr. Je vais lui parler.

Elle s'empressa de sortir.

Le médecin ferma sa sacoche comme s'il ne pouvait rien faire de plus. Le son fut définitif, brisant tout espoir. Il leva les yeux avec un sourire poli.

— Auriez-vous une pièce où je pourrais préparer la teinture ? Avec de l'eau à portée de main, ce serait mieux.

— Oui, la cuisine, lui répondit Gregory.

— Je vais devoir travailler sans être interrompu, expliqua-t-il en soulevant sa sacoche. Certains ingrédients perdent en efficacité s'ils ne sont pas incorporés en temps opportun.

— Je vais demander aux domestiques de rester dans leur chambre jusqu'à ce que vous ayez terminé.

— Parfait. Pouvons-nous y aller ?

Yvette et Lilith entrèrent dans la chambre, et le médecin en sortit à grands pas. Villers regarda l'homme passer en fronçant les sourcils.

Gregory se rapprocha d'Yvette.

— Lilith vous a-t-elle expliqué ?

Yvette hocha la tête.

— Je dois veiller sur la comtesse pendant que vous allez chercher le remède. Puis-je faire quoi que ce soit pour aider en attendant ?

Lilith fit signe que non.

— Le médecin a dit que nous ne pouvions rien faire pour elle.

Sa voix s'étrangla et elle baissa le regard.

Gregory passa un bras autour de sa sœur, et Yvette lui toucha la main.

— Nous ne l'abandonnerons pas, murmura Yvette. Allez-y. Nous allons attendre votre retour.

Face à la détermination avec laquelle elle regarda le lit, Gregory faillit y croire.

Il fit sortir Lilith de la pièce. Villers la prit aussitôt dans ses bras.

— Que puis-je faire, ma bien-aimée ? Comment puis-je aider ?

Lilith posa la tête contre son épaule.

— Nous devons trouver des ingrédients pour fabriquer une teinture qui pourrait la guérir. Voulez-vous bien nous accompagner ?

— Bien sûr, ma chérie.

Après avoir susurré des mots d'encouragement, Villers se dirigea vers l'escalier, Gregory derrière eux. Au moins, cet homme se montrait serviable. Gregory aurait cru qu'il s'enfuirait au moindre problème. Peut-être Yvette avait-elle raison, ce mariage avec Lilith lui forgerait le caractère.

Marbury les accueillit à la porte d'entrée. Tandis que le valet présentait à Lilith sa coiffe, Marbury tendit une liste à Gregory.

— Les ingrédients demandés par le docteur Smythe, Monsieur. Je dois dire que je n'ai jamais entendu parler de la moitié d'entre eux.

Gregory parcourut la liste, et le désespoir se fit sentir.

— Moi non plus.

Villers desserra son étreinte autour de Lilith assez longtemps pour qu'elle puisse également jeter un coup d'œil à la liste.

— Est-ce du grec ? demanda-t-il en fronçant les sourcils.

— Que devons-nous faire ? murmura Lilith, le visage crispé.

Villers se redressa.

— N'ayez crainte, ma chérie. Ces ingrédients peuvent sembler difficiles à se procurer, mais je sais exactement à qui demander. Venez avec moi.

*

* *

La pièce fut plongée dans le silence après le départ de Gregory et Lilith. Tout comme à Carrolton Park, une chaise attendait Yvette près du lit. Elle aurait préféré faire les cent pas, mais les tentures du lit pourraient l'empêcher de voir la comtesse. Aussi s'assit-elle sur la chaise et observa la montée et la descente irrégulières de la poitrine de lady Carrolton.

— Nous n'avons pas toujours été d'accord, vous et murmura-t-elle. Nous avons un trop fort caractère. Je vous implore de puiser dans cette force de caractère. Combattez cette maladie !

Lady Carrolton prit une longue inspiration. Yvette se pencha près d'elle, mais les yeux de la comtesse restèrent fermés.

— M'entendez-vous ?

Elle attendit mais ne vit aucun changement. Elle s'adossa au dossier de la chaise.

— Je vais faire comme si vous m'entendiez. Je suis douée pour faire semblant. J'ai fait semblant de soutenir le nouveau régime en France, j'ai fait semblant de servir mon cousin, d'apprécier la compagnie de l'Empereur, et j'ai fait semblant d'être votre dame de compagnie. Il y a quelques instants, j'ai accepté d'épouser votre fils. Je n'arrive pas à savoir si ce que j'éprouve est réel ou si je me suis simplement laissé prendre au jeu.

Lady Carrolton soupira.

— Je ressens la même chose. C'est un homme bien, votre fils, malgré son père. Il est bon et gentil. Peut-être serait-il mieux avec une rose anglaise plutôt qu'avec un lys français.

Yvette gloussa.

— Vous voyez ? Il arrive même à me faire penser aux fleurs !

Le silence la poussa à rire. Elle se leva et alla chercher une autre compresse qu'elle essora au-dessus de la cuvette. Le médecin avait apparemment dit à Lilith que rien ne pouvait aider la comtesse, mais la gentillesse ne pouvait pas faire de mal.

Yvette retourna auprès du lit et trouva la comtesse qui la regardait. La compresse lui tomba des mains et elle s'agenouilla au pied du lit.

— Lady Carrolton, savez-vous qui je suis ?

— Mademoiselle French, chuchota-t-elle, les yeux très brillants. J'ai rêvé que vous alliez épouser mon fils.

Yvette lui sourit.

— Et cela vous ennuyait-il ?

— Oui, avoua-t-elle avec un peu de son esprit habituel.

Le sourire d'Yvette s'effaça.

— Il n'est pas assez bien pour vous.

Yvette prit la main de la vieille dame.

— Si, ma chère comtesse. C'est un homme bien trop bon. Et vous n'aimeriez pas avoir une belle-fille française.

— C'est supportable. L'aimez-vous ?

Yvette ne l'avait pas dit au comte, elle se l'était à peine avoué, mais la réponse était évidente.

— Oui.

Lady Carrolton sourit.

— Alors bienvenue dans la famille, ma chère.

La porte s'ouvrit à cet instant. Yvette se retourna et aperçut le médecin sur le seuil. Il entra et referma la porte. Elle ne l'avait pas regardé de près jusque-là, mais, avant même qu'il retire ces lunettes ridicules, elle comprit.

Son sang se glaça. Elle lâcha la main de la comtesse et se mit debout.

— Claude.

— Docteur Smythe, la corrigea-t-il et il s'approcha en souriant. Ah, je vois que notre patiente ne s'est pas réveillée. Quel dommage.

Yvette jeta un coup d'œil au lit. Les paupières de lady Carrolton étaient closes et ses joues pâles. Yvette avait-elle rêvé ? Était-ce pour cette raison que la comtesse avait donné sa bénédiction au mariage, parce qu'Yvette le désirait éperdument ? Était-ce sa façon de savoir si elle devait épouser Gregory ?

Mais pour pouvoir l'épouser, elle devait survivre. Elle reporta son regard sur son cousin.

— Partez maintenant, ou je crie.

— Allez-y, criez. Personne ne vous entendra. Le comte, sa sœur et son soupirant courent tout Londres à la recherche du mouton à cinq pattes. Les domestiques sont dans leur chambre au dernier étage. Et je me suis occupé du majordome.

Marbury ! Yvette s'approcha de son cousin.

— Si vous lui avez fait du mal...

Il s'esclaffa.

— Vous vous battez même pour un domestique ? Vous adhérez plus que moi au rêve d'égalité de la Révolution, plaisanta-t-il, avant de redevenir sérieux. Mais cela ne m'empêchera pas de vous renvoyer en

France pour y être jugée. Un navire fera escale demain soir près du domicile de votre complice. Nous monterons à bord.

Yvette attrapa son poignard et le brandit devant elle.

— Non, cousin. Je n'irai nulle part avec vous.

— Oh si. Parce que vous tenez à ces Anglais, à cette vieille dame sur le lit. Vous vous êtes toujours trop souciée des gens, malgré tous vos efforts pour cacher votre attachement. Alors, vous allez me suivre maintenant. Je sais pourquoi elle est malade. Rendez-vous et je laisserai un mot expliquant comment la soigner. Tuez-moi, et elle mourra aussi.

La main d'Yvette tremblait. Elle n'avait peut-être jamais été véritablement la dame de compagnie de la comtesse, mais elle ne supportait pas qu'il lui soit fait du mal. S'il y avait une chance de la sauver, elle devait la saisir. Elle aurait l'occasion d'échapper à son cousin une fois qu'ils seraient loin de Gregory et de sa famille.

Elle tendit le poignard à son cousin et le suivit hors de la pièce.

24

— Bien sûr que nous allons vous aider, déclara Gussie Orwell lorsque Gregory, Lilith et Villers se rendirent chez les Orwell, non loin de Clarendon Square.

— Tout ce dont vous avez besoin, ajouta Lydia en adressant un sourire réconfortant à Lilith alors qu'ils étaient tous assis dans le confortable salon.

Gregory prit une inspiration. Ses muscles étaient tendus depuis qu'il avait appris la maladie de sa mère. Il se réjouit de remettre la liste du médecin à l'apothicaire amatrice.

Lydia se serra contre Gussie sur le divan au dossier arrondi pour parcourir également les ingrédients.

— Aconit, lut Gussie. Lady Agnes devrait en avoir. Elle ne jure que par cette plante pour soigner les maux de tête. Nous pouvons envoyer quelqu'un chez elle.

— Nous pourrons peut-être trouver de la vesce amère dans les haies sur le chemin de Kew Gardens, suggéra Lydia.

Gussie acquiesça d'un signe de tête.

— J'ai plusieurs autres ingrédients ici à Londres. En quantité suffisante, je pense.

Villers sourit.

— Je le savais. Merci.

— Vous ne pouvez pas savoir l'espoir que vous me donnez, dit Lilith en se tapotant les yeux avec un mouchoir.

Lydia fronçait les sourcils. Alors que Gussie continuait à étudier la liste, la petite blonde leva les yeux vers Gregory.

— Je ne comprends pas. Nous avons essayé plusieurs de ces ingrédients dans la formule de Gussie et nous ne leur avons trouvé aucune vertu médicinale. Mal utilisés, certains pourraient être considérés comme des poisons.

— Du poison ? hoqueta Lilith, la main posée sur sa gorge.

Cela n'avait pas de sens.

— C'est peut-être l'association de toutes ces plantes qui fait la différence, supposa Gregory, ou la partie de la plante utilisée dans la teinture ?

— Non, insista Lydia. Regardez.

Elle prit le papier des mains de Gussie et désigna les bizarreries de la liste.

— L'acidité de l'huile d'orange annule l'effet de la noisette. Je ne sais pas ce que votre médecin a l'intention de faire, mais je doute que cela ait beaucoup d'effet contre n'importe quelle maladie.

Une bouffée de chaleur envahit Gregory.

— Encore un charlatan !

Gussie leva la tête.

— Je vous demande pardon ?

— Pas vous, Gussie, lui assura Lilith. Le médecin de ma mère à Chessington s'est révélé peu fiable. Nous avions placé de plus grands espoirs en celui-ci, d'autant plus que cette fois, Mère est réellement malade.

— Ah bon ? lâcha Lydia inquiète.

— Ça suffit, Lydia, intervint son frère. Ce n'est pas parce que tu t'essaies à la science que tu t'y connais en médecine. Tu n'es pas médecin.

— Je n'ai jamais prétendu l'être, rétorqua Lydia, dont le doux sourire se fit plus dur. Mais j'ai suffisamment étudié les plantes et les minéraux avec Gussie et lu d'ouvrages scientifiques pour savoir ce qu'ils guérissent et ce qu'ils ne guérissent pas. Lady Lilith, pouvez-vous décrire les symptômes de votre mère ?

Lilith regarda son frère en fronçant les sourcils, puis elle décrivit la situation, tandis que Villers croisait les bras sur sa poitrine.

Gregory s'agita sur son siège. Si partir à la recherche de tous ces ingrédients était inutile, il devait rentrer à la maison et trouver quelqu'un qui soit capable d'aider sa mère, si tant est qu'une telle personne existe.

— Je trouve que cela ressemble beaucoup à une surdose de laudanum, déduisit Lydia, qui retrouva son sourire ensoleillé habituel. Je lui donnerais du sirop d'ipéca. J'en ai dans ma chambre. C'est utile quand nous faisons nos expériences.

Gregory fixa la jeune femme. Tout comme Lilith et Villers.

— Du laudanum ? répéta Gregory.

— Êtes-vous folle ? s'exclama Lilith. Ma mère ne prend pas ce genre de choses.

Le sourire de Lydia disparut, et Gussie leva la main.

— Elle a raison, lady Lilith. Les symptômes pourraient très bien avoir été provoqués par ce sédatif. Vous avez dit que votre dernier médecin était un charlatan. Aurait-il pu le prescrire à votre insu ?

— Il semble qu'il ait prescrit beaucoup de choses, répondit Gregory. J'ai moi-même retiré à ma mère tous ces médicaments.

— Peut-être qu'une bonne en soif de vengeance en a mis dans son thé ? suggéra Gussie.

Gregory se reprit.

— Non. Notre famille n'a pas d'ennemis.

Lilith lui saisit le bras.

— Bien sûr que si. La personne qui a colporté des rumeurs sur ma réputation.

Villers sursauta.

— Voyons, ma chérie, je doute qu'elle aille aussi loin.

Lilith se raidit.

— Elle ?

Elle fusilla Lydia du regard. Celle-ci leva les mains en l'air.

— Je n'ai jamais dit un mot de cette affaire à qui que ce soit. Je ne suis même pas sûre de savoir de quoi vous parlez.

Villers secoua la tête.

— Cela n'a pas d'importance. Très chère, réfléchissez. Il y a bien quelqu'un de bien plus dangereux qui s'intéresse à votre maison. Le Français qui en veut à Mlle de Maupassant.

Gussie et Lydia se levèrent d'un bond.

— Bien sûr ! s'écria Gussie.

— C'est typiquement le genre de chose qu'un espion français ferait, renchérit Lydia.

Lilith jeta un regard noir à Gregory.

— Y a-t-il quelqu'un qui ne soit pas au courant de ce secret ?

La détermination le poussa à se mettre debout.

— Mesdames, je vous remercie, dit-il en leur adressant un signe de tête. Villers, restez ici avec Lilith. Je dois rentrer chez moi. Yvette est en danger.

Villers hocha la tête, mais Gussie se dirigea vers la porte, faisant claquer ses jupes.

— Ne soyez pas ridicule. Si Yvette est en danger, nous devons l'aider. Cuddlestone !

Un petit homme bien habillé, la tête ceinte d'une frange de cheveux blancs, accourut.

— Je vais faire descendre votre redingote en un clin d'œil, Madame. La voiture est en train d'être mise en place. Je regrette seulement de ne pas avoir pensé à apporter l'épée de sir Harry du manoir. En quoi d'autre puis-je vous être utile ?

Le majordome de Gussie semblait écouter aux portes et être prêt à servir. Gregory s'avança vers lui.

— Prévenez Julian Mayes.

— Dites-lui d'envoyer autant d'hommes que possible, ajouta Villers, debout aux côtés de Lilith. Trevithan et Laughton sont de faction devant chez vous ce matin, Carrolton. Si vous criez, ils devraient accourir.

— Je ne comprends pas, déclara Lilith. Qui sont ces hommes ? Pourquoi surveillent-ils notre maison ?

Villers passa son bras autour de sa taille.

— Je vais tout vous expliquer, ma chérie, mais nous devons laisser partir votre frère.

— Pour faire quoi ?

Gregory lui jeta un coup d'œil.

— J'ai l'intention d'attraper Claude de Maupassant avant qu'il ne fasse davantage de tort.

Tous le pressaient d'attendre la voiture, mais rien n'aurait pu le retenir loin d'Yvette une minute de plus. Il courut jusqu'à la porte, laissant le majordome des Orwell la bouche grande ouverte. Les jambes de Gregory avalèrent la courte distance qui séparait la maison des Orwell de la sienne. Les femmes le fixaient, et les hommes s'écartaient de son chemin avec des cris de protestation. À chaque instant, il imaginait le pire : sa mère morte, Yvette emmenée loin de lui où elle serait livrée à son triste sort. Elle était seule depuis si longtemps, à combattre les dangers qui l'entouraient. Comment l'avait-elle supporté ? Il n'avait pas les idées claires.

Mais il devait se reprendre, s'il voulait la sauver.

Il s'arrêta sur le perron de sa maison et cria.

— Trevithan, Laughton, si vous m'entendez, envoyez des renforts !

Sans attendre la réponse, il se hâta d'entrer dans la maison.

Et fut frappé par l'horrible silence.

— Marbury !

Aucune grande silhouette ne répondit.

Gregory gravit l'escalier à toute vitesse. Il n'avait ni épée ni pistolet dans la maison, il n'en avait jamais ressenti le besoin. Ses poings pouvaient suffire. Pour une fois, il se réjouit de sa taille ; il pourrait peut-être ainsi assurer la sécurité d'Yvette.

Il ouvrit brusquement la porte de la chambre de sa mère et s'arrêta au bout de quelques pas. Sa mère était assise au bord du lit ; elle se balançait et essayait visiblement de reprendre son souffle. Elle lui lança un regard furieux.

— Je t'avais dit que j'avais besoin de cette cloche ! J'ai l'impression de crier depuis des heures. Où sont-ils tous passés ? Ce vaurien a enlevé Yvette.

La peur poignarda Gregory, mais il s'efforça de s'approcher de sa mère.

— Mère, vous n'allez pas bien.

— Je suis probablement en train de mourir. Mais je refuse de rester au lit. Il ramène Yvette en France pour qu'elle soit jugée. Tu dois l'arrêter.

Un bruit dans le couloir leur fit tous deux tourner la tête. Marbury entra dans la pièce en titubant et en se tenant le front d'une main.

— Pardonnez-moi, Madame. Quelqu'un m'a frappé et vos cris viennent seulement de me réveiller. Que s'est-il passé ?

— Le Français que nous attendions a enlevé Yvette, lui annonça Gregory.

Marbury inspira profondément.

— Il s'est fait passer pour le médecin, l'abject malotru, grogna la comtesse. J'ai fait la morte, dit-elle en gloussant. Et j'ai tout entendu ! Un bateau doit accoster demain soir, dans une crique près de Foulness Manor. C'est là-bas qu'il l'emmène.

Gregory se pencha et embrassa sa mère sur le crâne.

— Merci, Mère.

Marbury fit un pas de plus dans la pièce et laissa retomber sa main. Gregory n'aimait pas la pâleur du majordome.

— Comment puis-je vous aider, Monsieur ?

— Occupez-vous de ma mère. Nous pensons qu'elle a reçu une dose de laudanum. Mlle Villers a suggéré du sirop d'ipéca comme remède.

Sa mère agita la main.

— Ce scélérat a laissé un message qui disait plus ou moins la même chose. J'ai un certain nombre de vomitifs quelque part. Nous allons nous débrouiller. Mais ne reste pas là. Va sauver ma future belle-fille.

*

* *

Quelques heures plus tard, Yvette était étendue sur la banquette d'un carrosse qui roulait vers la côte. Elle avait essayé de crier à l'aide, et avait même tenté de se jeter hors de la voiture. Désormais, ses poings et ses pieds étaient liés, et sa bouche bâillonnée. Son cousin pensait à tout.

— Vous n'avez jamais su vous comporter comme une dame, la railla-t-il, assis face à elle.

Du sang coulait de son nez, car elle l'avait frappé pour tenter de s'échapper. Il avait marmonné un juron tout en s'essuyant avec son mouchoir.

Elle aurait aimé ne pas être bâillonnée pour pouvoir lui dire ce qu'elle pensait de lui. Sa colère devait jaillir de ses yeux, car il s'en prit à elle.

— Ne me regardez pas comme ça. C'est votre faute. Vous avez choisi de quitter ma maison pour travailler pour l'Empereur. Vous avez décidé de donner des informations à ces rapaces d'Anglais. Si vous en êtes là, c'est par votre faute.

Peut-être tout cela était-il une conséquence de ses actes, mais Yvette ne pouvait rien regretter. Les informations qu'elle avait transmises en Angleterre avaient mis les armées en déroute et évité davantage de têtes coupées. Son seul regret était que Gregory ne sache jamais ce qui lui était arrivé. Il pourrait deviner que le médecin était impliqué lorsqu'il rentrerait chez lui et constaterait que cet homme aussi avait disparu. Mais il ne saurait pas où elle avait été emmenée ni comment la sauver.

Pire encore, elle ne lui avait jamais dit qu'elle l'aimait.

Quelle idiote ! Elle avait un jour affirmé à Patience Ramsey que la vie était trop incertaine pour laisser des choses importantes en suspens. Quoi de plus important que d'avouer à l'homme qu'elle aimait ses sentiments ? Qui aurait pensé qu'elle, cette femme si intrépide, hésiterait à prendre un risque en amour ?

— J'espère que vous retenterez de vous enfuir, lui dit Claude en reniflant pour empêcher le sang de couler. Je me suis fait la promesse de vous ramener à l'Empereur, mais vous m'épargneriez cette peine si vous vous brisiez le cou en tombant du carrosse.

Il jeta un coup d'œil à la portière, comme s'il se demandait s'il devait lui-même la pousser, et Yvette frissonna. Tant qu'elle vivrait, elle avait une chance de s'échapper, une chance d'être secourue. Elle ne pouvait pas laisser son cousin la lui voler. Elle afficha une expression aussi larmoyante que possible, laissa ses membres trembler et le regarda sans trahir ses véritables sentiments. Prier était aussi facile que respirer. Elle décompta les secondes, avec espoir.

Son cousin rit.

— Comme vous avez l'air effrayée. Tant mieux. Soyez sage, et vous vivrez assez longtemps pour voir la France. Mais une fois que je vous aurai rendue à l'Empereur, je ne vous fais aucune promesse quant à votre avenir.

Elle en était capable. D'une manière ou d'une autre, elle reviendrait auprès de Gregory. Elle devait y croire.

*

* *

Une longue nuit et une longue journée plus tard, Gregory s'accroupit dans l'obscurité, les herbes des marais bruissant autour de lui. En vêtements sombres comme lui, sir Harry Orwell tendit la main et le fit se baisser davantage. Gregory sourit en guise de remerciement, même s'il doutait que son ami puisse discerner son expression dans le clair de lune intermittent. Il n'était même pas certain d'être au bon endroit. Une crique près de Foulness Manor, la maison de Harry dans l'Essex, avait dit la mère de Gregory. Grâce à la réaction rapide de Julian à la demande de Gregory, des hommes de lord Hastings étaient postés dans chaque crique à quinze kilomètres à la ronde de la demeure ancestrale de Harry. Claude de Maupassant pourrait se diriger vers n'importe laquelle de ces criques.

Harry lui donna un petit coup d'épaule et Gregory tourna la tête vers le sable et, au-delà, les eaux de la Manche. Quelque chose scintilla. Une lanterne, vite masquée ? De qui le marin attendait-il une réponse ?

Harry se leva et renvoya le même signal avec sa lanterne, avant de se laisser retomber.

— Nos hommes ? murmura Gregory.

— J'en doute. Mais la plupart des contrebandiers le long de la côte ont le même code. Je lui ai peut-être dit que la voie était libre ou bien j'ai traité sa mère de tortue. L'un ou l'autre devrait le faire venir à terre bien assez vite.

C'était Harry – toujours plein d'esprit. Sa réputation d'homme charmant faisait croire à beaucoup qu'il entretenait des liaisons illégitimes avec un certain nombre de femmes. Ces rumeurs constituaient d'excellentes excuses pour sortir la nuit et espionner pour le compte de l'Angleterre. En cet instant, ses hommes étaient cachés dans la crique, à l'affût d'un espion français qui pourrait ne jamais se montrer.

Gregory chassa cette pensée. Quelque part, ce soir, Yvette serait secourue. Le contraire était trop difficile à envisager.

Il avait des crampes aux jambes, ses orteils étaient engourdis dans ses bottes, lorsqu'il entendit le craquement du bois sur le sable. Une forme sombre ondoyait au bord de l'eau, et des ombres en sortaient pour la tirer sur le sable.

Il voulut se mettre debout, mais Harry le ramena au sol de plus belle.

— Attends, murmura-t-il, d'une voix aussi basse que le soupir de l'herbe.

Gregory n'avait aucune envie d'attendre. Il avait envie d'agir, de s'élancer sur le sable et de s'emparer d'un Français, pour exiger qu'on l'amène auprès d'Yvette. Mais ils ne savaient sans doute pas non plus où elle se trouvait. S'ils avaient débarqué pour son cousin, eux aussi devaient patienter.

Mais pas longtemps.

Un cri provint de la colline à leur droite. Éclairé par la lanterne qu'il portait, un homme descendit, une corde dans l'autre main. Derrière lui, une silhouette titubait, et la corde disparaissait dans la cape à capuche. Il lui avait passé un nœud coulant autour du cou ! Si elle tombait, s'il la poussait, elle s'étranglerait avant que Gregory ne puisse l'atteindre.

La colère le poussa à se lever et, cette fois, même la poigne de fer de Harry ne put l'arrêter. Il remonta le chemin à toute vitesse et frappa du poing le visage surpris de Claude de Maupassant. La lanterne tomba dans l'herbe et les flammes jaillirent. Avec un cri, Claude roula au sol.

Alors que les hommes de Harry convergeaient vers le bateau et l'espion français à côté de Gregory, ce dernier saisit la silhouette encapuchonnée d'une main et retira la capuche de l'autre. Les yeux cernés, la bouche bâillonnée, Yvette le regardait. Il était à peine conscient des cris et des coups de feu derrière lui quand il retira le bâillon détrempé.

— Bonsoir, monsieur, dit-elle d'une voix rauque. Merci d'être venu me chercher et pardonnez-moi de vous avoir causé tant de problèmes. Vous aviez raison. Ce n'est pas facile d'être une dame de compagnie.

25

Yvette était assise dans l'élégant salon bleu et blanc de Foulness Manor, les mains autour d'une tasse de thé. Si ces dernières tremblaient un peu, personne ne lui en voudrait. Tout s'était joué à peu de chose.

— Buvez, dit gentiment Patience installée sur un fauteuil en face du divan, ses jupes roses disposées autour de sa silhouette élancée. Et essayez de manger un morceau.

Le plateau posé sur la table devant Yvette était rempli de mets fins : saumon fumé, asperges marinées, tartelettes aux fraises... Le petit pain grumeleux était sans doute une tentative de la cuisinière de réaliser une spécialité française.

— *Merci*, murmura Yvette. On pourrait croire que j'étais attendue.

— Au moment où lord Carrolton a prévenu M. Mayes que vous aviez été enlevée, des cavaliers sont partis informer le réseau de lord Hastings, lui expliqua la jolie blonde. Vous avez beaucoup d'amis en Angleterre, Yvette.

Il semblait, en effet. Elle peinait à y croire.

— Nous n'étions pas certains d'avoir la chance de vous retrouver, poursuivit Patience en rapprochant un peu le plateau d'elle, mais nous voulions être prêts.

Je sais que Gussie et Lydia voulaient être là quand on vous trouverait. Harry leur a conseillé de rester à Londres.

Yvette hocha la tête. Elle porta la tasse à sa bouche et but une gorgée. Le liquide chaud apaisa sa gorge.

Le nœud coulant. Son cousin. La France.

Elle frissonna et reposa la tasse.

— Où est lord Carrolton ?

— Ici, dit-il depuis l'embrasure de la porte.

Il y avait quelque chose de solide, de fort et de juste dans ces larges épaules drapées de ce sempiternel manteau en tweed. Il s'approcha d'elle d'un pas décidé et hésita un instant avant de s'asseoir sur le beau divan de Gussie, qui protesta un tantinet sous son poids.

— Votre cousin est en route vers la prison, rapporta-t-il. Il a avoué qu'il était venu de lui-même après que son homme n'a pas réussi à vous enlever. Bien sûr, il n'était pas content que ses hommes vous aient laissée vous échapper avec Harry et Julian. Je suppose qu'ils ont été châtiés. Personne d'autre en France ne sait que vous avez été espionne pour nous. Il avait honte d'en parler tant qu'il n'avait pas réglé le problème. Votre vieil ami lord Trevithan a fait courir la rumeur que vous aviez décidé de rejoindre des amis en Angleterre après le départ de l'impératrice Joséphine de la Cour. Vous êtes en sécurité, Yvette.

Elle prit une inspiration.

— C'est fini.

Il sourit.

— Oui, c'est fini. Quand vous serez prête, nous pourrons rentrer à la maison.

La maison.

La lumière repoussa les ténèbres, l'espoir chassa la peur, l'amour bondit si fort qu'Yvette faillit tomber à la renverse.

— Harry avait espéré qu'Yvette puisse rester chez nous quelque temps, dit Patience, son regard brun et chaleureux passant de Gregory à Yvette. Vous seriez la bienvenue.

— Non, répondit la jeune femme en regardant le comte. Je dois être là où se trouve mon cœur. Acceptez-vous de nous laisser un instant, Patience ? Lord Carrolton et moi sommes fiancés, il n'y a donc aucune inconvenance.

Patience haussa ses sourcils dorés, mais elle se leva et sortit de la pièce.

— Un autre secret à avouer ? la taquina Gregory.

— *Non, mon cœur*. Je pense que tous ceux qui posent les yeux sur moi doivent le voir. Mais je voulais que vous soyez le premier à l'entendre.

Elle prit une des mains du comte, si grande, si forte, si habile. Elle fixa son visage qui était un livre ouvert.

— *Je vous aime*. Je vous aime, lui répéta-t-elle en anglais. Vous qui ne voulez pas et ne pouvez pas mentir ; vous qui levez la main uniquement pour porter secours. Vous êtes tout ce dont je pouvais rêver chez un mari. Merci de m'avoir montré ce que l'amour pouvait signifier.

Étaient-ce des larmes dans les yeux du comte ? Seul cet homme aurait la force de les montrer.

— Moi aussi, je vous aime. *Je vous aime*, répéta-t-il avec ferveur dans un français maladroit.

Malgré son accent, cela restait le plus beau son qu'Yvette eut jamais entendu.

— Vous êtes tout ce dont j'ai toujours rêvé chez une femme.

Yvette rit à travers ses larmes.

— Oui, une femme qui a des idées arrêtées...

— Intelligente.

— Obstinée.

— Déterminée.

— Manipulatrice.

— Dévouée à ceux qu'elle aime. Vous ne pouvez pas me duper, Yvette. Je vous vois telle que vous êtes.

Elle ne le corrigea pas, mais elle savait qu'il avait tort. Il ne voyait pas qui elle était, mais qui elle pourrait être, la femme qu'elle espérait devenir.

— Alors rentrons à la maison, suggéra Yvette, à Carrolton Park. Nous demanderons au pasteur de publier les bans.

— Oubliez les bans. Nous irons à Londres, obtiendrons une dérogation et nous marierons avant la fin de la semaine.

Yvette rit de plus belle.

— Monsieur, comme vous êtes impétueux ! J'adore.

Il la fit se lever, la serra contre lui un instant et l'embrassa. Dire qu'elle l'avait envié, puis avait eu pitié de sa vie. Désormais, elle la partagerait avec lui – dans la maladie et la santé, dans la tragédie et le triomphe. Elle ne pouvait rien imaginer de plus beau.

Et elle serait enfin chez elle.

*

* *

À Londres, Meredith leva les yeux quand son majordome, M. Cowls, entra dans la pièce. L'homme aux cheveux argentés, qui avait largement dépassé l'âge de la retraite, se déplaçait toujours avec une grâce majestueuse. Meredith se sentait bien moins gracieuse en cet instant. Elle n'avait pas réussi à se calmer depuis que Gussie lui avait appris qu'Yvette avait été enlevée trois jours plus tôt. Comme si ce n'était pas suffisant de s'inquiéter pour son amie, elle ne pouvait s'empêcher de se faire un sang d'encre pour Julian, parti lui aussi à son secours.

Fortune avait dû sentir l'agitation de Meredith, car elle rôdait dans la pièce comme si elle espérait se jeter sur une grosse souris. Non pas que les domestiques compétents de Meredith aient permis aux rongeurs d'élire domicile dans sa maison.

— Des nouvelles ? s'enquit Meredith.

— Mlle de Maupassant a été sauvée et va bientôt épouser lord Carrolton, lui annonça Cowls, le regard au loin comme s'il scrutait une boule de cristal, tel un diseur de bonne aventure dans une fête foraine. M. Mayes est sur la route pour rentrer à Londres.

Meredith ne lui demanda pas comment il le savait. Son majordome avait une curieuse manière de connaître la vérité sur un certain nombre de personnes. Ses relations étaient plus précieuses que celles du prince. Il était un véritable atout pour sa profession.

Meredith s'appuya contre le dossier du divan et remercia le Ciel.

— Comme c'est merveilleux !

— Et Mlle Villers est là pour vous voir.

Elle se redressa. La jeune fille venait apporter plus de détails, peut-être ? Il était désormais de notoriété publique que le frère de Lydia allait épouser la sœur du comte. Elle devait assurément faire partie des personnes au courant des projets d'Yvette et lord Carrolton.

— Faites-la entrer, ordonna Meredith en se calant au fond du sofa et en arrangeant ses jupes lavande.

Lydia entra avec son enthousiasme habituel, une veste en velours rose sur sa robe en mousseline blanche à frous-frous. Fortune s'empressa d'aller à sa rencontre. À peine la chatte s'était-elle enroulée autour des chevilles de la jeune femme que celle-ci la prit dans ses bras et lui susurra des babillages en venant s'asseoir à côté de Meredith. Comme ces attentions flatteuses pour l'animal semblaient s'éterniser, Meredith s'éclaircit la gorge.

Lydia leva la tête et sourit.

— Je vous remercie de me recevoir. Je suis venue pour faire affaire.

La déception laissa rapidement place à de l'intérêt.

— Faire affaire ?

— Oui, confirma Lydia alors que sa main continuait de caresser le doux pelage gris de Fortune. Je me demandais si vous seriez prête à me prendre comme cliente. J'ai un peu d'argent de côté grâce à mon travail auprès de Gussie.

Meredith agita la main.

— C'est la maison dans laquelle je place mes clientes qui paie mes honoraires. Mais je pensais que vous étiez contente auprès de Gussie. Que s'est-il passé ?

Lydia s'écarta de Fortune, qui se jeta aussitôt sur le sol. Comme si elle devait faire quelque chose avec ses mains, Lydia croisa ses doigts sur ses genoux.

— Gussie est un ange, déclara-t-elle avec un sourire affectueux. Je n'aurais peut-être jamais découvert l'ampleur de mon goût pour la science si elle ne m'y avait pas encouragée. Et j'ai tellement appris d'elle. Mais elle arrête.

Meredith fronça les sourcils.

— Elle arrête ? Vous voulez dire qu'elle a renoncé ?

— Non, indiqua Lydia, dont le sourire s'élargit au point d'illuminer ses yeux verts. Quand ce Français s'est fait passer pour le médecin de lady Carrolton, il a dressé une liste d'ingrédients pour une potion qu'il prétendait être le remède. Lord Carrolton nous a montré cette liste. Gussie s'est rendu compte plus tard que l'un des ingrédients, l'aloé véra, était ce dont elle avait besoin pour sa formule. Elle a une confiance totale dans son dernier essai. Elle a vendu la recette à un apothicaire qui vendra l'onguent à Londres. Elle essaie de se trouver un nouvel objectif. Et moi, je n'ai rien d'autre à faire à part attendre.

— Et vous refusez d'être patiente ? Cela ne fait qu'un jour ou deux.

Lydia haussa les épaules.

— J'ai passé suffisamment de temps avec Gussie pour savoir que, quoi qu'elle décide de faire, ce sera avec enthousiasme et détermination.

À l'instar de la femme assise en face de Meredith.

— Vous vous êtes bien trouvées.

Lydia écarta les mains.

— C'est vrai. Je devrais être contente. Je suis bien payée à ne rien faire par une maîtresse consciencieuse. Mais j'en veux plus, dit-elle en rebaissant les mains. Je veux être utile, découvrir quelque chose d'important pour les autres. Ces connaissances doivent servir à un but plus grand que des crèmes pour la peau.

Fortune remonta d'un bond sur le divan, posa ses pattes sur la cuisse de Meredith et la regarda.

— Tu penses que je devrais accepter cette mission ?

Fortune se frotta à son bras.

Depuis leur rencontre à l'occasion d'une réception quelques semaines plus tôt, Lydia avait toujours accepté la relation inhabituelle entre Meredith et Fortune. C'était un point en sa faveur. La jeune femme se dérida, comme si elle savait que Meredith se laisserait influencer par l'optimisme de son animal de compagnie.

— Très bien, accepta Meredith, et Lydia tapa dans ses mains de joie.

Meredith secoua la tête.

— Vous ne serez peut-être pas aussi enthousiaste quand vous saurez ce que j'ai en tête. Il ne sera pas facile de trouver un poste où une femme peut mettre à profit ses compétences scientifiques. Nos éminents savants ont encore des positions extrêmement moyenâgeuses dans certains domaines.

Lydia hocha la tête et posa ses mains sur ses genoux.

— Je suis consciente du défi que je vous soumets. Mais avec vos relations, vous connaissez sûrement quelqu'un.

— Oui. Mais vous devrez trouver une force intérieure, garder la tête haute face à l'adversité pour assumer ce poste.

Lydia releva la tête comme si elle était prête.

— Je ferai ce qu'il faut pour persévérer dans mon art.

— Même si cela signifie travailler pour l'homme qui vous a rejetée ?

Le sourire enthousiaste de Lydia ainsi que son teint perdirent leur éclat.

— Lui ?

Alors que Fortune sautait pour passer sur les jupes de Lydia et lui transmettre son affection, Meredith afficha une mine sévère.

— Vous connaissez sa réputation, l'estime que lui accordent les autres scientifiques de la Royal Society. L'an passé, il a constitué une équipe de femmes talentueuses pour travailler avec lui, dirigée par sa sœur Charlotte. J'ai cru comprendre qu'elle cherchait à intégrer une nouvelle personne. Je ne vois pas de meilleure place pour vous.

Lydia baissa la tête.

— Il ne sera jamais d'accord. Il me méprise.

— Mais il a besoin de quelqu'un qui possède vos compétences pour atteindre ses objectifs. Il s'agit d'une occasion en or. Nous devons la saisir.

Meredith se leva et prit Fortune dans ses bras.

— N'ayez crainte, Lydia. Fortune devra approuver lord Worthington avant que je vous autorise à travailler pour lui. Maintenant, reprenez-vous. Nous allons commencer les échanges aujourd'hui et, d'ici demain, vous serez en route vers votre avenir avec le vicomte.

Note de l'autrice

Cher lecteur, chère lectrice,

Merci d'avoir lu l'histoire d'Yvette et de Gregory. Quand Yvette est apparue dans le salon de Harry dans *L'assistante de l'apothicaire,* j'ai su que je devais raconter l'histoire de cette femme. Elle a connu un début tragique, mais une fin heureuse. Si vous ne savez pas comment le duc de Wey, l'ami de Gregory, a rencontré sa Jane, lisez *La gouvernante et le duc*.

Amitiés,

Regina Scott

À propos de l'autrice

Regina Scott a commencé à écrire des romans à l'école primaire. Heureusement pour la littérature, elle n'a pas été publiée avant d'en apprendre davantage sur l'écriture ! Depuis la parution de son premier roman en 1998, ses histoires ont fait le tour du monde, avec des traductions dans de nombreuses langues, dont le néerlandais, l'allemand, l'italien et le portugais. Regina Scott a publié à ce jour plus de quarante romances pleines d'esprit.

Elle ne prétendra jamais avoir la capacité d'Yvette de Maupassant à se faire passer pour une autre. À l'instar de Gregory, on peut lire en elle comme dans un livre ouvert et deviner ses pensées. Elle se réjouit que sa chère amie et partenaire de lecture Kristy J. Manhattan l'ait aidée à trouver l'idée de cette saga. Kristy est passionnée de chats et vient en aide à des cliniques vétérinaires et des refuges pour animaux. Si Fortune présente une ressemblance avec un chat de votre connaissance, c'est la faute de Kristy.

Regina Scott et l'homme qu'elle a épousé il y a plus de trente ans vivent aux États-Unis, dans la région de Puget Sound, dans l'État de Washington. Elle a eu l'occasion de se déguiser en dandy de la Régence, de conduire un attelage, d'apprendre l'escrime et de naviguer sur un grand voilier – tout cela dans le cadre de recherches pour ses romans, bien entendu !

Pour en savoir plus à son sujet, rendez-vous sur son site Internet (en anglais) : www.reginascott.com

14267

Composition
FACOMPO

Achevé d'imprimer en Italie
par GRAFICA VENETA
le 4 novembre 2024

Dépôt légal : décembre 2024
EAN 9782290405550
OTP L21EPSN002636-630070

ÉDITIONS J'AI LU
82, rue Saint-Lazare, 75009 Paris

Diffusion France et étranger : Flammarion